BLT

Mit der Welt
auf Buchfühlung

Francisco José Viegas wurde 1962 in der portugiesischen Region Alto Douro geboren. Er studierte in Lissabon und unterrichtete von 1983 bis 1987 Linguistik und Literatur an der Universität von Évora. Er ist als Literaturkritiker und Journalist tätig, war lange Chefredakteur des Literaturmagazins »LER« und leitet die Zeitschrift »Grande Reportagem«. Er veröffentlichte bereits mehrere Gedichtbände und Reiseführer, bevor 1997 sein erster Kriminalroman erschien. Heute ist er einer der beliebtesten Krimiautoren Portugals.

Von Francisco José Viegas sind bei BLT lieferbar:

92125 Das grüne Meer der Finsternis
92219 Der letzte Fado

Francisco José Viegas

Schatten der Tiefe

Jaime Ramos und Filipe Castanheira ermitteln

Aus dem Portugiesischen von
Kirsten Brandt

BLT

BLT
Band 92263

1. Auflage: September 2007

Vollständige Taschenbuchausgabe
der in der editionLübbe erschienenen Hardcoverausgabe

BLT und editionLübbe in der Verlagsgruppe Lübbe

Titel der portugiesischen Originalausgabe:
»Um crime na exposição«
Originalverlag: Edições ASA S.A., Porto
Für die deutschsprachige Ausgabe:

Titelbild: © John Slater/getty-images
Umschlaggestaltung: Gisela Kullowatz unter Verwendung
eines Entwurfs von HildenDesign, München
Autorenfoto: © Pedro Loureiro
Satz: Kremerdruck GmbH, Lindlar
Druck und Verarbeitung: GGP Media GmbH, Pößneck
Printed in Germany
ISBN 978-3-404-92263-5

'Tis the talk, and not the intrigue, that's the crime.

GEORGE GRANVILLE,
»THE SHE GALLANTS«, 1696

Any victim demands allegiance.

GRAHAM GREENE,
»THE QUIET AMERICAN«, 1955

ABGESEHEN VON JENER KLEINEN BESONDERHEIT, dass die dritte Leiche in schmutzige, blutbefleckte Tücher gehüllt war, die der Polizei später noch einiges Kopfzerbrechen bereiten sollten, konnte niemand sich erklären, warum sie in den ersten Morgenstunden mit dem Gesicht im Schlamm ausgerechnet neben dem winzigen, missratenen Pavillon Kirgisiens gefunden wurde. Auf den ersten Blick erschien das paradox, denn Kirgisien befand sich nur aus geographischen und politischen Gründen an dieser Stelle, gemeinsam mit Kasachstan, der Ukraine, Armenien oder Weißrussland, und eine Leiche, sogar eine anonyme Leiche wie diese – und sie würde noch mindestens bis zum frühen Nachmittag dieses Tages anonym bleiben – hätte sich sehr wohl einen anderen Platz aussuchen können, um die Verwaltung der Expo in Angst und Schrecken zu versetzen. Sie hätte wenigstens einen Ort wählen können, der dem Ereignis, in dessen Mittelpunkt sie stand, angemessen gewesen wäre. Vielleicht nicht gerade den riesigen weißen Pavillon der Vereinigten Staaten, der Tag und Nacht von dienstbeflissenen Sicherheitsleuten und Videokameras überwacht wurde, die alle Aus- und Eingänge und sogar die Umgebung des Pavillons unter Kontrolle hatten, wo sich die Besucher drängten, um eingelassen zu werden. Natürlich auch nicht gerade den portugiesischen Pavillon. Auch nicht den der Schweden, wenn man bedenkt, welche Probleme das der Expo bereitet hätte, da sich dieser Pavillon mit seinen ovalen Einheiten, in denen jeweils eine andere Jahreszeit simuliert wurde, vom strengsten nordischen Winter bis hin zum trockensten mediterranen Sommer mit Temperaturen bis zu über vierzig Grad, großer Aufmerksamkeit erfreute. Je nachdem, wohin der Besucher sich wandte, ob er sich ins Herz Afrikas begab oder lieber auf dem alten Kontinent blieb, erlebte er Sturmwinde, die die Frisuren zerzausten, afrikanische Regengüsse, die wie lauwarme Sturzbäche vom Himmel fielen, hin und her wehendes Laub, Hagel, Reif, der wie ein seidener Fleck über den Senken grüner Felder lag, Gletschereis, das ihm die Beharrlichkeit des hohen Nordens vor Augen führte, sturmgepeitschte Meere, sanften, frischen Pflanzenduft, die Nebel des alten Irland, den finnischen »Ruska«, schnell und – den Erläuterungen zufolge – so ganz anders als der schwedische, der die Skandinavier in tiefste Depressionen stürzte (da er als Vorbote der gewaltigen Winternacht galt), die Stille ausgedehnter Weiden oder den leuchtend gelben Glanz der Steppe in Erwartung des Schnees und der Polarlichter. Aber vielleicht hätte sich die Leiche ja beim Pavillon eines Landes von mittlerer Bedeutung niederlassen können, also eines europäischen oder lateinamerikanischen – das wäre besser und keineswegs überraschend gewesen –, ganz zu schweigen vom israelischen Stand, dem kleinen, aber gut besuchten Gelände Madeiras oder dem Stand, an dem die verschiedenen Regionen Portugals vertreten waren. Aber Kirgisien, ein junges Land, das keine diplomatischen Verwicklungen gebrauchen konnte, würde Anlass zu Gerede geben, viel mehr als ein Zwischenfall am Stand von Neuseeland oder ein Attentat auf dem Gelände des Heiligen Stuhls.

»Das hat Kirgisien nicht verdient«, protestierte einer der Leiter der kirgisischen Landesvertretung auf Englisch und ein wenig wackelig auf den Beinen, als Polizei und Expo-Verwaltung mit Plastikband rund um den kleinen Ausstellungsraum eine provisorische Absperrung errichteten, die Kirgisien isolierte und vorläufig daran hinderte, in das gewaltige wissenschaftliche Konzert der Nationen einzustimmen. »Ausgerechnet Kirgisien«, betonte der Mann auf Englisch und in Hemdsärmeln, als müsste die Nähe seines Landes zu Alma-Ata, China oder Kasachstan ihm die Schande und die Unannehmlichkeit der Präsenz dieser Leiche ersparen. Nicht einmal der rasche persönliche Anruf eines der Leiter der Expo am frühen Morgen konnte ihn beruhigen.

»Mein Land hat nichts damit zu tun. Keiner meiner Landsleute hat etwas damit zu tun. Wir wollen keine Scherereien.«

Jemand löste sich aus der Menge, baute sich, die Hände auf dem Rücken, vor dem Mann auf und sagte einen Satz in einer Sprache, die keiner der Umstehenden verstand. Dann folgte noch ein Satz und noch einer, ein ganzer Schwall von Worten, die verärgert und sarkastisch zugleich klangen. Langsam hob er den rechten Arm und richtete einen offensichtlich anklagenden Finger auf das Gesicht des Kirgisen. Der Kirgise öffnete den Mund zu einer Erwiderung, zog es aber dann anscheinend vor, ihm den Rücken zu kehren und sich hinter den Tresen seines Stands zurückzuziehen, während der Eindringling ein Lächeln andeutete und in den Gängen des riesigen bunten Pavillons verschwand.

Es war fünf Uhr, genauer gesagt zwölf nach fünf, wie später im Bericht zu lesen sein würde, als der Summer ertönte und die Dienst habenden Polizisten in der Operations- und Sicherheitszentrale weckte. Auch für sie war es eine unangenehme Überraschung, jenen Körper bergen zu müssen, der zusammengekrümmt im Schlamm lag, der an ihm festklebte und den er mit ausgebreiteten Armen vor einer eingebildeten Bedrohung vom Himmel schützen zu wollen schien. Um sieben Uhr morgens war von diesem dunklen Fleck in der Laufbahn der jungen Nation Kirgisien schon nicht mehr viel übrig außer der improvisierten Abzäunung, die noch bis gegen Mittag den Zugang zum Pavillon versperren würde, wie eine blau-gelb gekleidete Dame von der Verwaltung versicherte. »Oder so lange, wie es eben nötig ist«, fügte halblaut ein Polizist in Zivil hinzu, der gegen sechs Uhr eingetroffen war. Er hob das blaurote Tuch auf, das die Tote bis zu ihrer Entdeckung umklammert hatte, und übergab es einem anderen Mann, der ihm auf Schritt und Tritt folgte:
»Hier, steck ein, die Fahne vom FC Barcelona.«
Der andere faltete es, so gut es ging, mit spitzen Fingern zusammen, um sich nicht mit Schlamm oder Blut zu beschmutzen, und steckte es in eine Papiertüte. Dann hockte er sich hin und schrieb mit einem Kuli, den er in der Hand hielt, etwas auf das braune Papier; dabei sagte er zu dem anderen, der stehen geblieben war:
»Vielleicht ist es auch die Fahne von Salamanca, Chef. Das ist der Club, den sie hier sponsern. Es könnte aber auch die vom Club von Extremadura sein.«
»Wie's dir besser passt«, entgegnete der andere, den er mit »Chef« angesprochen hatte, und sah zu der Gruppe hin-

über, die sich unterdessen rund um die Absperrung des kirgisischen Pavillons gebildet hatte. »Und?«

Er zog ein Päckchen Zigarillos aus seiner linken Jackentasche, nahm einen heraus und steckte ihn in den Mund. Er räusperte sich und wiederholte: »Und?«

Ein Mann aus der Gruppe, der Einzige in Anzug und Krawatte, trat auf sie zu: »Wir alle stehen zu Ihrer Verfügung, aber wir dachten, es sei besser, auf den Leiter der Expo zu warten. Sagen wir, dass die Dinge, wie sie jetzt stehen, nicht gerade ein angenehmes Schauspiel bieten. Eine offizielle Stellungnahme wäre vielleicht das Beste. Gut möglich, dass die Angelegenheit schon von nationalem Interesse ist. Nicht, dass dieses Interesse gefährdet wäre, aber wer weiß ... Jedenfalls liegt es im Interesse der Expo.«

»In der Tat. Wann kommt denn Ihr Leiter?«

»Er muss jeden Augenblick hier sein. Um halb neun hat er ein Arbeitsfrühstück, aber das ist wohl abgesagt worden. Haben Sie schon Informationen über die Sache hier?«

»Dieselben wie bisher. Name, Alter, Geschlecht, Geburtsort, Größe, Eltern, Gültigkeitsdauer des Personalausweises. Das gibt nicht viel her. Tun Sie doch etwas mit diesem Russen, geben Sie ihm ein Beruhigungsmittel.«

»Er ist kein Russe, er kommt aus Kirgisien.«

»Wo liegt Kirgisien?«

»In Asien.«

»Auch gut. Tun Sie, was ich Ihnen sage, und geben Sie ihm irgendwas. Ich werde jetzt mit ihm reden müssen, es wäre gut, wenn Sie mir einen Dolmetscher besorgen könnten. Was für eine Sprache spricht er denn?«

»Ich glaube, Russisch.«

»Das habe ich gleich erkannt«, sagte Inspektor Jaime Ramos und machte schnell eine halbe Drehung, um seinen Zigarillo gegen den Wind anzuzünden. »Und der Typ, der hier aufgetaucht ist und den Russen angeschrien hat?«

»Ach, der«, der Pressesprecher hob bekümmert die Schultern. »Das geht Tag und Nacht so zwischen den beiden. Am Anfang dachte ich, sie wären Cousins oder so, verkrachte Verwandte. Aber nein. Der andere ist Tadschike.«

»Tadschike?«

»Aus Tadschikistan. Ein Nachbarland von Kirgisien. Der Dolmetscher hat mir erklärt, dass die Tadschiken die Kirgisen nicht besonders mögen. Wie das halt unter Nachbarn so ist. Sie sagen, dass die Kirgisen keine Kultur haben, nur Ärger machen und gar nicht hier sein sollten.«

»Aber sie sind hier.«

»Es sind viele Leute hier, Inspektor. Wenn wir sehen könnten, wie viele Leute hier sind, wären wir erstaunt. Und die Kirgisen sind eben auch hier.«

»Das kann ich mir vorstellen. Ich bin jetzt schon erstaunt, dabei bin ich das erste Mal hier. Ich kannte Kirgisien nicht«, erklärte der Inspektor. »Und was sind das für Tücher? Ist das tatsächlich die Fahne des Clubs von Extremadura?«

»Nein, die Fahne von Extremadura ist blau und granatfarben, wie die von Barcelona. Diese hier ist blau und rot. Und unser Club ist jetzt Salamanca.«

»Auch das noch.«

»Ja, auch das noch.«

ER SPRACH BEREITS ZUM ZWEITEN MAL über die Ebenen und das Vieh, das an den Seen weidet, über die Steppen des Nordens und die kleinen, schneebedeckten Dörfer. »Wie könnten wir Mörder sein? In Ihr Land kommen und töten?«

»Fragen Sie ihn, ob er Dichter ist«, bat Jaime Ramos.

Der andere spielte mit seinen Hemdknöpfen und zuckte, wie zum Zeichen der Resignation, die Achseln.

»Wenn Sie meinen.«

Er betrachtete den Mann, der ihm am Tisch gegenübersaß und den Kopf in die offenen Handflächen gestützt hatte, sodass seine eine Gesichtshälfte und das ganze Kinn verdeckt waren, und fragte ihn. Dann wartete er die Antwort ab, nickte zum Zeichen, dass er die Sprache verstand, die nur sie beide benutzten und die sie vor der Taktlosigkeit der Polizei schützte, und übersetzte für Jaime Ramos:

»Er sagt, nein, er ist kein Dichter. Aber er fragt, ob Sie wirklich Polizist sind oder ob Sie sich bloß über ihn lustig machen.«

»Über ihn lustig machen?«

»Oder ob Sie ihn auslachen. Sehen Sie mal: Der arme Mann ist vor zwei Wochen aus Kirgisien gekommen, er verbringt den ganzen Tag zwischen seinem Appartement auf der Expo und seinem Stand, räumt Kisten hin und her, überprüft, ob mit dem Strom alles in Ordnung ist, ob alles an seinem Platz ist und so weiter, und Sie fragen ihn, ob er Sonette geschrieben hat ...«

»Es müssen ja keine Sonette sein. Heutzutage kann man auch mit freien Versen Erstaunliches zustande bringen.«

Der Dolmetscher riss die Augen auf, starrte ihn wütend an, sagte aber nichts.

»Wenn Sie meinen«, wiederholte er. »Und jetzt, was mache ich jetzt?«
»Verpissen Sie sich.«
»Wie bitte?«
»Verpissen Sie sich, ich kümmere mich um ihn«, sagte Jaime Ramos und nahm den Zigarillo vom Plastikaschenbecher. »Wir werden uns schon verstehen.«
Der Mann erhob sich, sagte irgendetwas auf Russisch zu dem Sitzenden, winkte ihm zu und griff nach seiner Jacke, die über der Stuhllehne hing. Jaime Ramos lächelte den Vertreter Kirgisiens an und bedeutete ihm, ruhig sitzen zu bleiben. Der andere hatte ihn wohl verstanden, denn er lächelte ebenfalls, ein verständnisvolles, kumpelhaftes Lächeln, und öffnete die Hände, um ihm zu zeigen, dass er seinetwegen ganz beruhigt sein könne, er könne sogar schlafen, denn schließlich war er im Morgengrauen geweckt und an den Schauplatz des Geschehens gerufen worden. Dieser Tag hatte ihm die letzten Kräfte geraubt, die ihm nach dem Aufbau des Pavillons noch geblieben waren, und wenn er es auf Portugiesisch hätte ausdrücken können, so hätte er gesagt, dass ihm die Fragen der portugiesischen Polizei scheißegal waren. Jaime Ramos stand auf, blickte durch die Glasscheibe in der Tür und stellte fest, dass niemand auf dem Flur war. Dann drehte er sich zu ihm um, setzte sich wieder, lächelte ihn an und sagte: »You can go.« »Now? Right now?« Der Kirgise verstand nicht, was »Ach verdammt, hau einfach ab« hieß, denn das schien ihm dem Tonfall nach das zu sein, was der Portugiese ihm gesagt hatte, aber er stand auf und dankte ihm auf Russisch. Der Polizist sagte noch irgendetwas zu ihm, aber er hätte diesen Satz niemals wiederholen können.

Als er allein war, hustete Jaime Ramos und zündete sich schließlich einen neuen Zigarillo an. Die Ladung Ilhéus war aufgebraucht, und es wäre gut, wenn ihm jemand welche von den Azoren mitbringen könnte, ansonsten müsste er etwas anderes rauchen. Irgendetwas rauchte er immer, auch wenn er da draußen auf der Expo unzählige Schilder mit »Rauchen verboten« entdeckt hatte, die immer mehr wurden, je weiter er vorgedrungen war in die Flure, Konferenzsäle, Lagerräume und Treppenhäuser, die auf andere Flure führten, in Büros, die in Hauptquartiere eines disziplinierten Heers aus Stäben von Ingenieuren, Doktoren, Architekten, Verwaltern, Beratern, Sekretärinnen, Assistenten und eifrigen Angestellten umgewandelt worden waren, die Kaffee, Mineralwasser, Berichte und Karten anschleppten, in denen er die Orte markierte, die er noch besichtigen wollte.

Gegen Mittag betrachtete er die Angelegenheit als erledigt. Als der Kirgise begann, im Verhör seine Fragen zu beantworten, stellte er fest, dass er nichts in der Hand hatte als die Identität der Leiche, und das war in einem Fall wie diesem ein bisschen dürftig: Rosa de Almeida Mendes bedeutete nichts, rein gar nichts, und auch nicht das Alter von achtundzwanzig Jahren oder die Tatsache, dass sie in Lissabon geboren war. Der mit einer Plastikplane zugedeckte Körper war auf eine Bahre gelegt und heimlich, still und leise auf der Straße abtransportiert worden, die auf den gewaltigen Schornstein der ehemaligen Petrochemiefabrik zuführte. Es handelte sich um keine ungewöhnliche Bitte, und er verstand den verängstigten Blick des Mannes, der trotz der dunklen Ringe unter seinen Augen im Namen der Expo sprach und auf Diskretion bestand.

»Sie verstehen doch. Drei solcher Fälle können das Ende der Expo bedeuten. Am späten Vormittag werden wir eine Pressemitteilung herausgeben. Na ja, mittags wäre eigentlich besser, falls wir noch warten können. So um die Mittagszeit. Drei Tote, auf diese Weise ermordet, bringen uns ganz schön in die Bredouille. Was wird das für ein Gerede geben.«

»Das ist eine gute Idee«, murmelte Jaime Ramos, aber der Mann von der Expo hörte ihn nicht, er sah sich schon von den Zeitungen, den Mikrofonen, den Nachrichtensendungen und den Besuchern bedroht. Zurzeit stellte das Pressezentrum, das noch still und verlassen ebenfalls nur wenige Schritte von Kirgisien entfernt lag, die größte Bedrohung dar. »Mich interessiert vor allem das hier.«

Der Mann von der Expo, der sich als Pressesprecher vorgestellt hatte, sah sich die Papiere an, die der Polizist ihm zeigte und auf die er mit dem Zeigefinger pochte.

»Diese Frau war hier angestellt.«

»Nein.«

»Doch. Und das ist nicht besonders gut. Wo liegt der Jardim das Rolas?«

»Cabeço das Rolas. Am Ende der Hauptstraße, es ist der Garten dort oben. Von da aus kann man alles sehen. Er wurde vom Architekten Ribeiro Telles entworfen.«

Aber das wusste Jaime Ramos bereits. Der Arzt hatte es ihm nach einem ersten Blick auf die Leiche gesagt, als er noch im Krankenwagen, in dem Rosa de Almeida Mendes aufgebahrt worden war, darum gebeten hatte, den Schlamm zu entfernen, der an den Kleidern der Frau festgebacken war und einen Teil ihrer linken Gesichtshälfte verdeckte, den Teil, der unten gelegen hatte.

»Sehen Sie mal, Inspektor.«

Und er sah es. Das genügte ihm. Der weißliche Fleck Sand aus der Umgebung passte nicht zu den dunkelgelben, glatten Ablagerungen, die den Körper wie ein unbequemer, ja sogar überflüssiger Film überzogen, denn ohne sie wäre auf den ersten Blick zu erkennen gewesen, dass es sich um den Körper einer Frau handelte. Mit Schlamm bedeckt handelte es sich einfach um eine Leiche, die ein rotblaues Tuch umklammert hielt, eine geschlechtslose Leiche ohne besondere Merkmale, ein wenig zusammengekrümmt – Rückenlage, wie der Arzt später im Bericht schreiben würde. Im bläulichen Morgenlicht, das sich im Tejo widerspiegelte, hatte man schon ein paar Sekunden länger hinsehen müssen, um die Konturen der Lippen zu erahnen, die zarte Gesichtshaut, die Brüste, die sich unter dem grünen Hemd abzeichneten, die kleinen Füße, das, was einmal eine weibliche Taille gewesen war. Und wenn man noch genauer hinsah, erkannte man jenes Detail knapp über dem Magen, nur ein Detail, eine kleine Wölbung, aus der der dunkle Blutfleck allmählich ausgetreten war und sich dann über die Kleidung, den Schlamm und die bereits entfernten Tücher ausgebreitet hatte und die schließlich jeder als eine Öffnung erkannte. Genau so würden es die Techniker später beschreiben, als Eintrittsöffnung für das Geschoss, das wohl zwischen zwei Wirbeln steckte, anschließend würde man diese banale Tatsache feststellen: Da war eine Öffnung, wie geschaffen für das Eindringen des Geschosses, aber keine andere, keine Austrittsöffnung für eben dieses Geschoss.

Und plötzlich explodierten in Jaime Ramos' Erinnerungen alte Fotos, Schwarzweißbilder von anderen Körpern,

von einem anderen Boden, von anderen Frauen. Aber dies passierte ihm immer, wenn er sich vergegenwärtigte (denn ein Inspektor muss sich um den Papierkram kümmern, sollen sich doch die einfachen Polizisten die Hände schmutzig machen), dass für einen Polizisten, wenn es um Mord geht, die Gesetze von Fall zu Fall sehr ähnlich sind. Mal ist es ein Körper, mal sind es zwei, aber viel mehr ist da nicht. Manchmal gab es Besonderheiten, das stimmte schon: ein entstelltes Gesicht, ein aufgeschlitzter Unterleib, hervorquellende Augen. Aber das Wichtigste lag fast immer dort am Boden.
In diesem Fall gab es jedoch eine andere Besonderheit, und der Arzt brauchte nur den zweiten Hosenknopf des Mädchens zu öffnen (der erste war lose), um festzustellen, dass zwischen Stoff und Haut nichts war. Die Unterwäsche fehlte. Natürlich hatte Jaime Ramos auch schon andere Frauen ohne Unterwäsche gesehen, aber niemals unter diesen Umständen.

AUS BERICHTEN DIESER ART erfährt man so ziemlich alles. Der Stil variiert ein wenig, je nachdem, ob er in Porto oder Lissabon geschrieben, ob er von einem erfahrenen Arzt verfasst wurde oder von jemandem, der den Eindruck vermitteln will, dass er sich mit Leichen auskennt, was von seinen Lesern nicht immer geschätzt wird. Man kann erfahren, was jemand gegessen hat, ob er vor vielen Jahren am Blinddarm operiert wurde oder nicht, man erfährt etwas über seine mehr oder weniger lange zurückliegenden sexuellen Aktivitäten, über seine persönlichen Hygienegewohnheiten, wie oft er zum

Zahnarzt gegangen ist, wie das tödliche Geschoss in ihn eingedrungen ist und wann. Und sogar unverständliche Dinge wie »schwer zu quantifizierendes Hämomediastinum«, »nicht-offene Fraktur des Manubriums im mittleren Drittel«, »Dornfortsatz von Th 8 zerschmettert«, »Perforation der Herzkammerscheidewand«, »Hemisektion des Rückenmarks«.

»Sehen Sie«, sagte der Arzt, »es gibt Menschen, die so etwas ohne größere Probleme überleben. Aber hier wurde aus nächster Nähe geschossen und gut gezielt.«

»Ich bin kein Literaturkritiker, aber das habe ich verstanden.«

Jaime Ramos faltete die Blätter zusammen, steckte sie in die Innentasche seiner Windjacke und schickte sich an, das Sprechzimmer des Arztes zu verlassen. Nun war er endgültig davon überzeugt, dass er sich in fremder Umgebung befand, und die Tatsache, dass er zwei oder drei Monate in Lissabon würde verbringen müssen, war nur ein Anzeichen für die Verschwörung, die er schon seit Monaten vorhergeahnt hatte, seit er erfahren hatte, dass sich bei der Polizei etwas ändern sollte, dass Vorgesetzte und Inspektoren kommen und andere gehen würden: eine Umstrukturierung – dieses obszöne Wort, das bedeutet, dass es Anweisungen gab, diesen oder jenen zu entfernen. Er hatte nie Probleme gehabt, weder mit dem derzeitigen Chef noch mit den vorherigen. Er war kein schwieriger Beamter, aber später hatte er verstanden, warum ausgerechnet er kurz vor Sommeranfang nach Lissabon geschickt worden war, just zu der Zeit, als Rosa zum Angriff überging, den sie mit der Verkündigung einleitete, sie brauche Urlaub (ja, er hatte die Kataloge der Reisebüros gesehen, die auf Rosas Küchentisch ausgebreitet lagen, die Bilder von Karibikstränden, Hotels, die neben Kokospalmen am Strand wucherten). Das hatte ihn endgültig davon überzeugt, dass eine häusliche und berufliche Verschwörung gegen ihn im Gange war. Obwohl »häuslich« eigentlich nicht der richtige Ausdruck war, denn Rosa lebte nicht mit ihm zusammen, sondern war gewissermaßen seine Nachbarin, sie schliefen zweimal pro Woche miteinander, spielten zusammen Karten, und manchmal begleitete sie ihn samstags vormittags auf seinen Ausflügen, wenn er beschloss, sie zu dem eher entwürdigenden Schauspiel eines Angeltages im Haff von Aveiro einzuladen. In letzter Zeit erklärte sie sich einverstanden, ihn zu begleiten, solange sie nicht mit ansehen musste, wie die Fische sich auf dem Boden des kleinen Holzbootes abquälten, das Jaime Ramos schon seit Jahren in Torreira liegen hatte und mit dem er auf gut Glück, bei strahlendem Sonnenschein oder Nebel, das Haff von Aveiro entlangfuhr. Sie zog es vor, sich im Heck niederzulassen, ein Buch aufzuschlagen und sich nicht weiter um ihn zu kümmern oder – wie es in letzter Zeit der Fall gewesen war – davon zu reden, dass der Urlaub geplant werden müsse. Er wollte aber nicht über den Urlaub reden. Rosa sagte, er wolle gar nichts, aber er wusste, dass das nicht stimmte, er wollte sich bloß nicht auf Urlaubspläne festlegen, die sie als Frau vorschlug, da, wie sie nicht müde wurde zu betonen, Männer zum Schmieden solcher Pläne gänzlich ungeeignet waren und sich nie aufraffen konnten, mal woanders hinzufahren. Männer waren Gewohnheitstiere, faul und wenig phantasievoll, wenn es um echte, praktische und zweckmäßige Fragen ging. Jaime Ramos zum Beispiel hatte diese Angewohnheit, an zwei Samstagen im Monat im Haff von Aveiro angeln zu gehen. So gegen acht Uhr morgens überquerte er die Brücke nach Torreira, wo er immer im gleichen Lokal einen Kaffee trank. Diese Angewohnheit war zu einer Besessenheit geworden, einer Art Fixpunkt, den nur ein Fußballspiel oder eine dringende Arbeit hätten ändern oder verhindern können. Erst später, wenn die Schatten der Dünen von São Jacinto die Dämmerung ankündigten, erwachte er aus seiner Lethargie, die Rosa anfangs Sorgen bereitet hatte. Dann sprach er über die Reiher, die früher zwischen den Pinienhainen oder den inzwischen verschwundenen Heuschobern entlanggeflogen waren, und erklärte sich bereit, nach Porto zurückzukehren, sich dem Verkehrsstrom anzuschließen und sich der Nacht zu überlassen, die zwischen den Eukalyptusbäumen, den Pinien und den Dünen, die die Sicht auf das Meer verdeckten, hereinbrach.

Auch daran dachte er: an die wachsende Sehnsucht nach seiner Wohnung, seiner Stadt und dem Himmel über seiner Straße, der Rua Barão de Nova Sintra. Er hatte zugestimmt, für zwei Monate nach Lissabon zu gehen, um sich die schwierige Aufgabe der Urlaubsplanung zu ersparen, auch wenn er wusste, dass ihm hinterher nichts anderes übrig bleiben würde als zu verreisen, sich in einem Hotel einzumieten, in den Touristenläden Souvenirs zu kaufen, ein paar Stunden in einem klimatisierten Flughafen zu warten. Es gab aber noch einen weiteren Grund, der Jaime Ramos allerdings erst einfiel, als er sich bereits mit der Vorstellung abgefunden hatte, nach Lissabon zu gehen. Er war erst darauf gekommen, als es zu spät war, als sich alles mit der üblichen Schnelligkeit abspielte, die ihn schon längst nicht mehr überraschte. Als die erste Leiche auf dem Expo-Gelände gefunden wurde, hatte Jaime Ramos schon mit ihr gerechnet. Er wusste nicht, an welcher Stelle sie auftauchen würde, reglos und verlassen, und ob sie blutbefleckt sein würde oder makellos, bereit für die Untersuchung durch die Ärzte, die ihre Wunden aufspürten wie einen Fabrikationsfehler, und durch die Polizisten, die versuchen würden, ihre Biographie zu rekonstruieren und irgendwo in ihrem Leben eine Unstimmigkeit zu entdecken, einen Verdacht, auf den sich die Ermittlungen richten konnten. Er wusste nicht einmal, ob sie überhaupt auf dem ausgedehnten Ausstellungsgelände auftauchen würde, inmitten der Gebäude, von denen jedes einzelne ein Symbol für irgendetwas darstellte, zwischen den Türmen, die von den besten Architekten Portugals umgestaltet worden waren. Die Farben waren von Fachleuten erarbeitet worden, die über die Welt verfügten, als sei diese organisierbar und katalogisierbar, es gab hier winzige oder riesige Pavillons mit den Flaggen ferner oder naher Länder, Bäume, die entlang akkurat geplanter Alleen gepflanzt waren, sodass diese wie ein Foto wirkten, auf dem die Landschaft makellos war wie in seinen Träumen, Wände aus Kacheln oder sorgsam verwobenen Fasern, schwarze und graue Dächer, die das Tageslicht oder die über den Fluss hereinbrechende Dunkelheit reflektierten. Und hinter all dem erhob sich die gewaltige Brücke, die er bisher noch nicht überquert hatte, die aber still auf ihn wartete.

An jenem Morgen im Mai, als das Telefon ihn mitten in der Nacht aus dem Schlaf riss, träumte er irgendetwas, an das er sich danach nicht mehr erinnern konnte. Es war aber wohl auch bedeutungslos angesichts dessen, was dann geschah, als sich ihm vor der gewaltigen Glocke aus Glas und Acryl das schönste Schauspiel seines Lebens bot: ein vollkommen ruhiges Meer, eine Farbe, die in ihrer künstlichen Natürlichkeit jenem Traum entsprungen schien, an den er sich nicht erinnern konnte, ein Gewässer, dessen schwebende Partikel sich im Rhythmus kleiner Wellen wiegten, die ebenfalls künstlich waren oder durch die Bewegungen von Fischen der unterschiedlichsten Art, Farbe und Größe erzeugt wurden. Sie schwammen zwischen Pflanzen umher, die so echt wirkten wie die Vögel, die auf Felsen voller Seesterne, Büsche und Muscheln saßen, die einzig und allein da zu sein schienen, um die Harmonie des schwebenden Schauspiels unter Wasser abzurunden. Doch dann sagte eine Stimme:

»Es ist nicht hier, Inspektor. Das hier ist der Pazifik.«

»Aha. Und was ist das da drüben?«

»Das sieht aus wie Korallen, aber die Korallenriffe sind weiter vorne, nebenan, im Indischen Ozean. Das hier sind wohl nur ein paar bunte Felsen. Sie sind aus Plastik.«

»Aus Plastik?«

»Oder so was. Genau wie die Seesterne da im Wasser oder die Pflanzenblätter. Nur die Fische sind echt, die kommen aus der ganzen Welt, die Rochen und Haie da oben im Hauptbecken. Na ja, die Haie, die's überlebt haben. Inzwischen sind schon zwei eingegangen. Noch zwei Opfer der Expo.«

»Gibt's auch Seebarsche?«

»Wahrscheinlich. Hier gibt's alles.«

»Wie auf dem Markt von Espinho. Das da sind Austern.«

»Wir sollten besser gehen, Inspektor. Entschuldigen Sie,

aber es ist dringend. Es ist da drüben, auf der anderen Seite, beim Atlantik.«
Sie gingen zwischen den Gewässern hindurch, umgeben von den Düften, die aus den beiden gewaltigen Aquarien des Ozeanariums aufstiegen, bis sie zum Atlantik mit seinem dunkelblauen Wasser und seinen grauen Felsen kamen, die Jaime Ramos an die Azoren erinnerten, Stücke abgekühlter und in alle Ewigkeit versteinerter Lava. Dort waren ein paar Männer und eine Frau damit beschäftigt, einen Körper auf dem Boden abzulegen. Die Augen des Toten starrten zur Decke hinauf. Nach der Farbe der schrumpeligen Haut zu urteilen, würde er ihnen noch Probleme bereiten. Das einzige Detail, das Jaime Ramos auffiel, waren die nackten Beine: Am Ende des rechten Fußes fehlte ein Zeh.

EIN ZEH IST NUR EIN UNBEDEUTENDES DETAIL, schließlich ist ein Körper auch ohne Zehen voll funktionstüchtig, umso mehr, wenn nur ein einziger Zeh fehlt. Jaime Ramos betrachtete den Körper, ein Meter zweiundsiebzig, schätzte er nach einem prüfenden Blick auf den Mann, der mit zur Seite gewandtem Gesicht und ausgebreiteten Armen auf dem Bauch lag, ein wenig nachlässig, ein wenig verlassen zwischen den Lichtkegeln, die von der Decke des Ozeanariums herabfielen. Woher dieses Licht wohl kam? Sanfte Lichtbündel, die die Bühne des Atlantiks in einen gemütlichen Raum verwandelten, wie geschaffen für friedliche, gemächliche, beruhigende Unterhaltungen, wäre da nicht dieser Körper mitten auf dem Boden gewesen, bewacht von vier Männern und einer Frau. Sie war es, auf die Jaime Ramos seinen Blick richtete, sobald er die Leiche flüchtig untersucht hatte – von den zerwühlten dunklen Haaren, die ihr in die Stirn gefallen waren, bis hin zum rechten Fuß, an dem der große Zeh fehlte. Die Frau fiel ihm auf, weil sie einen dunklen Badeanzug trug, der sich kaum von ihrer ebenfalls dunklen Haut abhob, geschmolzenes Karamell war das Bild, das ihm in den Sinn kam, Karamell, goldenes und dunkles, von der Sonne natürlich gebräuntes Karamell.

Neben ihm murmelte Isaltino de Jesus:

»Dafür ist jetzt wirklich nicht der richtige Zeitpunkt, Chef.«

Da sie abseits der Gruppe der Wachleute standen, konnte Jaime Ramos etwas entgegnen wie »Ich weiß, Isaltino, es ist nur, weil es noch so früh am Morgen ist«, aber er erkannte selbst, dass eine Leiche eine Leiche und ein Körper ein Körper ist und dass es für alles einen richtigen Zeitpunkt gibt: jetzt ein Verbrechen, danach eine Frau, danach was auch immer. Also kniete er nieder, als wolle er seine Solidarität mit dem Ertrunkenen bekunden.

»Warum fehlt ihm ein Zeh, Isaltino?«

»Ich bin erst vor kurzem angekommen, Chef. Aber es sieht so aus, als wäre der Zeh abgerissen worden.«

»Abgerissen?«

»Abgebissen, Chef. Ausgerechnet der große Zeh, bei dem das am schwierigsten ist.«

»Wie kann denn ein solcher Zeh abgebissen werden?«

»Von einem großen Fisch mit Zähnen, einem Piranha.«

»Eine Forelle wird es wohl kaum gewesen sein.«

»Auf jeden Fall ist das grausam. Brutal.«

Jaime Ramos bat die Gruppe, sich zu entfernen: Wenn die

Herrschaften so freundlich wären, dies ist Aufgabe der Polizei, etwas in der Art. Hätte diese Szene sich auf einer Straße abgespielt, hätte er etwas anderes gesagt, weiter, weiter, nicht stehen bleiben. Aber die Expo war eine andere Angelegenheit, da war eine andere Sprache vonnöten. Er wusste, dass er sich in den nächsten Tagen an das gewaltige Konzert der Nationen, der Wissenschaften, der Utopien, der Ideen, der Künste, der Leute würde gewöhnen müssen, an die am Flussufer versammelten Länder, an die Züge, die von einem Ende zum anderen fuhren, an die Drahtseilbahn, die über die Gebäude und die Türme hinwegschwebte, über die mit einer in bisher erbauten Städten unbekannten Strenge entworfenen Alleen und die mit ausgesuchten Spezies bepflanzten Gärten. Aber in diesem Augenblick kniete er nieder, streckte die Finger aus und strich mit ihnen über den Rücken des auf dem Acrylboden liegenden Mannes, als wären sie Verlängerungen seines Körpers, Instrumente einer ganz eigenen Chirurgie, dazu bestimmt, den Tod und das Unglück der anderen zu bestätigen. Dann fuhr er mit eben diesen Fingern über den Hals, den Nacken, die ersten Knubbel, die auf die Wirbelsäule hindeuteten, und sah Isaltino de Jesus an.

»Frag mal nach, wann sie das hier entdeckt haben.«

Aber Isaltino de Jesus zog ein Stück Papier aus seiner Hosentasche und sah den Inspektor an.

»Die Expo schließt so gegen neun. Nach Mitternacht ist hier tote Hose. Niemand hat was bemerkt. Erst um drei ist jemand hier vorbeigekommen, das Licht brennt immer. Sie müssen verstehen, Chef, ich hatte noch keine Zeit, mehr herauszufinden, das ist ja erst ungefähr zwei Stunden her. Der Mann arbeitet nicht direkt auf der Expo, aber er hat was mit den Fischen zu tun, das schon, er ist ziemlich oft ins Ozeanarium gekommen, so heißt das hier nämlich.«

»Ich weiß, wie das hier heißt. Und wer sind die da drüben?«

»Wachleute vom Ozeanarium. Und das Mädchen, klar. Ozeanologin. Wissenschaftlerin.«

»Wissenschaftlerin?«

»Für Meeressachen. Sie heißt Elena. Ohne H, sie kommt nämlich aus der Karibik. Sie ist aus Mexiko. Aus Mexiko, Chef.«

»Das hat mir gerade noch gefehlt, eine mexikanische Mulattin.«

»Sie ist keine Mulattin. Sie ist eine richtige Indianerin.«

»Ich habe Augen im Kopf, und das hat mir gerade noch gefehlt. Eine Indianerin.«

»Sie müssen es ja wissen, Chef.«

Jaime Ramos sah, dass die marineblaue Badehose des Mannes keine Taschen hatte. Es waren eine einfache blaue Hose, das einzige Kleidungsstück, das er trug, abgesehen von einer Uhr, die ja kaum als Kleidungsstück gelten kann, und einem Lederband auf der Brust – er sah es im Nacken, rund um den Hals –, das ebenfalls nicht zu den Kleidungsstücken zählte. Er spürte, dass die anderen ihn beobachteten, und so vermied er es, plötzlich aufzustehen, damit sie nicht bemerkten, dass ihm das Aufstehen um diese frühe Zeit schwer fiel. Er richtete sich langsam, ganz langsam auf und stützte sich dabei auf den Rand des gewaltigen geschlossenen Beckens, das den Atlantik umgab und eingrenzte.

»Und wer ist das hier?«

Einer der Männer aus der Gruppe trat vor, als er sah, das Jaime Ramos seinen Blick auf ihn richtete:
»Man könnte sagen, er arbeitet für die Expo. Er war beim Aufbau des Ozeanariums dabei und ist vor kurzem zurückgekommen. Er kommt von den Azoren, das ist alles, was ich weiß, verstehen Sie, der Atlantik hat viel mit den Azoren zu tun, und von da kommt er her. Er ist mit den Fischen gekommen.«
In diesem Moment begann sie zu sprechen, und Jaime Ramos empfing ihre Stimme wie eine Offenbarung: tief, bedächtig, eindringlich. Und er hatte das Gefühl, dass die Lippen der Frau sich bewegten, als wollten sie ihm etwas mitteilen:
»Er heißt Paulo. Er kommt von einem ›Instituto oceánico‹, einem Institut für Meeresforschung auf den Azoren. Die ersten Tage hat er mit uns gearbeitet. Vor kurzem, ›hace poco‹, ist er zurückgekommen, um die Fische von den Azoren zu sehen und Informationen über ihre Reaktion auf das Habitat zu sammeln. Aber gestern wollte er abreisen, ›hacia‹ Ponta Delgada. Er hatte alles gesehen, sich seine Notizen gemacht. Er wollte nicht mit uns zu Abend essen, um das Flugzeug noch zu erwischen. ›Quería regresar‹, er wollte zurück, hat er uns gesagt.«
Später sollte Jaime Ramos sich an diese Worte erinnern, die ersten, die er aus dem Mund von Elena Carreter vernahm, aber in diesem Moment hörte er sie nicht, denn es traf ihn wie ein elektrischer Schlag. Das war es: eine Art Schlag, ein Druck auf die Wirbelsäule, der ihm bis zum Hals hinaufstieg wie eine plötzliche Erkenntnis, vor allem aber wie ein Gefühl von Kälte, eine Klinge, die sein Rückgrat entlangfuhr, genau in dem Augenblick, als er

den Kopf senkte, um nicht direkt in Elena Carreters gebräuntes Gesicht blicken zu müssen; so ließ er sie einfach sprechen, erklären, berichten, was geschehen war, mit ihrer merkwürdigen Stimme, tief, bedächtig, eindringlich. Nicht, dass die Stimme ihn geschmerzt oder die Mischung aus Spanisch und Portugiesisch ihn beeindruckt hätte oder dass sie ihn an andere Gesichter, andere Augenblicke, andere Jahre seines Lebens erinnert hätte. Dazu war es noch zu früh, das kam später, als er auf dem Sofa lag und sich die in seiner Erinnerung gespeicherten Sätze Wort für Wort wieder ins Gedächtnis rief. Sie waren wie unsichtbare Daten, wie Echos, so nah wie die Bilder, die in einer unbekannten Gehirnwindung entstanden und schweigend die Nacht eroberten, wie die Papiere, auf die er ungeordnete Entwürfe zeichnete, Namen notierte und alles aufschrieb, was nötig war, damit der Fall nicht länger ein einfacher Kriminalfall war, sondern endlich zu seinem Fall wurde.

Es ist daher nicht verwunderlich, dass er sich in seinen Untersuchungen überrumpelt fühlte, als einige Minuten später das Polizeiteam hereinkam, ausgerüstet mit den üblichen Geräten, den üblichen Lampen, den in einem solchen Fall üblichen Gestalten. In diesem Augenblick wurde ihm bewusst, dass ihm die Erkenntnis zuteil geworden war und dass er auf sie gewartet hatte wie auf die einzig mögliche, dass sie die präzisen Bewegungen jenes Universums durcheinander wirbelte, in dem alle Ereignisse unabänderlich und klar erkennbar waren.

Er beobachtete die Bewegungen des Teams, die Messungen, die Geräte, die Lampen an den Maschinen und fragte Isaltino de Jesus, der mithalf:

»Ist alles aufgezeichnet?«

»Auf Video. Alle Gebäude, alle Straßen, alle Pavillons. Noch bevor Sie was gesagt haben, Chef, habe ich schon darum gebeten, alles vorzubereiten, damit wir uns die Aufnahmen ansehen können. Das läuft alles bestens hier. Die haben einen super Sicherheitsdienst, alles ganz professionell. Aber von hier drinnen gibt es keine Aufzeichnungen. Ich habe sogar gedacht, dass sie uns das Material für unsere Arbeit überlassen könnten. Anschließend, versteht sich.«

»Es gibt kein Anschließend, Isaltino. Die Expo bleibt für immer.«

Aber eine Eingebung bewog ihn, sich in den Schatten zurückzuziehen und die Gruppe von Polizisten zu beobachten, die ihn gegrüßt hatten und dann an die Arbeit gegangen waren. Einer von ihnen hatte noch gefragt:

»Und der Zeh, hat jemand den Zeh gesehen? Ich wüsste gern, was das für ein Fisch war, der ihn gefressen hat.«

»Es gibt keinen Zeh«, erwiderte Jaime Ramos. »Und auch keinen Fisch. Der Zeh wurde abgeschnitten, bevor das Opfer starb. Mit einem Messer und in einem Schnitt.«

Dann wandte er sich an Elena Carreter – zu diesem Zeitpunkt kannte er ihren Namen noch nicht, aber er sprach sie an – und fragte sie:

»Und welche Fische hat er von den Azoren mitgebracht?«

DIE GESCHWINDIGKEIT DES TAXIS überraschte ihn, aber das war nebensächlich. Um sieben Uhr morgens war der Taxistand am Gare do Oriente leer. Erst legte er die Zeitungen in den Wagen, dann ließ er sich auf der Rückbank nieder und nannte den Namen des Hotels, während er

zwei oder drei Bilder vor seinen Augen beiseite schob und sie dabei zugleich in einem imaginären, geheimen Privatarchiv ablegte, in dem er die Themen nach einer Ordnung sortierte, die nur ihm selbst bekannt war. Elena Carreters Gesicht war eines dieser Bilder, es überlagerte das Bild vom Körper des am Boden liegenden Mannes. Sie hatten ihn so hingelegt, dass die Polizeieinheit, die das Ozeanarium kurz darauf über die Außentreppe betrat, von der aus man den Fluss in der Morgendämmerung sah und die gewaltige Brücke, die ihn von Süden her überspannte, ihn in aller Ruhe untersuchen konnte. Sie hatten einen geübten Blick, das wusste er. Sogar jene Frage des Polizisten war zu erwarten gewesen und die Art, wie er sie stellte, nachdem er die Gruppe der Expo-Angestellten eingehend gemustert hatte:
»Und der Zeh, hat jemand den Zeh gesehen? Ich wüsste gern, was das für ein Fisch war, der ihn gefressen hat.«
Das war Absicht. Aber Jaime Ramos hatte seinen Blick nicht von Elena Carreters Gesicht gewandt, um sich zu überzeugen, dass sich darauf weder Überraschung noch Unbehagen abzeichneten. Das Blut am Fuß des Mannes war geronnen, die Wunde war nur ein Schnitt im Fleisch, das bloßliegende weiße Gewebe ließ erkennen, dass etwas fehlte, nämlich ein Zeh, der große Zeh. Der beste Polizist ist der, der sich irrt, der unüberlegt daherredet, um seine Angst, seine große Angst zu verbergen. Und auch diese große Angst war ein Anzeichen, das sich bereits vorher gezeigt hatte, ein Anzeichen für die große Vorahnung, die ihn in den letzten Tagen gequält hatte, seit er in Lissabon angekommen war und seine Wäsche im Kleiderschrank seines Hotelzimmers verstaut hatte.

»Sagen wir«, hatte der Ressortleiter zuletzt geseufzt, »es handelt sich um eine Luftveränderung. Natürlich können Sie ablehnen. Aber was sind schon zwei Monate in Lissabon? Nehmen wir mal an, drei. Und wenn schon. Wie lange waren Sie nicht mehr in Lissabon, Inspektor?«

»Schon lange nicht mehr, seit achtzehn Jahren. Damals haben wir den Pokal gewonnen.«

»Welchen Pokal?«

Der Ressortleiter sah über den Rand seiner Brille hinweg, die auf seiner Nasenspitze saß, aber Jaime Ramos antwortete nicht. Es lohnte sich nicht. Was sich lohnt und was nicht, ist schnell entschieden, und dem Ressortleiter zu antworten, lohnte sich nicht. Es wurde allmählich Zeit für den täglichen Besuch im Fitness-Studio, und Jaime Ramos hatte in seinem Chef die Symptome einer Angst entdeckt, die nur Männer aneinander entdecken können. Sie zeigte sich an der Art, wie jemand unsichtbare Papiere ordnet, endgültige, unwiderrufliche Entscheidungen trifft, die Hand nach einer Zigarette ausstreckt, obwohl er bereits seit Jahren nicht mehr raucht, seit der Arzt ihm geraten hat, fortan auf Cholesterin und Giftstoffe zu verzichten und sich stattdessen mäßig und gesund zu ernähren, die Abende im Kreise der Familie zu verbringen und am Spätnachtmittag ins Fitness-Studio zu gehen, um dort nicht verbrauchte Kalorien und angestaute Energien loszuwerden. Als Belohnung, sagt der Arzt, liegt die ganze Welt vor Ihnen, das Leben ist ein Fluss, eine Straße ohne Haltestellen, man muss sein Schicksal in die Hand nehmen. Und wenn ich Schicksal sage, dann meine ich damit auch den Körper, so ist das nun mal. Und wenn ich Körper sage, meine ich damit das, womit der Körper in Berührung kommt – Staub, Essen, der nächtliche Himmel über der Stadt, andere Körper, die seinen Weg kreuzen, denn Körperpflege ist die wahre Religion, die wahre Medizin, der wahre Glaube, kurz gesagt, die Wahrheit. Die Ansteckungsgefahr ist riesengroß, und nur Gymnastik, Gemüse, Lektüre und Gartenarbeit können dazu beitragen, sie abzuwehren, sie bilden ein starkes, kämpferisches Gegenmittel, ja, sie verkünden ein Evangelium, denn die Entdeckung eines Gefühls für die Opfer, die der Körper, dieses unbequeme Tier, darbringt, muss den anderen mitgeteilt werden, die noch nicht vom Lichte der allerneuesten Wissenschaft zur Erhaltung der Spezies erleuchtet wurden. Und nach der Gymnastik, dem Gemüse, der Lektüre und der Gartenarbeit kommen dann natürlich Yoga, Atemübungen, Sportkleidung, Spaziergänge, sexuelle Enthaltsamkeit, Kabelfernsehen und eines Tages ein sorgfältig vorbereitetes, würdiges Alter, das so organisiert ist, dass der Tod nichts weiter als eine kleine Unannehmlichkeit darstellt, die weder die Gesellschaft noch die Familie behelligt, die zu dieser Zeit bereits vergessen hat, dass dieser Körper überhaupt existiert hat, so wenig Mühe hat er zu Lebzeiten bereitet.

»Wie auch immer, es ist besser, wenn Sie für einige Zeit nach Lissabon gehen. Sie wissen, die haben uns um unsere Mitarbeit gebeten. Sie sind hier unabkömmlich, aber wir können nicht ablehnen. Und Ihre Aufgaben hier können mehr oder weniger warten. Sie können sogar bei der Eröffnung der Expo dabei sein.«

Jaime Ramos verstand. Um sieben würde das Fitness-Studio den Direktor in Empfang nehmen, pünktlich um Viertel vor acht war es dann Zeit für fünfzehn Minuten in der

Sauna mit anschließender kalter Dusche. Um halb neun würde er zu Hause sein. Es war keine Zeit, die aus Lissabon kommende Bitte um Mitarbeit zu diskutieren, umso mehr, als er wusste, dass diese Bitte gar nicht existierte, sie war eine spontane Erfindung, um ihm Demütigungen und weitere Untersuchungen oder Berichte über das zu ersparen, was in jener Aprilnacht geschehen war. Schon die ganze Woche über hatte er es im Blick von Isaltino de Jesus gespürt: das quälende Gefühl von Mitschuld und gleichzeitig die Furcht, von jener Art Krankheit befallen zu werden, dem Misstrauen der Vorgesetzten, dem Schweigen der Sekretärinnen, dem Gemurmel auf den Gängen gegen Abend, wenn die Stille sich langsam im alten Polizeigebäude ausbreitet und die Mücken, angezogen vom Licht, durch die halb geöffneten Fenster hereinschwirren. Jaime Ramos, der diese Fenster liebte, die über die Geräusche der Nacht wachten, rief ihn nach dem Gespräch zu sich.

»Ich gehe für eine Weile nach Lissabon.«

»Für lange Zeit, Chef?«

»Drei oder vier Monate. Und du kommst mit. An den Wochenenden fährst du nach Valongo zu deiner Familie, aber die restliche Zeit bleibst du bei mir.«

»Sie müssen es ja wissen, Chef.«

Aber zumindest diesmal wusste Jaime Ramos nichts und konnte auch Rosas Fragen nicht beantworten, wenn sie ins Restaurant oder ins Kino gingen.

»Die kriegen mich nicht klein, Isaltino.«

Das war ein weiteres jener Bilder, die Jaime Ramos in seinem imaginären Archiv zu verstauen versuchte, während das Taxi die Avenida de Berlim in Richtung auf den zweiten Umgehungsring hinauffuhr – das Bild eines Problems bei der Polizei, der Verdacht auf Verletzung der Dienstpflicht, zwei unterschlagene Dokumente, ein Angehöriger des Staatsministeriums, der an Pädagogik glaubte, an die Wiedereingliederung von Messerstechern und an sanfte Methoden bei ihrer Festnahme. Mit fünfzig hast du keine große Wahl mehr. Du bist nicht mehr im besten Alter, der Frühling ist dir lästig, Rosa betrachtet mitten in der Nacht dein Geschlecht, und du stehst auf und setzt dich schweigend auf die Veranda, wartest auf den Schlaf. Vielleicht ist es deine Schuld, dass du keine Messer magst und auch die nicht, die sie benutzen, dass du diesem Typen die Fresse poliert hast, dass du ihn gegen die Zimmerwand gestoßen hast, als er bereit war auszupacken, und dass er einen Rechtsanwalt in Famalicão angerufen hat, der ihm geraten hat, eine Untersuchung anzustrengen wegen Amtsmissbrauchs und übertriebener Gewaltanwendung gegen einen wehrlosen Bürger, der nur zum Verhör geladen war und gegen den keine Anklage vorlag. Wahrscheinlich hast du keine weiße Weste, aber so ist das nun mal bei der Polizei. Also war es besser, den Vorschlag anzunehmen und nach Lissabon zu gehen, für einige Zeit, nur für einige Zeit, auch wenn du wusstest, dass es keine Bitte um Mitarbeit gegeben hatte und dass in diesem Frühling kein Schlitzer unterwegs war. Das einzig Neue war die Expo, eine Insel aus Acryl, Zement, hängenden Gärten, Metalltürmen und farbigen Fahnen, an denen der Tejo vorbeizog.

Aber dies war nicht seine Stadt, und vor zwei Stunden, als er das Ozeanarium betrat, anfangs noch seinen Zigarillo versteckte und eine Schläfrigkeit verspürte, mild wie die Mainächte, hatte er sich als Eindringling gefühlt. Dies war nicht seine Stadt, dies war keine seiner Leichen. Er konnte an ihr kein Anzeichen für die Zugehörigkeit zu einer Gang erkennen, keine Wunde – abgesehen natürlich von dem fehlenden Zeh –, nichts, was ihm einen Hinweis darauf hätte geben können, aus welchem Viertel sie stammte. Ob die Toten von Lissabon anders waren, weltgewandter? Ob sie wohl andere Tätowierungen aufwiesen oder anders rochen, wenn sie nicht gerade aus einem der Becken des Ozeanariums gezogen wurden? Aber das, was er wie eine Wunde im Gedächtnis behielt, war weder der fehlende Zeh noch der dünne Wasserfaden, der dem Mann aus dem Mund rann. Es war vielmehr Elena Carreters Blick. Von dem Moment an, in dem der Polizist nach dem Zeh gefragt hatte, bis zum Ende seines eigenen Satzes, den er vorsichtig ausgesprochen hatte, um sich nicht durch seinen Dialekt zu verraten, hatte er seinen Blick nicht von Elena Carreter gewandt.

»Es gibt keinen Zeh«, erinnerte er sich gesagt zu haben. »Und auch keinen Fisch. Der Zeh wurde abgeschnitten, bevor das Opfer starb. Mit einem Messer und in einem Schnitt.«

Die Mexikanerin hatte sich nicht schockiert gezeigt. Ihr Gesicht ließ keine Regung erkennen und auch ihre Hände und ihr gesamter Körper nicht. Sie hatte sich das genauso angehört, als hätte man ihr gesagt, dass hier die flüssige Masse der Meere ausgestellt war, in jenem mit gewelltem Glas überdachten Gebäude, das Hunderte von Arten aus den vier großen Ozeanen beherbergte. Das hätte Jaime Ramos auch überrascht. Elena Carreter erinnerte ihn an einen anderen Ort und höchstwahrscheinlich auch an eine andere Frau.

NORMALERWEISE TRÄUMTE ER NICHT, weder gut noch schlecht, und wenn er doch einmal einen Traum hatte, vergaß er ihn, noch bevor er darüber nachdachte. Im Allgemeinen waren es Albträume, um die Wahrheit zu sagen, und Rosa schob das auf den übermäßigen Tabakkonsum und die nächtliche Sauferei, obwohl sie wusste, dass Jaime Ramos nicht mehr als drei Zigarren pro Tag rauchte und das, was er trank, nicht der Rede wert war. An diesem Morgen wurde er zu früh geweckt, obwohl er im Morddezernat Bescheid gesagt hatte, dass er in der Nacht zuvor aus dem Schlaf gerissen worden war und bis zum Mittag dösen wolle. Man teilte ihm mit, der Sack sei gefunden worden – es war ein ganz gewöhnlicher schwarzer Reisesack mit Reißverschluss, in dem sich nichts weiter befand als schmutzige Wäsche, ein Paar Schuhe, ein Buch und eine Plastikbrieftasche mit einem Flugticket, bei dem der Abschnitt mit dem Flug von Ponta Delgada nach Lissabon vier Tage zuvor abgerissen war. Die Rückreise war nicht angetreten worden. Wenn alles mit rechten Dingen zuging, würde sie auch nie angetreten werden, denn der Name des Passagiers, der das Flugzeug an diesem Nachmittag hätte nehmen sollen, lautete Costa, P., »Costa Pe Punkt«, wie einer der Polizisten betonte. Und tatsächlich stimmte die Beschreibung des lebenden Paulo Viveiros Costa in etwa mit der Leiche überein, die an diesem Morgen inmitten des Strudels aus Fischen, Plastikalgen und schwebendem Sand treibend gefunden worden war und die im kaltblauen Szenario des Atlantiks noch mehr Staub aufgewirbelt hatte.
»Es lohnt sich nicht, den Sack näher zu untersuchen«, sagte Meireles. »Wir schicken ihn später an die Familie. Was suchst du denn?«

»Ich will nur mal sehen.«
»Wir haben schon alles durchgesehen. Der Mann zog sich an, das ist alles, was es zu sehen gibt. Schmutzige Wäsche und weiter nichts.«
»Und ein Paar Schuhe, ein Kulturbeutel mit Zahnbürste und Rasierzeug, Deodorant, Kölnischwasser und Aspirin. Weiter nichts.«
»Wie ich gesagt habe. Wir haben alles gesehen.«
»Und ein Buch. Ist das nicht merkwürdig, dass da nichts weiter ist?«
»Wieso denn merkwürdig? Der Typ war nicht eitel, und das hier ist kein Film.«
Jaime Ramos nickte zustimmend und sah Meireles zu, als dieser sich erhob und seine Jacke anzog. Er hatte Meireles vor vielen Jahren kennen gelernt, als er neu bei der Polizei war und die Leute vom Drogendezernat noch nicht bewaffnet gewesen waren. Im Laufe der Jahre hatte er zufrieden festgestellt, dass es Meireles immer noch gab und er ihm manchmal aushelfen konnte, wenn sein persönlicher Vorrat an Zigarren in der kleinen licht- und wärmegeschützten Kiste zur Neige ging. Damals war Meireles Moped gefahren und machte von Zeit zu Zeit eine Diät, ohne jedoch seine Zigarren aufzugeben, die er jeden Monat in Badajoz holte. Zwanzig Jahre später war Meireles weg aus dem Drogendezernat, fuhr immer noch Moped, war immer noch verheiratet, fuhr einmal im Monat unter dem Vorwand, dort gut zu essen, nach Badajoz und trug immer noch den gleichen Benfica-Aufnäher mit vergoldetem Rand auf der Lederjacke.
»Was rauchst du denn im Moment so?«, fragte ihn Jaime Ramos.

»Eigene Auslese. Punch für die großen Momente, wenn Benfica ein Spiel gewinnt. Eine Churchill. Und San Luis Rey, wenn es passt und ich vergesse, dass Benfica überhaupt existiert. Das sind Augenblicke des Glücks. Ansonsten die verschiedensten Marken, je nachdem, was der Geldbeutel so zulässt. Aber heutzutage rauchen die Leute nur Mist. Die Amis werden sich Kuba unter den Nagel reißen, und wir werden zusehen können, wo wir unsere Zigarren herkriegen. Je früher du Zigarren findest, die nicht aus Kuba kommen, umso besser. Joyas de Nicaragua, Macanudos, Cuabas, Gloria Cubana aus Miami, was du willst, aber finde sie, bevor es zu spät ist. Seit dem Ende des Kommunismus sind die Zigarren überall auf der Welt in Gefahr.«

Meireles hielt mit der linken Hand die Tür und sah auf den leeren Gang hinaus, als wolle er noch etwas sagen. Er ging durch die Tür, lehnte sich mit der Schulter dagegen und drehte sich, bevor er endgültig ging, noch einmal zu Jaime Ramos um:

»Lass den Schrank nicht offen. Ich weiß, dass du in dem Sack herumwühlen wirst, aber lass den Schrank nicht offen. Falls etwas verschwinden sollte.«

Das war am späten Vormittag gewesen, vor dem Mittagessen. Aber Jaime Ramos aß nicht zu Mittag. Es beschäftigte ihn, dass sich in Paulo Viveiros Costas Reisesack so wenige Gegenstände befunden hatten. »Costa Pe Punkt«. Was hätte »Costa Pe Punkt« wohl gemacht, wenn er wie geplant um acht Uhr abends in Ponta Delgada gelandet wäre? »Aber gestern wollte er abreisen, ›hacia‹ Ponta Delgada. Er hatte alles gesehen, sich seine Notizen gemacht. Er wollte nicht mit uns zu Abend essen, um das Flugzeug noch zu erwischen. ›Quería regresar‹, er wolle zurück, hat er uns gesagt.«

Am Spätnachmittag ergaben diese Sätze allerdings keinen Sinn, und das hatte Jaime Ramos von Anfang an vermutet, seit er gehört hatte, wie Elena Carreter sie aussprach, eingehüllt in ein Handtuch, um ihren Schwimmerinnen-Ozeanografinnen-Körper vor den Blicken der Polizei zu schützen. Als Isaltino ihn fragte, ob er noch etwas von ihm wolle oder ob er gehen könne, hatte er ihn darum gebeten, im Leichenschauhaus anzurufen.

Zu diesem Zeitpunkt hatte er bereits dieses Summen in den Ohren. Anfangs dachte er, es sei nur sein Magen, der protestierte, weil ihm das Mittagessen vorenthalten wurde, oder der fehlende Schlaf, der ihm noch zu schaffen machte, trotz des Kaffees, den er den ganzen Tag über in sich hineingeschüttet hatte. Aber dann stellte er fest, dass etwas anderes daran schuld war, jene Stimme, die ihn seit dem Morgengrauen verfolgte, die Stimme von Elena Carreter, die ihn an Victorias Stimme erinnerte, das flüchtigste seiner Abenteuer, als er damals in Mexiko hinter einem Mann und einer Frau her war, die verschwunden waren. Er erinnerte sich an die kurze Reise zwischen Kuba und Mexiko und an die Straße vom Flughafen zum Hotel, an die erste Begegnung mit Victoria, obwohl er ihren Namen erst später erfuhr, als er gleichzeitig feststellte, dass ihn jenes gewaltige Übel befallen hatte, das der heiße, feuchte Golfwind mit sich bringt, der am Körper, an der Haut klebt und stets bedrohliche Träume hervorruft – denn für Jaime Ramos waren Träume von jeher Abgründe gewesen, vor denen er geflohen war. Und er erinnerte sich auch an das Gezwitscher der Vögel an den verschlafenen Kanälen am Strand. Und an die Nacht in Cancún, an die Gerüche Havannas, an Victorias Stimme, »›gringo viejo‹, du bist ein alter Gringo«.

Jedes Mal, wenn Isaltino beim Verlesen des Berichts seinen Namen aussprach oder »Chef« sagte, verstummte die Stimme in Jaime Ramos' Kopf, doch kurz darauf – der Bericht stimmte immer mehr mit dem Bild überein, das er sich selbst schon von den Ereignissen gemacht hatte, und interessierte ihn deshalb immer weniger – kehrten seine Gedanken wieder zu jenem Echo zurück, das ihn in den Momenten größter Abgespanntheit ablenkte und in dem sich die Stimme Victorias mit der von Elena Carreter mischte, beide Indianerinnen, beide Mestizinnen, beide Frauen, vielleicht darum.

»Sie sehen also, der Mann hat keine große Vorgeschichte, Chef«, sagte Isaltino de Jesus. »Er hat immer in diesen Expo-Appartements dahinten geschlafen, er ist selten mit den anderen ausgegangen, außer zum Abendessen. Man hat mir erzählt, er hätte kurz vor dem Abschluss seiner Doktorarbeit gestanden und die ganze Zeit daran geschrieben.«

»Und worüber hat er geschrieben?«

»Über Fische natürlich und solchen Kram. Der Typ war ein Spezialist an der Uni auf den Azoren. Letztes Mal ist er nach Lissabon gekommen, um ein paar Fische zu begleiten, die von São Miguel kamen. Er war bei den ganzen Arbeiten dabei, das heißt, als sie die Fische im Ozeanarium abgeliefert haben, es waren anscheinend ein paar besonders seltene Fische, die er erforscht hatte. Danach ist er noch zwei Tage geblieben, er ging jeden Morgen ins Ozeanarium, um zu sehen, wie alles lief. Er hatte eine Kamera dabei und saß dort herum. Das hat man mir erzählt.«

»War er verheiratet?«
»Nein. Er war achtundzwanzig, geboren auf den Azoren, auf der Insel Santa Maria in Vila do Porto, Universitätsdozent in Ponta Delgada. Er lebte bei den Eltern. Mehr wissen wir nicht, weil das Fax von den Azoren noch nicht da ist.«
»Dann sieh zu, dass es beikommt. Und hatte er hier irgendwelche Frauengeschichten?«
»Kann sein, Chef, danach habe ich nicht gefragt. Na ja, ich denke, eher nicht, weil es nicht zur Sprache gekommen ist. Wenn da irgendwas gewesen wäre, würde doch gleich getratscht. Da Sie gerade von Frauen reden, Chef, wenigstens eine Frau gab es, wenn ich mich nicht irre. Ist aber nichts draus geworden. Er war ganz mit seinen Angelegenheiten beschäftigt, mit seinen Forschungen. Seine Kartei von der Expo sagt auch nichts aus, da stehen nur Name, Anschrift, Alter und was er so gemacht hat. Da er nicht zur Belegschaft der Expo gehörte, ist da nicht viel.«
»Um wie viel Uhr wird die Autopsie durchgeführt?«
»Ich glaube, die sind schon mit ihm zugange. Um sechs Uhr gibt es Neuigkeiten. Worauf warten Sie denn bei der Autopsie?«
»Auf nichts. Aber ich lese gern. Wir Polizisten sind gebildete Menschen, Isaltino. Wir müssen uns für alles interessieren. Ruf mal auf den Azoren an und frag nach Unterinspektor Castanheira. Wenn es etwas Neues gibt, will ich gleich informiert werden. Und ruf im Leichenschauhaus an. In der Gerichtsmedizin.«
»Wollen Sie den Bericht?«
»So ungefähr. Frag nach, ob er zu Abend gegessen hatte, bevor er ins Aquarium fiel.«

»Das ist kein Aquarium, Chef.«
»Und was er gegessen hat, wenn man das feststellen kann. Die sollen das Papier hierher schicken.«
Jaime Ramos nahm erneut das Buch zur Hand, das trotz der Ermahnungen von Meireles, den Sack zu vergessen, seit dem Morgen auf der Ecke seines Schreibtisches lag. Es war kein Roman. Das hatte sein Interesse geweckt. Er hatte darin geblättert, einen Absatz gelesen. Schließlich hatte er dem Buch einen Platz auf der Ecke seines Schreibtischs eingeräumt. Als er es jetzt in die Hand nahm, blätterte er nicht darin, suchte keinen anderen Absatz und auch keinen Ort, an dem er es ablegen könnte. Stattdessen schlug er eine Seite auf, die er zuvor markiert hatte, und nahm ein Stück Papier heraus. Jaime Ramos kannte das Restaurant A Marítima in Xabregas nicht, aber er wusste, dass es sich um eine Rechnung vom Vorabend über ein Essen für zwei handelte. Seit er dieses Stück Papier in der Mitte des Buches entdeckt hatte (nachdem Meireles fortgegangen war), hatte er mehrfach dem bürokratischen System gedankt, das es öffentlichen Institutionen ermöglichte, ihren Angestellten Unkosten und Spesen zu erstatten. Andernfalls hätte Paulo Viveiros Costa als einsamer Esser gegolten, auch wenn die Autopsie noch so perfekt, minutiös und aufmerksam durchgeführt worden wäre. Dieses Papier bewies, dass er zu Abend gegessen und die beiden aufgeführten Gerichte bezahlt hatte. Natürlich hätte er das zuerst den anderen Polizeibeamten erzählen können, die an diesem Fall arbeiteten. Aber nach einer schlaflosen Nacht ist man ein ziemliches Arschloch, dachte er noch, bevor er höchstpersönlich Filipe Castanheira anrief.

»WAS WIR GEFUNDEN HABEN, ist so gut wie nichts«, sagte der Mann, während er seine Jacke anzog. »Auf jeden Fall hat er sehr früh zu Abend gegessen, das, was wir in seinem Magen gefunden haben, hat für eine Analyse schon nicht mehr gereicht. Am Körper gab es auch nichts mehr zu untersuchen, wenn es Sie interessiert, Inspektor, er hat zu lange im Wasser gelegen.«

»Nächstes Mal sind wir früher zur Stelle. Dass wir aber auch so lange gebraucht haben! Wie lange eigentlich?«

Der Arzt lächelte.

»Genau. Wie lange? Wahrscheinlich etwa vier Stunden, und das ist merkwürdig. Dass er da vier Stunden im Wasser liegt und niemand etwas bemerkt, erscheint mir merkwürdig. Es geht mich ja nichts an, Inspektor, aber mehr oder weniger vier Stunden im Wasser, und dann auch noch an dieser Stelle, da hätte ihn doch jemand finden müssen. Werden denn die Tiere nicht gefüttert? Lässt sich da zwischendurch niemand blicken? Der schwimmt da einfach so im Wasser herum, ohne dass ihn jemand sieht?«

Jaime Ramos stellte sich vor, wie Paulo Viveiros Costas Körper im Wasser jenes unechten Atlantiks zwischen den Glas- und Acrylwänden trieb, während draußen, auf den erleuchteten Straßen, die Musik aus den Pavillons ertönte, in denen Vorführungen stattfanden, während sie von den Gerüchen der Restaurants, dem Staub der Blumenbeete, der letzten Maihitze erfüllt waren.

»Hat man am Körper wirklich überhaupt nichts feststellen können?«

»Hier haben Sie den Bericht, es ist eine Kopie. Lesen Sie ihn. Das ist alles. Eine viele Jahre zurückliegende Blinddarmoperation, linker Arm kurz über dem Handgelenk gebrochen, vielleicht vor sechs oder sieben Jahren, es fehlen zwei Backenzähne, einer auf jeder Seite des Oberkiefers.«

»Mal angenommen, er wäre einige Zeit vor seinem Tod mit einer Frau zusammen gewesen – würde man das sehen?«

»Sehr schwierig. Das Wasser wäscht alles ab. Sperma, Staub, Schmutz, es bleicht sogar ein wenig die Haare aus, die Nägel nutzen sich ab, die Hautfarbe verändert sich, es entstehen Wunden, all das. Aber nein, man würde nichts feststellen. Die Haut wird durch die Kälte ganz weiß oder grau, sogar dunkel, wenn er lange Zeit im Wasser liegt. Aber das ist nicht das wichtigste Detail. Es ist etwas anderes.«

»Der Fuß. Der Zeh.«

»Der Zeh. Abgeschnitten. Mit einer sehr scharfen Klinge, saubere Arbeit. Stellen Sie sich nur vor, es ist, als hätte diese Klinge alles abgetrennt, was vor ihr lag, ohne eine Wunde oder auch nur einen Kratzer zu verursachen, nichts. Nur den Schnitt, perfekt und rigoros. Haut, Knochen, Sehnen, Muskeln, Fleisch, alles mit einem einzigen Schnitt durchtrennt. Ein solcher Schnitt, Inspektor, kann nur von jemandem ausgeführt worden sein, der wusste, was er da abschnitt und der etwas von seinem Handwerk verstand. Wissen Sie, wie stark so ein Zeh bluten kann?«

»Keine Ahnung.«

»Sehr stark. Nicht so heftig wie eine Wunde in der Brust oder im Magen, aber stark. Wenn man bedenkt, dass das Wasser nicht so kalt war wie mitten im Atlantik, hätte das Blut eigentlich genug Zeit gehabt, um das Wasser ordentlich einzufärben. Das Wasser im Ozeanarium war aber mehr oder weniger sauber. Mehr oder weniger, wie Meerwasser eben so zu sein hat: voller Fische, Sand, Pflanzen, aber ohne einen Tropfen Blut. Jedenfalls, soweit wir das feststellen konnten. Wir haben es schon zur Analyse geschickt, und auf den ersten Blick ist da nichts zu finden. Entschuldigen Sie, Inspektor, wenn ich mich in Ihre Arbeit einmische, ich meine, in Ihre Mission, Ihr Spezialgebiet. Jeder hat sein Spezialgebiet. Ich habe mich auf Tote spezialisiert. Jeder, der hier bei mir landet, erzählt mir alles oder doch fast alles, die Toten sind wie ein offenes Buch. Man schneidet hier und da an ihnen herum, öffnet sie mehr oder weniger, aber nachdem man alles wieder an Ort und Stelle verstaut hat, die Leber dahin, wo sie hingehört, die Gedärme ins Innere, und alles mehr oder weniger zugenäht, dann, Inspektor, sind die Toten, wie ich bereits sagte, wie ein offenes Buch. Man erfährt mehr über einen Toten als über einen Lebenden, jedenfalls geht mir das so. Die Lebenden interessieren mich nicht besonders. Sie haben Krankheiten, Infektionen, Sprachstörungen, abgetragene oder funkelnagelneue Kleidung, sie beschweren sich, man muss sie ertragen. Einen Toten nicht: Der ist nur, was man vor sich sieht, eine Art Körper. Deshalb sage ich, es ist so, als wolle mir dieser Körper etwas sagen. Und wenn er es mir sagt, sagt er es auch Ihnen. Verstehen Sie, Inspektor? Dieser Herr hier hat nicht so lange im Becken gelegen.«

Aber das wusste Jaime Ramos bereits. Er hatte es von der ersten Minute an gewusst, als er den rechten Fuß dieser Leiche gesehen hatte, die von einer Gruppe zufälliger Retter umgeben gewesen war, von Aquariumschwimmern. In diesem Augenblick sandte das Wasser, in dem Tausende lebender wie unbelebter, echter wie künstlicher Körper umherschwammen, einen Lichtreflex aus, und es schien Jaime Ramos, als sei dieses Licht weiß, weiß oder durchsichtig. Für einen Moment tanzte es vor ihm wie eine Warnung, die er erst später verstand, als er sich dieses Bild wieder vor Augen rief, weitab von der Verwirrung, die Elena Carreter in ihrem schwarzen Badeanzug in ihm ausgelöst hatte. Und er erinnerte sich auch an die Stimme von Isaltino de Jesus, die Stimme der Moral, der Schicklichkeit, der Vernunft, die Stimme von jemandem, dessen Leben von Lissabon völlig unberührt blieb, ein Leben zwischen Valongo und Porto, zwischen der Wohnung mit seiner Familie und seiner zweiten Familie, deren Wohnung aus Kriminalfällen bestand und aus jenem Vorgesetzten, den er behandelte wie ein ausgewachsenes, verlassenes Kind, das sich danebenbenahm, Dinge vergaß und dann so tat, als sei es bloß zerstreut gewesen, das sich aber nur selten so verhielt, wie man es von seinem Alter her eigentlich hätte erwarten können. Und diese Stimme hatte ihm nichts weiter gesagt als »Dafür ist jetzt wirklich nicht der richtige Zeitpunkt, Chef«, damit er das Mädchen nicht anstarrte. Aber es war doch der richtige Zeitpunkt dafür gewesen, und als Jaime Ramos Meireles bat, die Szene zu rekapitulieren und herauszufinden, was Elena Carreter dort zu suchen hatte, bestätigte ihm die Antwort, kalt und gleichgültig, was er schon gewusst hatte.

»Alle haben eine Rechtfertigung: Sie sind beim Ozeanarium angestellt, wenigstens für die Dauer der Expo. Sie sind in verschiedene Schichten aufgeteilt, kommen und gehen, laufen die Treppen rauf und runter, die das Hauptbecken oben, in dem sich die Wale und Haie befinden, von den unteren trennen, von denen jedes einen Ozean beherbergt. Je später die Nacht, desto kürzer waren die Schichten, jedenfalls an diesen ersten Tagen der Expo. Die Frau war dort und hat sich Notizen gemacht, sie hat den Fischen beim Herumschwimmen zugesehen. Das habe ich überprüft. An den Tagen zuvor war sie ebenfalls dort.«

»Bei welchem Ozean? Es wäre mir lieb, wenn es der Atlantik wäre.«

»Was hast du gegen den Pazifik?«

»Der wirkt manchmal so grün.«

»Na ja, die Frau kam vor allem nachts, beinahe jede Nacht. Die anderen waren dort, weil es ihr Job war. Sie sahen nicht wie Wissenschaftler aus. Sie kannte den Toten, weil beide Ozeanologen waren, und sie wurden vor zwei Tagen beobachtet, wie sie das Aquarium fotografierten. Sie sind eine ganze Weile dort geblieben. Aber gestern nicht. Gestern wurde er nur morgens gesehen, und auch nur ganz kurz. Er hat sein Appartement um halb fünf verlassen, hat sich von ein paar Leuten verabschiedet und gesagt, er sei auf dem Weg zum Flughafen.«

»Hast du die Nummer ihres Appartements auf der Expo?«

»Soll ich hingehen?«

»Lieber nicht. Jedenfalls noch nicht.«

Jaime Ramos hatte den ganzen Tag seinen Gedanken nachgehangen, er war unausgeschlafen, und all das weckte in ihm einen zügellosen, anarchischen Appetit, einen wahllosen Appetit, denn er wusste, dass es nur sein Magen war, den es nach Sättigung und noch mehr Unausgewogenheit verlangte. Aber er hatte auf diesen Moment gewartet, als der Arzt, der sich jetzt seine Jacke angezogen hatte, sich auf die Ecke des Schreibtisches setzte und sich eilig verabschiedete:

»Deshalb bin ich beinahe sicher, Inspektor, dass ihn jemand dort ins Ozeanarium gelegt hat, denn als er im Wasser gelandet ist, hat der Zeh nur noch ganz schwach geblutet, und ein solcher Schnitt blutet ganz ordentlich. Ich bin beinahe sicher, dass jemand ihn dort hineingelegt hat. Aber – und das klingt wie ein Ammenmärchen – da war er schon tot. Seit etwa zwei Stunden, sagen wir mal, oder vielleicht eher seit zwei bis vier Stunden, obwohl mir vier Stunden ungewöhnlich vorkommen, denn – und ich bin ja kein Polizist – da hätte ihn doch jemand entdecken müssen. Vier Stunden sind aber wahrscheinlicher.«

Doch die Vorstellung, dass jemand mit einer Leiche auf dem Rücken die Außentreppe hinaufging, dass um diese Zeit jemand zum Atlantikbecken hinaufstieg und einen Körper in das ruhige Wasser legte, direkt vor den Augen der Wachleute, die auf dem gesamten Ausstellungsgelände unterwegs waren, und vor den Videokameras, die alle Bewegungen aufzeichneten, war völlig absurd. Und so parkte Isaltino de Jesus eine Stunde später den Wagen am Eingang zu einem der Appartementblocks, die für die Gäste und Angestellten der Expo reserviert waren, und Jaime Ramos suchte nach der Nummer des Appartements von Elena Carreter. In der Ferne sah er die abgerundete Kuppel des Ozeanariums. Sie erschien ihm wie ein gegen den Himmel gerichteter Spiegel, der die Nacht reflektierte, die über ihn hereinbrach wie eine Drohung.

JAIME RAMOS FÜHLTE SICH SCHON seit einer halben Stunde schläfrig, als Elena Carreter begann, von Mexiko zu erzählen. Das war nicht verwunderlich, denn er hatte die Nacht zuvor kaum geschlafen. Als er im neunten

Stock des Gebäudes, in dem die Angestellten und gelegentlichen Gäste der Expo untergebracht waren, aus dem Aufzug stieg, spürte er den Geruch. Dann korrigierte er sich und murmelte reumütig »Duft« vor sich hin. Und als die Tür aufging und den Blick auf die kleine, dunkelhäutige Frau freigab, von der er nur noch die schwarzen Augen, die kalte Stimme, die bedächtigen Sätze und den schwarzen Badeanzug in Erinnerung hatte, erkannte er, dass der Grund seiner anfänglichen Verwirrung, den er jetzt bei sich im Stillen »Parfüm« nannte, aus dem kleinen Appartement der Mexikanerin drang. Bei ihrer ersten Begegnung hatte er sich nicht vorstellen können, dass dies jemals möglich wäre, aber tatsächlich hatte er ihr an diesem Morgen vor dem Atlantikbecken des Ozeanariums nicht die volle Aufmerksamkeit gewidmet. Nicht einmal die nötige Aufmerksamkeit, dachte er im Nachhinein. Auf dem Boden lag ein Toter, eine Leiche, an deren rechtem Fuß ein Zeh fehlte, es war vier oder fünf Uhr morgens, und dann war da noch die Stimme von Isaltino de Jesus, die ihn daran erinnerte, warum und wozu er dort war. Im Laufe des Tages zählte er dann zwei und zwei zusammen, nicht etwa, um zu zeigen, dass sie vier ergaben oder dass am Ende einer Addition immer ein Ergebnis stehen muss, und auch nicht, um zu beweisen, dass dieses Ergebnis reiner Selbstzweck ist. Häufig kam es vor, dass dieses »zwei und zwei« nur eine Tür war, die zu einer nächsten und dann noch zu einer weiteren führte, hinter der ein in Dunkelheit gehüllter Gang lag. Und genau das war der Augenblick, der ihn interessierte. Das war der Grund, warum er oft und meist allein die stillen Gänge entlanglief, die zur Leichenhalle führten, wobei er es tunlichst vermied, daran zu denken, dass diese Schubladen die Reste dessen enthielten, was einmal ein Mensch gewesen war. Aber dieser Durchgang existierte, manchmal war er rein zufällig auf ihn gestoßen, durch eine zufällige Übereinstimmung zwischen dem, von dem er wünschte, es hätte sich ereignet, und dem, was sich tatsächlich zugetragen hatte. Was keineswegs das Gleiche war, aber doch fast. Und er liebte es, wach zu liegen und auf den Moment zu warten, in dem er, mitten in der Nacht oder im Morgengrauen, diese Verbindungen aufspürte, denn an jenen Tagen erwachte er sehr früh, geweckt von seinem Appetit und der Lust zu kochen.

Es waren keine großartigen Entdeckungen, denn diese kamen unerwartet, unvorhergesehen, zufällig – und er mochte sie nicht. Er sah sich eher in der Rolle eines Meteorologen, der den Himmel beobachtet, den leeren Raum, in dem sich Stürme zusammenbrauen können, der im Innern von Tiefdruckgebieten die ersten Blitze registriert, den Zustand der Atmosphäre, den Strichregen am Rande der Städte, die Luftmasse, die ins Zentrum seiner inneren Wetterkarte strömt. In solchen Augenblicken gab er sich einer stillen Willenlosigkeit hin, ließ zu, dass sich ohne jede Anstrengung scheinbar mathematische Operationen vollzogen, und beschränkte sich darauf zu warten. Der Eifer der Polizeieinheiten, die er selbst befahl, amüsierte ihn. Er wusste stets, zu welchem Zeitpunkt auch immer, dass der richtige Augenblick noch nicht gekommen war, wusste aber auch, dass er so nah war, dass er die Bitten von Isaltino de Jesus ignorierte, die Dinge voranzutreiben, Anrufe entgegenzunehmen oder Berichte zu schreiben.

Aber dieser in Dunkelheit gehüllte Gang hatte nichts mit

dem Flur zu tun, der in helles Licht getaucht wurde, als Elena Carreter die Tür öffnete.
»Die Polizei arbeitet langsam. Ich hatte Sie schon im Laufe des Tages erwartet.«
»Tagsüber lässt sich nicht gut reden. Das Licht stört. Tagsüber gibt es viel zu sehen, zu viel. Warum haben Sie denn erwartet, dass wir Sie sprechen wollen?«
»Weil ich in jener Nacht dort war.«
»Ich weiß. Sie haben die Angewohnheit, jede Nacht dorthin zu gehen und den Pazifik zu betrachten. Warum den Pazifik?«
»Es ist mein Meer.«
Jaime Ramos nickte zustimmend, als mache er sich auf der unsichtbaren Seite eines ebenfalls unsichtbaren Heftes eine Notiz.
»Es ist besser, Sie kommen rein. Hier lässt sich schlecht reden.«
Elena Carreter sprach spanisch, Jaime Ramos hörte sie auf Portugiesisch und lächelte.
»Ich bin gerade dabei, das Abendessen zu machen«, fügte sie hinzu.
In dem kleinen Wohnzimmer, das von einem mit Büchern und Papieren übersäten Tisch beherrscht wurde, dachte er erneut, dass er sich nicht hatte vorstellen können, dass er tatsächlich einer Frau beim Kochen zusehen würde.
»Essen Sie allein zu Abend?«
»Heute ja. ›Es como volver a México‹ – es ist, als wäre ich in Mexiko. Aber das Essen ist noch nicht fertig. Das eingelegte Huhn ist nicht gut genug, um es Ihnen anzubieten, und es muss auch noch abkühlen. Und das bei der Hitze.«
Die Küche war winzig. Sie lag hinter einer Holztheke, auf

der noch einige halbleere Fläschchen und Tüten mit Reis, Salz, Knoblauch, Orangen, einem Granatapfel, dunklem und hellem, rotem, ockerfarbenem und weißem Pulver standen.

»Entschuldigen Sie, dass ich so hereingeplatzt bin. Ich konnte Ihnen erst Bescheid sagen, als ich schon unterwegs war.«

»›Pollo en escabeche y arroz con granados.‹ Die Granatapfelkerne verleihen dem weißen Reis ein bisschen Farbe.«

»Wie macht man das?«

»Es ist ganz leicht. Der Reis mit Granatapfel stammt aus der Heimat ›de mis papás‹, meiner Eltern, bei Coatzalo-alcos, zwischen Tabasco und Veracruz. Jedenfalls habe ich das Rezept dort gelernt. Das eingelegte Huhn kommt aus der Umgebung, angeblich aus Campeche, aber es wird überall in dieser Gegend gegessen. Waren Sie schon mal in Mexiko?«

»In Cancún.«

»Also im Urlaub. Wer Cancún sieht, sieht nicht die Herzen.«

»Ich habe dort gearbeitet. Zwei, drei Tage lang.«

»Ein Verbrechen?«

»Zwei. Ein Mann und eine Frau. Aber von dem Reis habe ich noch nie gehört. Wie wird er zubereitet?«

»Kochen Sie gern?«

»Es ist so ziemlich das Einzige, was ich gern tue.«

»Sie brauchen reife Tomaten und einen ziemlich süßen Granatapfel. Und das Gericht wird in zwei Schritten zubereitet. Zuerst macht man eine Hühnerbrühe. Dahinein kommen geschälte, gewürfelte, kernlose Tomaten, und dann lässt man das Ganze ungefähr eine Viertelstunde lang kochen. Währenddessen brät man den trockenen Reis in einer Pfanne mit Oliven- oder Pflanzenöl, Knoblauch und klein gehackter Zwiebel. Die Zwiebel und der Knoblauch werden zusammen mit dem Reis angebraten, bis er glasig ist, und dann wird der Reis in der Hühnerbrühe mit den Tomaten gar gekocht. Der Reis muss schön locker werden. Die Granatapfelkerne liegen auf einem kleinen Teller bereit, mit Zitronensaft und gehacktem Koriander. Wenn der Reis auskühlt, gibt man den Granatapfel und den Koriander dazu und mischt alles, indem man den Topf schüttelt, aber ohne mit dem Löffel umzurühren. Im Süden verwenden sie auch Bananen, aber das schmeckt mir nicht. Das eingelegte Huhn braucht länger, und man braucht ›achiote‹ dazu.«

»Was ist ›achiote‹?«

»Eigentlich sind es Samenkörner, die als Farbstoff dienen. Aber ›achiote‹ ist auch der Name für eine typisch mexikanische Soße, die man in allen Haushalten findet und die an alle Fleischgerichte gegeben wird. Wenn man Zeit hat, kann man ›achiote‹ zu Hause zubereiten, denn es ist eine Soße mit schrecklich vielen Zutaten, mit viel zerdrücktem Knoblauch, Nelken, Paprika, Kümmel, Korianderkörnern, einer Prise Zimt, schwarzem Pfeffer, ›chili-pasilla‹, Oregano und gehackter Petersilie. Wenn Sie es scharf mögen, mischen Sie Chilis darunter, ›chili-chipotle‹ oder ›guajillo‹, die getrocknet gekauft werden müssen. Diese Paste wird mit Essig oder Zitronen- und Orangensaft angerührt, nur ein paar Tropfen, und dann wird das klein geschnittene Hühnerfleisch daruntergemischt. Das Huhn kommt in den Ofen und wird von Zeit zu Zeit mit Wasser oder ein wenig Hühnerbrühe beträufelt. Den ›escabeche‹, die eigentliche Marinade, dürfen Sie nicht so machen, wie Sie ihn wahrscheinlich in Cancún gegessen haben, wenn man in Cancún überhaupt noch etwas zu essen bekommt. Der Süden Mexikos ist die Heimat des ›escabeche‹. Aber heutzutage findet man den besten ›escabeche‹ in der Heimat meiner Eltern. Sehen Sie die Friteuse dort drüben? Sie dürfen kein Fett verwenden. Geben Sie drei Knoblauchzehen, Koriander und einen Esslöffel getrockneten Oregano hinein. Der Knoblauch wird zerdrückt, bis er fast geröstet ist. Dann nehmen Sie das Huhn aus dem Ofen, schöpfen das Fett ab, träufeln es über den Knoblauch, geben die Zwiebelringe, Streifen von grünem Chili, ›chili-poblano‹, ein wenig Orangensaft und einen Hauch Essig daran und lassen es fertig kochen. Das ist sehr zeitaufwändig, aber es lohnt sich. Anschließend bestäuben Sie das Huhn mit einem Teelöffel Zimt und gießen die Soße darüber. Es kann auch viel später noch gegessen werden. Ich mag es lauwarm, mit Granatapfelreis, aber die meisten Leute essen es mit ›papa de patata‹ oder ›camotes‹, Süßkartoffeln. Freunde von mir haben ein Restaurant, wo sie das Gericht zubereiten, und ich habe noch nie bereut, so eine Schlemmerin zu sein. Es liegt in Campeche, direkt am Strand. Vor zwei Jahren waren wir dort und haben zwei Monate lang Forschungen am Golf betrieben. Es gibt dort guten Fisch und nicht nur ›huachinango‹, das Nationalgericht. Guten Fisch. Sauberes Wasser, jedenfalls in Campeche.«

»Es ist das zweite Mal in meinem Leben, dass mir jemand von Campeche erzählt.«

»Ich kann Ihnen ein Bier anbieten. Nicht das beste, das mein Land zu bieten hat, aber es ist okay. Oder einen Whisky.«

»Lieber ein Bier.«

»›Coronita‹«, sagte sie, während sie die Kühlschranktür schloss und an den Tisch kam, an dem Jaime Ramos mit aufgestützten Ellbogen saß. Sie reichte ihm eine Flasche und hob die ihre an die Lippen.

»Es könnte auch Carta Blanca, Montejo, Dos Equis, Tecate, Negra Modelo, León Negro, Superior, Sol Negra, Modelo, Bohemia, Victoria oder Sol sein. Aber nein, es ist tatsächlich Corona. Jetzt, wo wir übers Essen geredet haben, habe ich Hunger. Und Durst.«

»Erinnern Sie sich immer an das Essen, das Ihnen geschmeckt hat?«

Elena Carreter stellte die Flasche ab und stützte wie Jaime Ramos die Ellbogen neben einem Stapel Bücher auf den Tisch. Er bemerkte, wie ihr Blick abschweifte, und sie warf den Kopf nach hinten.

»Nicht immer.«

»Erinnern Sie sich daran, was Sie am Dienstagabend gegessen haben? Die Autopsie des Mannes hat nichts ergeben, aber ich nehme an, Sie haben zusammen zu Abend gegessen.«

JUST IN DEM AUGENBLICK, als er sich auf den schmutzigen Boden des Lagerraums kniete, um die rostige Maschine vor dem Fenster besser in Augenschein nehmen zu können, fiel Filipe Castanheira die Geste ein, mit der sein Freund sich zwei oder drei Tage zuvor nach dem Abendessen eine Zigarre angesteckt hatte. Er hatte diese Geste mehr genossen, als wenn er sich die Zigarre selbst angezündet hätte, denn Carlos Ferreira hatte dies mit einer Begeisterung getan, die seinen üblichen Appetit und seine übliche Freude noch zu übertreffen schien. Tatsächlich hatte er sie sich verdient: Fast zwei Wochen lang hatte sich Carlos den Makrelen gewidmet. Nachdem sein Nachbar, ein Arzt, sie ihm als Trophäe eines langen Angeltags rund um die Ponta da Galera überreicht hatte, hatte er sie zunächst gründlich gereinigt, dann fein säuberlich aufgeschnitten, um zu zeigen, dass einem so beliebten Fisch einige Privilegien zustehen, und sie schließlich für einige Tage in Salz eingelegt. In der Lake waren sie vor Licht und Lärm geschützt, als ob sie der Ruhe bedürften, bevor sie an jenem Spätnachmittag feierlich präsentiert wurden. Nach dem Einsalzen hatte er sie auf der Terrasse auf einem Tablett in der Sonne ausgebreitet, am Hügel von Livramento, wo sie der Hitze von Rosto do Cão ausgesetzt und zugleich vor Wind und Staub geschützt waren. Dort lagen sie tagelang, wurden in der feuchten, dichten Abenddämmerung eingesammelt und erneut auf der Terrasse ausgebreitet, wenn die erste Morgensonne dem ausgezeichneten Koch vertrauenswürdig genug erschien. Maria de Deus, Carlos' Frau, hatte nicht protestiert, beobachtete aber erstaunt, wie sie nach und nach ihre Farbe wechselten und von der Sonne gegerbt wurden, bis sie saftig genug waren, um erneut gewürzt und dem Feuer ausgesetzt zu werden und letztendlich auf dem Holztisch unter der gewaltigen Araukarie zu landen. Als Carlos Ferreira die Arbeit für beendet erachtete, rief er die üblichen Leute an. Filipe war einer der Gäste für das seit Wochen geplante Mahl. Es würde die gesalzenen, getrockneten Makrelen geben. Als er den Wagen bei den Bananenstauden abstellte, war er daher überrascht, nicht etwa den Geruch von frittierten oder im Ofen gebackenen Fischen zu vernehmen, sondern den süßen Duft einer Beize aus Knoblauch, Paprika und frischen Kräutern, der eigentlich besser zu Fleisch passte. Eduardo, der benachbarte Arzt, und seine Frau Teresa erwarteten ihn an der frisch gestrichenen Mauer, die gemeinsam mit dem Blattwerk der Schmucklilien die Begrenzung zwischen dem großzügigen Gemüsegarten und der kleinen Ecke bildete, wo sie zu Abend essen würden.

»Es gibt keine Makrelen. Wir sind reingelegt worden.«

»Was hat er mit ihnen gemacht?«

»Sie sind dort«, sagte Eduardo anklagend, das Bierglas in der Hand, und zuckte die Schultern.

Schulterzuckend deutete er auf die Küchentür, hinter der Carlos Teller, Besteck, Gläser und Getränke aufreihte, und als zwinge ihn die Verzweiflung, wiederholte er: »Sie sind dort.« Und so war es. Carlos selbst präsentierte die auf einem Tablett ausgebreiteten Fische:

»Ich bin nun mal sentimental. Hier sind die Makrelen, es wäre zu schade, wenn ihr sie nicht sehen könntet. Wir essen gebratene Leberstreifen mit Kartoffeln, aber wenn ihr dann noch Hunger habt, gehe ich noch mal in die Küche und bereite die Makrelen zu. Es wäre einfach nur zu schade gewesen, wenn ihr sie nicht hättet sehen können.«

Alle stimmten zu und betrachteten einige Minuten lang die getrockneten, gesalzenen Fische, während sie die mit einer Knoblauchzehe und einer Prise Pfeffer gekochten Kartoffeln pellten. Erst nach dem Essen zündete sich Carlos die Zigarre an, die ihm Filipe Castanheira als Lohn für die Mühe und Arbeit mit den Makrelen mitgebracht hatte. Und diese Geste war es, an die Filipe sich in dem Augenblick erinnerte, als er sich auf den schmutzigen Boden

des Lagerraums kniete, um die rostige Maschine vor dem Fenster, durch das man auf die Felder der Tabakplantage hinaussah, besser in Augenschein nehmen zu können.
In dem alten Haus, das früher einmal zur Herstellung und Lagerung von Zigaretten, Zigarren, Zigarillos und Schnupftabak gedient hatte und im Laufe der Zeit dem Vergessen anheim gefallen war, herrschte eine Stille, die Filipe Castanheira zur Kenntnis nahm, ohne dankbar dafür zu sein. Auch ansonsten war der Vormittag in Maia ruhig, die Stille wurde nur durch das Hupen der fliegenden Händler unterbrochen, die die Nordküste der Insel von Capelas bis nach Nordeste abklapperten. Sie verkauften Trödel, Heiligenbildchen, Kleidung, die in der Stadt schon seit vielen Jahren aus der Mode war, Lebensmittel, Schuhe, eben alles, was bei den örtlichen Händlern nicht zu haben war. Es waren Verkäufer aus der Gegend um Ponta Delgada, vor allem aus Fajã de Baixo oder Arrifes, die in Ortschaften wie Porto Formoso bei Praia dos Moinhos ihre Karren auf dem Dorfplatz abstellten und auf die Kunden warteten, die entweder gleich bezahlten oder bis zum nächsten Mal anschreiben ließen. Sonst war außer dem Lärm eines Mofas, das den Hügel in Richtung Landstraße hinauffuhr, nichts zu hören. Filipe Castanheira überquerte den Platz, von dem die Wege zu den Tabakfeldern abgingen, hin zu dem Bereich, wo früher der Tabak gewogen wurde, und zu dem Haus, in dem die Blätter geräuchert, gehäckselt und leicht befeuchtet worden waren. Die alte Tabakfabrik von Maia war schon vor vielen Jahren aufgegeben worden, vor so langer Zeit, dass von ihrer alten Aktivität nichts geblieben war und sich nur noch die Einwohner von Maia ihrer erinnerten, die Fischer aus Rabo de Peixe, die nachts hier-

her kamen, um getrocknete Tabakblätter für ihre Selbstgedrehten zu klauen, und ein paar Vertreter der beiden noch in Betrieb befindlichen Fabriken der Insel, die die verfallenen Häuser, die zwischen Landstraße und Steilküste gelegenen Felder und die rostigen Maschinen, die zu nichts mehr zu gebrauchen waren, gekauft und unter sich aufgeteilt hatten. João Dionísio ging voraus, betrat die Hallen, in denen früher der gehäckselte Tabak gelagert worden war, und machte am Eingang zu einem Raum Halt, in dem ein riesiger Webstuhl mitten in der Arbeit stehen geblieben zu sein schien. Dieser erwies sich jedoch als Zigarettenrollmaschine. Es war viele Jahre her, dass sie zum letzten Mal ihren schützenden Arm über die Hülle aus Zigarettenpapier gehoben hatte, die eine Prise Tabak aufnahm und danach gerollt, beschnitten und zusammen mit anderen zu einem Päckchen Ultramarino, Díli, El-Rei, Ilha Verde, 075, S. Luiz, Moderno, Colonial, Lorde, Jacto, Maia oder was auch immer verarbeitet wurde, Marken, die es heutzutage nicht mehr gab. João Dionísio blieb stehen und richtete seine Kamera auf ein Loch in der Wand. Dann wandte er seine Aufmerksamkeit einem gewaltigen Kasten zu, der neben der Zigarettenrollmaschine stand. Er schob den Deckel ein Stück zur Seite und drückte zwei-, dreimal auf den Auslöser. Der Blitz erhellte den Raum und zerriss die Stille, die Filipe Castanheira zuvor aufgefallen war.
»Hier liegt er. Wie ein Heiliger.«
Filipe wusste es schon, denn man hatte ihm gesagt, dass der Tote in diesem Raum sei, und das war der einzige Ort, an dem man eine Leiche verstecken konnte: eine etwa zweieinhalb Meter lange, siebzig Zentimeter breite und siebzig Zentimeter hohe Holzkiste. Dass er wie ein

Heiliger aussah, hatte er natürlich nicht gewusst, aber der Körper in der Kiste, in der früher einmal gehäckselter Tabak befeuchtet worden war, um anschließend in genau abgemessenen Dosen auf das kleine Fließband verteilt zu werden, das in der Maschine verschwand, bot tatsächlich einen seltsamen Anblick. Er kniete sich neben die Maschine und stellte fest, dass alle Teile, sämtliche Arme, Getriebe, Schrauben und Schlitze, vom Rost zerfressen waren. Die Feuchtigkeit der Seeluft und die zerborstenen Glasscheiben hatten ihr Schicksal besiegelt.

»Der Mann ist hier«, rief João Dionísio, als er bemerkte, dass Filipe Castanheira sich von ihm abwandte, um die Maschine zu inspizieren. Unterinspektor Filipe Castanheira nickte und kehrte zu der Kiste zurück, um den Körper des Mannes in Augenschein zu nehmen. Er lag auf dem Rücken, halb von Tabakkrümeln bedeckt, bekleidet mit Anzug und Krawatte, modischen Schuhen und einem weißen Hemd, makellos weiß, wären da nicht die Tabakkrümel und ein dunkler Fleck geronnenen Blutes gewesen, der sich vom Bauch bis über die halbe Brust erstreckte.

»Eine 6.35er, so eine Scheiße. Nie haben wir mal eine Pistole, die sich sehen lassen könnte«, sagte João Dionísio und hob wieder die Kamera. »Typische Frauenwaffe. Aber das ist schon gestern Abend passiert, Chef. Hübsch zurechtgemacht, als wäre er auf dem Weg zur Messe gewesen.«

»Sehr gut«, erwiderte der Unterinspektor. »Gehen wir.«

Die beiden gingen den Gang entlang, öffneten Türen zu dunklen Räumen, wo ein muffiger Geruch nach Schimmel den Duft nach Schnupftabak und dem grünen Tabak der Insel vertrieben hatte. Filipe erkundete den Ort, wie er schon zuvor die Stille erkundet hatte. Der Wind wehte vom Meer her und fuhr durch die hellgrünen, beinahe durchsichtigen Tabakpflanzen, stieg dann den Hang hinan und strich über die Hügel, in deren Täler sich die Sicheltannen schmiegten. In der Ferne zeichneten sich zwei gewaltige Bäume gegen die Landschaft ab, die Wahrzeichen des Aussichtspunktes von Santa Iria, der über Porto Formoso auf der einen und Ponta do Citrão auf der anderen Seite wachte. Er hatte sich in seine Erinnerung eingebrannt als eine Art Nationaldenkmal, war Teil des Kulturerbes der Insel, ragte pfeilgerade wie ein Kiel ins Meer hinaus. Vor allem jedoch war er ein geheimer, sensibler Punkt seiner persönlichen Geographie eines Exilierten vom Festland.

Seit im letzten Oktober die Mobiltelefone die Insel erreicht hatten, trug João Dionísio diese ständige Bedrohung stets bei sich, und nun ließ sich inmitten dieser Wildnis, zwischen dem Grün und dem Braun der Erde, sein Handy vernehmen. José Silveira Enes wollte hören, was es Neues gab. Filipe Castanheira stellte sich vor, wie sein Chef schon an einer Rede über mangelnde Moral, den Weggang von Regierungspräsident Mota Amaral nach Lissabon und die Sozialisten an der Macht feilte. Und dann würde er seine gestreifte Krawatte glatt streichen und sich über die Notwendigkeit auslassen, den Fall zu lösen und vor den Zeitungen und den Radiosendern geheim zu halten, zwei weiteren Erfindungen des Teufels, wenn man José Silveira Enes' Ansichten über die Übel dieser Welt und die Möglichkeiten, sie zu vermeiden und auszumerzen, Glauben schenken durfte.

»DAS HÄNGT ALLES MITEINANDER ZUSAMMEN«, beharrte José Silveira Enes, nachdem er aufgestanden war und sich die Brille wieder aufgesetzt hatte. »Es hängt mit diesem Fall zusammen. Alles hängt miteinander zusammen, wenn Sie meine Meinung hören wollen.«
Filipe Castanheira war nicht erstaunt, denn er kannte diesen Satz nur allzu gut. Er war ein Vorbote dessen, was danach kam, und Filipe musste sich nicht länger auf die Tatsachen und Ereignisse vorbereiten, die sich gewissenhaft wiederholten, seit er 1988 Inspektor José Silveira Enes kennen gelernt und darauf geachtet hatte, wie dieser jedes einzelne Wort dieses Satzes betonte. Alles hängt miteinander zusammen. Immer, wenn er das hörte, wiegte Filipe den Kopf hin und her und heuchelte erhöhte Aufmerksamkeit und Einverständnis. Es blieb ihm auch gar nichts anderes übrig – Enes wiederholte seit Jahren denselben Satz. Es lohnte sich nicht zu widersprechen. Aber dieses Mal gelang es ihm nicht, ein kurzes, zaghaftes Lachen zu unterdrücken. Das gefiel José Silveira Enes allerdings gar nicht.
»Sie lachen?«
Enes sah ihn an und rückte seine Brille zurecht. Seit ein paar Monaten trug der Inspektor eine Brille, und seitdem hatte sich die Reihenfolge der Gesten, die seinen Vortrag begleiteten, ein wenig geändert. Denn eine Reihenfolge musste sein: Er hob die linke Hand – und es musste auch wirklich die linke sein, weil die rechte damit beschäftigt war, die Brille festzuhalten –, machte eine Geste, die den ganzen Raum mit einbezog, und sprach den ersten Satz. Wenn Sie meine Meinung hören wollen. Da Filipe Castanheira daraufhin nichts entgegnete, hob Enes

die rechte Hand und schob die Brille in einem faltenlosen, vom Gang der Zeit unberührten Gesicht zurecht. Es schien, als sei das Gesicht tatsächlich der Spiegel der Seele und als würden der Seele ihrerseits all die Diäten und Fitnesskurse, denen der Inspektor sich unterzog, gut bekommen. All dies geschah mit knappen, energischen Gesten, bis er schließlich aufstand und das endgültige Urteil verkündete, das stets mit dem Satz schloss, mit dem er auch begonnen hatte. Wenn Sie meine Meinung hören wollen. Tatsächlich wollte Filipe Castanheira häufig die Meinung von José Silveira Enes hören. Aber diesmal lachte er.

»Sie lachen?«, fragte José Silveira Enes daraufhin. Das war weniger eine Frage als vielmehr ein Ausdruck der Verwunderung angesichts von Filipe Castanheiras Lachen, so, als erschüttere dieses Lachen sein felsenfestes Vertrauen in den jüngeren Mann, den er beinahe alles gelehrt hatte, was nötig war, und der in gewisser Weise in den letzten zehn Jahren sein Schützling gewesen war, seit jenem Augustmorgen, an dem er in Ponta Delgada angekommen und die Treppe zum Polizeirevier hinaufgestiegen war. José Silveira Enes hatte ihn, an die Tür seines Büros gelehnt, erwartet und ihm die Hand entgegengestreckt.

»Ich hoffe, dass Sie sich hier gut einleben werden. Ich zeige Ihnen das Revier, es ist klein und armselig, aber das wissen Sie ja schon. Für jemanden, der an die Reviere von Lissabon gewöhnt ist, ist das hier nichts. Sie können mir ja dann erzählen, was Sie hierher verschlagen hat. Sehen wir uns dieses Durcheinander mal an. Ein nettes Revier, wenn Sie meine Meinung hören wollen.«

Aber Unterinspektor Filipe Castanheira hatte ihm nie erzählt, was ihn von Lissabon nach Ponta Delgada verschlagen hatte. Und was noch schlimmer war, er hatte ihm nie erklärt, warum er auf São Miguel geblieben war und zwei gute Angebote ausgeschlagen hatte, aufs Festland zurückzukehren und Inspektor zu werden. Seit jenem Augusttag galt José Silveira Enes als sein Beschützer, und Filipe Castanheira nahm dies als eine Tatsache hin, gegen die er nichts ausrichten konnte, weder innerhalb noch außerhalb der Polizei und schließlich auch nicht innerhalb oder außerhalb seines Lebens. Außerdem betrachtete Enes den Unterinspektor als eine Art Nachfolger bei der Polizei. Sobald er in Rente ging, würde Filipe Inspektor werden, und Enes hatte darauf bestanden, dass er einen Kurs in Lissabon absolvierte. Andererseits jedoch hatte Enes ihn nie um eine Erklärung gebeten, und tatsächlich hatte das Verhältnis zwischen den beiden Männern bis heute niemals eine Erklärung erfordert.

»Sie lachen, aber es stimmt. Unser Regierungspräsident ist von hier weggegangen, nach Lissabon. Es ist nicht so, dass er hier einen Haufen verlassener Waisenkinder zurücklassen würde, aber verlassen hat er uns doch. Wie Sie wissen, konnte ich ihn nicht leiden, aber ich bin überrascht. Es ist, als würde plötzlich ein anderer Kalender gelten. Die Inseln verändern sich gewaltig, und jetzt ist dieser Mann weggegangen. Ich weiß nicht, wo das alles enden soll. Und das hängt alles miteinander zusammen, das sage ich Ihnen, denn jetzt geht Mota Amaral, und dann, morgen, wird dies hier eine Zweigstelle der Sitte und der Drogenabteilung, das ist so sicher wie das Amen in der Kirche. Sie haben ja keine Ahnung. Die Sozialisten haben gewonnen, und das ist das erste Anzeichen dafür. Haben Sie die Landstraßen der Insel gesehen? Sogar die Hortensien sehen ein bisschen welk aus.«

Enes verstummte und kehrte zum Fenster von Filipe Castanheiras kleinem Büro im ersten Stock des Altbaus zurück, durch das das Licht aus der Bucht hereindrang und von dem man einen Blick auf den Verkehr auf dem Largo da Matriz hatte. Während des größten Festes der Insel, den Festas do Senhor Santo Cristo, war Ponta Delgada immer halb leer, und Filipe Castanheira wusste, dass der Inspektor dafür empfänglich war, denn jedes Jahr konnte er Ende April beobachten, wie er sichtbar jünger wurde, je näher die Prozessionen, die Buden mit Leckereien, mit Yam-Wurzeln und Melo-Abreu-Bier rückten. Vor allem aber schien ihn jener seltene Duft zu verjüngen, der mitten im Frühling von den höchsten Gipfeln der Insel herabwehte wie eine Mischung aus Ananas und Tabak oder auch nur wie ein flüchtiger Eindruck, hervorgerufen von der Farbe des noch grünen Maises und der Felder von Relva oder Fajã de Cima auf dem Weg in die Stadt. Um diese Zeit, und erst dann, erklärte Enes seinen langen Winter für beendet (von dem er so tat, als gelte er für die gesamte Insel, egal, ob die Sonne schien oder es stürmte) und legte die wollene Weste ab, die er bei der Polizei stets wie eine Uniform über dem Hemd und der Krawatte trug; wenn das Fest dann vorbei war, waren seine Hemdsärmel bereits hochgekrempelt und der Hemdkragen stand offen.

Diese Euphorie verleitete Inspektor Enes dazu, Unbesonnenheiten zu begehen, die das restliche Jahr über undenkbar gewesen wären, wie zum Beispiel geschmorte Kraken, Fleisch in Knoblauchbeize oder frittierte Stichlinge zu essen; er genehmigte sich sogar einen ›vinho-de-cheiro‹

oder einen Schnaps aus Graciosa. In dieser Zeit sah Filipe ihn mit seiner Frau spazieren gehen; wie ein einfacher, gewöhnlicher Insulaner ging er mit ihr die Straße hinunter, die am Platz mit der Brauerei Melo Abreu vorbei zur Strandpromenade führte, blieb vor dem grünen Musikpavillon stehen, um dem Konzert der Musiker von Ribeira Grande oder der Kapelle Senhor Jesus da Pedra aus Vila Franca zu lauschen, und brachte danach wie ein altehrwürdiger Einwohner São Miguels der Christusfigur auf dem Traggerüst sein Opfer dar, voller Stolz auf den Tausend-Escudo-Schein, der, mit einer Sicherheitsnadel befestigt, an der seidenen Weste der Heiligenfigur hing.
Im Laufe dieser zehn Jahre hatte sich Filipe Castanheira auch an die Christusfigur gewöhnt, denn schließlich wohnte er in der alten Rua do Desterro, nur zwei Schritte vom Zentrum der Festlichkeiten entfernt, und eigentlich mochte er den monotonen, nasalen Rhythmus der Kapelle, die die Prozessionen begleitete, ganz gern. Sie war wie eine Litanei, die das Frühjahrsübel vertrieb, eine feuchte, warme Brise, die der April mit sich brachte und die die Stadt den ganzen Sommer über belagerte und erst im November verschwand, wenn die Stürme stärker wurden und das Meer vor dem Platz über die Mauer der Mole schwappte. Aber er wusste, dass das Frühjahrsübel auf den Inseln mehr war als ein meteorologisches Phänomen, es war ein Segen, ein Zeichen des Himmels, dass das Leben von neuem begann und ein Teil des Körpers sich erneuerte. Und Filipe wusste, dass dies seine Zeit war, es war wie die Eröffnung der Jagdsaison für einen Jäger: die Samstagvormittage in der Tabacaria Açoreana, wo er seine Zeitung las und seine Wochenration an Tabak kaufte, die

stillen, lauen Nachmittage an den Stränden von Nordeste, wo er unter Isabels Führung gerne wanderte, die Bootsausflüge rund um Ilhéu mit Carlos Ferreira. Es war eine großartige und für ihn zugleich deprimierende Zeit, in der er unter den Launen seines Körpers, Trägheit und Wehleidigkeit litt.

Er akzeptierte jedoch, dass José Silveira Enes die Tage nach den Festas do Senhor Santo Cristo nicht mochte und auch seine Gleichgültigkeit gegenüber den Torheiten der Welt nicht verstand, die mit dem Frühling begannen, wenn die Abende länger wurden, der Himmel heller und die Ananas süßer war, wenn die Felder grüner und die Bars voller Menschen waren, und das zu einer Uhrzeit, zu der nach José Silveira Enes' Ansicht alle in ihren Betten liegen sollten. Dann sollte der Meridian der Welt wie eine unausweichliche Gefahr über die Bucht von Ponta Delgada hinwegziehen und unsichtbar die Geschicke der Menschen und die Angelegenheiten der öffentlichen Moral leiten. Er würde die Welt in Ordnung bringen, die Familien zur Zucht rufen, die Sitten in gute und schlechte unterteilen und den Feierabendverkehr auf der Avenida Marginal regeln. Die Anerkennung seiner Existenz wäre unwiderruflich und unvermeidlich. Aber Filipe Castanheira wusste auch, dass sein Chef kein Moralist war. Die Unordnung der Welt, die Liste der Morde, Überfälle, ungedeckten Schecks, tätlichen Übergriffe oder einfachen Anzeigen von Frauen gegen ihre Männer waren in seinem Leben einfach nur Unannehmlichkeiten, die Folge der geistigen Armut der anderen, jener, die durch die Straßen spazierten, ohne den Meridian zu beachten, der doch unübersehbar war und die Menschen, wenn sie ihn nur anerkennen wollten, zwingen würde, von Natur aus gut zu sein, ein ausgeglichenes, gesundes und sparsames Dasein zu führen, sich im Fitness-Studio oder zu einem Kurs zur Ehevorbereitung anzumelden – im Gegensatz zu denjenigen, die sich bis spät in die Nacht in Bars und Cafés herumtrieben, Autos klauten, ihr Geld zum Fenster hinauswarfen oder einfach nur José Silveira Enes nicht kannten oder ihm unbekannt waren, was nur selten vorkam.

Diesmal allerdings war José Silveira Enes aufgebracht, weil er im Laufe seines Daseins als Bewohner von São Miguel keine Bekanntschaft mit der Leiche geschlossen hatte, die auf den Fotos in einer alten Befeuchtungskiste der ehemaligen Tabakfabrik von Maia zu sehen war. Als Nichtraucher regte ihn schon allein die Verbindung zum Tabak auf. Aber die Tatsache, dass der Mann seinem persönlichen Archiv (in dem er Gesichter, Daten, Bruchstücke eines Gesprächs speicherte) unbekannt war – das war ein Schlag ins Gesicht.

UM HALB SECHS UHR MORGENS verabschieden sich die Straßen von Xabregas von der Dunkelheit. Für kurze Zeit wird die Stille von einem leeren Zug durchbrochen, dessen Bewegung sich am Flussufer verliert. In der Nähe erklingt das Geräusch einer sich öffnenden und schließenden Tür. Schritte auf dem von der Nacht feuchten Pflaster. Dieses Universum von Straßen, die die Stadtteile Chelas, Olivais, Xabregas, Poço do Bispo, Madre de Deus und Matinha bis hin nach Cabo Ruivo durchqueren und die neue, Tag und Nacht erleuchtete Stadt umgeben, wo die Expo nie zur Ruhe kommt, würde Jaime Ramos immer fremd bleiben. Er kannte sie vor der Expo nicht und besuchte sie auch nach der Eröffnung der Expo im Morgengrauen wie ein einsamer, unbekannter, anonymer Spaziergänger, wie ein Straßenräuber, den die Polizeistreife kurz zuvor gefilzt hatte, bevor sie im Innern des Viertels verschwand. Die neue breite Straße, die den Fluss säumte, nachdem das Ufer von Containern, Lagerhallen und Müllbergen gesäubert worden war, sodass es jetzt wie ein Reservat an Natürlichkeit und Schlichtheit wirkte – und das in einer Stadt, die ihren Abfall immer gehegt und gepflegt hatte –, genügte nicht, um die Gegend zu erhellen. In einer Stunde, wenn das erste Morgenlicht den Tagesanbruch verkünden und über das in sich versunkene, gleichgültige Viertel hereinbrechen würde, wäre es auch nicht heller. Es würde sich einfach nur von der Dunkelheit verabschieden, selbst an dieser kopfsteingepflasterten Kreuzung, die der Modernisierung tapfer standgehalten hatte.

Isaltino de Jesus, der im Wagen eingeschlafen war und kurz darauf angefangen hatte zu schnarchen, zuerst ganz leise, danach völlig hemmungslos, öffnete die Wagentür und richtete sich mühsam auf, indem er sich auf den Kofferraum stützte. Dann streckte er sich und schlug den Mantelkragen hoch. Er sah Jaime Ramos mit geneigtem Kopf von der Seite an:

»Das ist schon so eine richtige Macke von Ihnen. Jedes Mal, wenn Sie von Porto weg sind, Chef, schlafen Sie nicht mehr.«

»Es gibt viel zu tun außerhalb von Porto, man muss wachsam bleiben«, murmelte Jaime Ramos.

»Aber wir haben noch den ganzen Tag vor uns.«

»Nachts, wenn die Straßen leer sind, sieht man mehr.«

»Auf jeden Fall schlafen Sie nicht. Und dann schlafe ich auch nicht.«
»In dieser Stadt schläft man nicht gut. Es gibt zu viele Menschen, und es ist selten Tag.«
Isaltino wusste schon, was ihm jetzt bevorstand – ein Vortrag über Lissabon –, und darum fragte er:
»Warum sind wir eigentlich hier?«
»Du bist hier, um zu schlafen.«
»Und Sie, Chef?«
»Wir sind gekommen, um zu sehen, Isaltino. Sehen. Die Augen offen halten.«
Der andere verzog das Gesicht:
»Und haben wir alles gesehen?«
»Fast alles«, entgegnete Jaime Ramos und starrte auf einen unsichtbaren Punkt am Ende der Straße, als beziehe sich das »fast« genau auf jene Stelle, an der die Müllcontainer geparkt waren. Aber was Jaime Ramos tatsächlich sah, war immer noch das Gesicht von Elena Carreter, was er vernahm, war ihre Stimme, und woran er sich erinnerte, war das Licht des Raumes, in dem er sie verhört hatte. Sie hatte alle seine Fragen beantwortet, ohne irgendeinen unvollendeten Satz zu beenden, denn es hatte gar keine unvollendeten Sätze gegeben, kein Zögern und keine Furcht, und das machte ihm Sorgen. Zu dieser Zeit des Tages erschien ihm Elena Carreters Gesicht wie ein Film mit langsamen ockerfarbenen Bildern. Die Vorstellung war nicht vollkommen, nicht einmal besonders gelungen – aber Jaime Ramos würde keine andere Wahl haben, wenn er später im Katalog seiner Erinnerungen jene Nacht aufrief.
Während sie sprach, knabberte sie an den Granatapfelstückchen, die sie aus der Schüssel mit dem mexikanischen Reis

fischte, und ihr Gesichtsausdruck wandelte sich. Den Topf mit dem »pollo en escabeche« hatte sie an den Tischrand geschoben, die leeren Bierflaschen standen ordentlich vor den beiden aufgereiht. Gedankenverloren benutzte Elena Carreter eine von ihnen als Aschenbecher und beantwortete die Fragen des Polizisten mit ihrer langsamen, bedächtigen, immer kalten Stimme. Jemanden zu verhören, ganz gleich, wen, war eine diffizile Aufgabe, wie Jaime Ramos wusste, ein Spiel, bei dem beide Spieler in gegenseitigem Einverständnis einander stets etwas verschweigen. Er versuchte sich um diesen Teil der Arbeit zu drücken. Nach dem, was zwei Monate zuvor in Porto vorgefallen war, mied Jaime Ramos ihn ganz offen, aus Rache gegen die verdeckte Strafe, die sie ihm aufgebrummt hatten, indem sie ihn mitten im Mai nach Lissabon geschickt hatten, als die Wochenenden im Haff von Aveiro bereits wie üblich geplant waren und Rosa sich einverstanden erklärt hatte, ihn zu begleiten. Die allererste Frage hatte genügt, damit Elena Carreter sich auf das Spiel einließ und auf die Erklärungen von Inspektor Jaime Ramos verzichtete, der an dem Tisch saß, auf dem ein paar Bücher beiseite geräumt worden waren, um den Flaschen mit Corona Platz zu machen.

»Erinnern Sie sich daran, was Sie am Dienstag zu Abend gegessen haben? Die Autopsie des Mannes hat nichts ergeben, aber ich nehme an, Sie haben zusammen zu Abend gegessen.«

»Nichts Besonderes. Stockfisch. Portugiesischen Stockfisch. Wie haben Sie das herausgefunden?«

»Ich wusste nicht, dass es Stockfisch war. Gekocht oder gebraten?«

»Gibt es den auch gebraten?«

»Ja, aber vor allem wird er gegrillt und auf alle möglichen anderen Arten zubereitet.«

»Dieser war gegrillt.«

»Wann haben Sie ihn kennen gelernt?«

»Paulo? Vor zwei Jahren. Wir sind beide Biologen. Meeresbiologen. Wir haben das Gleiche studiert, er auf den Azoren und ich in Mexiko. Fische. Pflanzen, Algen, kleine, merkwürdige Spezies.«

»Und wo haben Sie sich kennen gelernt?«

»Auf einem Kongress in Veracruz, in Mexiko. Wir haben das Gleiche studiert, genau das Gleiche, und wir waren im gleichen Alter. Deshalb haben wir uns hier getroffen, weil wir beide von Anfang an mit dem Ozeanarium zu tun hatten. Ich meine, Mexiko wollte seine wichtigsten Arten aus dem Golf und aus dem Pazifik ausstellen.«

»Gibt es sie im Ozeanarium?«

»Nein. Sie sind nur am mexikanischen Stand auf Video zu sehen.«

»Aber Sie haben gesagt, Sie hätten ihn beim Abendessen nicht gesehen.«

»Das war typisch Frau. Ich wusste nicht, dass es wichtig war.«

»Typisch Frau?«

»Typisch Frau wegen all der anderen Männer. Die haben mich nicht mal danach gefragt. Ich habe mit ihm zu Abend gegessen, mich am Ausgang des Restaurants von ihm verabschiedet und ein Taxi genommen. Er wollte zum Flughafen und hat ein anderes Taxi genommen.«

»Sie hätten zusammen hierher fahren können. Sie hätten an der Expo aussteigen können, und er hätte bis zum Flughafen weiterfahren können.«

»Es war aber so. Und es war besser so.«

Elena Carreter schwieg einen Moment, blickte aber Jaime Ramos nicht an. Sie nahm einen Schluck Bier und zündete sich eine Zigarette an.

»Ich habe ihn erst hinterher gesehen. Im Wasser.«

»Was hatten Sie um diese Uhrzeit im Ozeanarium zu suchen?«

»Ich bin oft hingegangen, um nach Paulos Fischen zu sehen – so nannten wir sie. Er hielt große Stücke auf seine Fische.«

»Das kann ich mir vorstellen. Und Sie?«

»Ich mochte sie auch. Ich half ihm bei einer Arbeit für die Universität, einen Vortrag für einen Kongress. Es gibt einige Gemeinsamkeiten zwischen dem Meeresgrund vor den Azoren und ein paar Stellen im Golf von Mexiko. Vor allem vor Campeche, der Gegend, von der ich Ihnen erzählt habe.«

Jaime Ramos sah sich um, er fixierte die Gegenstände im Raum, als sei er Makler und müsse ein Gutachten erstellen, analysierte das Aussehen des Sofas, die Farben der Tapete, die Größe der Fenster, die Tür, die auf die Veranda führte, das Regal, in dem sich ein paar Bücher und Papiere stapelten, die Tür zum Schlafzimmer, den Balkon vor der Küche, die Vase mit einer Pflanze, die in dieser Umgebung fehl am Platz wirkte.

»Hat er hier übernachtet?«

Erst jetzt hob die Frau den Blick, als wolle sie den Mann, der sie verhörte, herausfordern, jenen Mann, der ihr Bier getrunken und ein wenig von ihrem »arroz con granados« und ihrem mit »achiote« zubereiteten »pollo en escabeche« gegessen hatte.

»Manchmal.«
»Wie oft?«
»So oft wie nötig«, entgegnete Elena Carreter, und Jaime Ramos dachte an die Frau, die er zuvor gesehen hatte, am Vortag, neben dem halbnackten Körper von Paulo Viveiros Costa, nur mit einem schwarzen Badeanzug bekleidet, mit nassen Haaren, und an die tadelnde Stimme von Isaltino de Jesus, die Stimme der Moral: »Dafür ist jetzt wirklich nicht der richtige Zeitpunkt, Chef.«
»Um wie viel Uhr haben Sie in dieser Nacht das Ozeanarium betreten?«
»Das weiß ich nicht mehr. Ich konnte nicht einschlafen und wusste, dass die Forscher nachts hineindürfen. Ich wollte mir Paulos Fische ansehen.«
»Waren Sie allein?«
»Ab der Hintertreppe. Niemand ist im Ozeanarium allein, wenn es das ist, was Sie denken. Es gibt das Wartungspersonal, den Wachdienst, die Videokameras.«
»Wie ist er hineingekommen?«
»Er war Forscher.«
»Im Eingangsregister ist sein Name nicht verzeichnet.«
»Dann ist da irgendwas passiert.«
Jaime Ramos erhob sich und drückte die Ilhéu im Aschenbecher aus. Die Anzahl der leeren Flaschen auf dem Tisch hatte sich beträchtlich erhöht, und er betrachtete sie mit einer gewissen Sehnsucht. Er hätte sich gern für das Bier und das Essen bedankt, aber er erinnerte sich daran, dass er als Polizist hier war, und an die Stimme von Isaltino de Jesus: »Dafür ist jetzt wirklich nicht der richtige Zeitpunkt, Chef.« Das stimmte. Für Paulo Viveiros Costa war in diesem Wohnzimmer, im Schlafzimmer, der richtige

Zeitpunkt gewesen, in jenem Appartement, in dem Elena Carreter sich am selben Tag, an dem sie geholfen hatte, die Leiche des Mannes zu bergen, der mit ihr so oft geschlafen hatte wie nötig, ein einsames Abendessen zubereitet hatte.

»Weiß jemand, dass Sie und der Azorer gemeinsam geschlafen haben?«

»So sagt man das eigentlich nicht, aber es ist schon in Ordnung. Nein, ich glaube, das hat niemand gewusst.«

Bevor er sich zur Tür wandte, nickte Jaime Ramos, als wolle er ihr bedeuten, dass seinetwegen alles so weitergehen könne. Er brauchte keine Einzelheiten über das Verhältnis zwischen den Biologen oder über ihr Verhalten zu wissen. Jeder weiß, was die beiden über diese Sache wussten. Elena Carreter kam noch an die Tür, um sich von ihm zu verabschieden, aber Jaime Ramos war schon im Aufzug. Er wusste genau, dass er auf dem Tisch das Buch hatte liegen lassen, das er in Paulo Viveiros Costas Reisesack gefunden hatte; anders ausgedrückt: dass er es dort vergessen hatte.

JAIME RAMOS WUSSTE, dass er zu wenig geschlafen hatte, nur etwa zwei Stunden, aber Isaltino de Jesus hatte ihn schon vor anderthalb Wochen gewarnt, als sie am Bahnhof von Campanhã in den Zug stiegen:

»Wenn Sie nach Lissabon fahren, Chef, können Sie Ihre Nachtruhe abschreiben.«

»Das ist noch nie passiert.«

»Es passiert immer, Chef. Letztes Jahr waren Sie zwei Tage hintereinander wach wegen diesem Treffen, wegen dem

Schengener Abkommen. Vor zwei Jahren, bevor Sie nach Kuba und Mexiko geflogen sind. Und im Jahr davor, als wir diesen Fall in Galicien hatten und Sie mitten in der Nacht nach Lissabon gefahren sind. Soviel ich weiß, haben Sie in Lissabon praktisch nie geschlafen.«

»Das ist mir noch nie aufgefallen, Isaltino. Du weißt doch, wenn man älter wird, bekommt man vieles nicht mehr mit. Man wird zerstreuter. Werden wir dieses Jahr den Pokal gewinnen?«

»Wir sind auf dem besten Wege dazu, Chef. Es fehlen noch zwei Spiele.«

»Wann kommt Pinto da Costa auf die Expo?«

»Das steht noch nicht fest. Am Ende der Saison kommen die von Salamanca, das ist schon eingeplant. Die werden von der Expo gesponsert. Alles wird von der Expo gesponsert. Aber lassen Sie sich eines gesagt sein: Nutzen Sie die Zugfahrt zum Schlafen, denn sobald wir in Santa Apolónia ankommen, können Sie Ihre Nachtruhe abschreiben.«

Isaltino hatte Recht behalten, aber er hatte fast immer Recht. Das ärgerte Jaime Ramos, weil es ihn generell ärgerte, wenn jüngere Männer als er gesunden Menschenverstand bewiesen, so, als sei er krank oder geistig verwirrt. In einem hatte sich Isaltino allerdings geirrt: Sein Fußballteam war schon am Vortag auf der Expo gewesen. Die Fernsehsender, die den Besuch begleiteten, berichteten, was der Präsident des FC Porto gesagt hatte, zitierten einzelne Sätze, ironische Bemerkungen, zeigten ihn, wie er am Ozeanarium vorbeispazierte, dem portugiesischen Pavillon einen Besuch abstattete und das Projekt von Siza Vieira lobte und wie er sich weigerte, zu der Ausstellung über das Leben in den Ozeanen hinaufzugehen.

»Wer weiß, was einem im Ozeanarium von Lissabon so alles zustößt«, hatte er den Journalisten gesagt.
Tatsächlich hatten die Fernsehsender schon seit dem frühen Morgen, als die TSF die Nachricht verbreitete, die zunächst weder bestätigt noch dementiert wurde (bis um halb elf die Pressemitteilung kam), Bilder des Ozeanariums aus der Nähe und der Ferne gezeigt, auf denen die vollkommene Linienführung des Bauwerks und seine dunkle Farbe, die sich gegen den hellen Himmel abhob, zur Geltung kamen. Im Wechsel mit diesen Bildern sah man die Aquarien, in denen Fische zwischen Plastikalgen ihre üblichen Bahnen zogen, und die Tür des gerichtsmedizinischen Instituts, in das die Leiche von Paulo Viveiros Costa gebracht worden war.
Nachdem sie den Appartementblock verlassen hatten, in dem Elena Carreter untergebracht war, und einige Zeit am Flussufer außerhalb des Expo-Geländes gestanden hatten, setzte Isaltino de Jesus Jaime Ramos in dem Hotel ab, das die Polizei für den Inspektor ausgewählt hatte. Die Geräusche der Stadt kündigten den Morgen an, und Jaime Ramos nutzte die Gelegenheit, um zwei Stunden zu schlafen. Gegen seine Gewohnheit sah er beim Mittagessen die Fernsehnachrichten, lächelte über das Kommuniqué, das der Pressesprecher mit dem gebotenen Ernst verlas, und lauschte einigen rasch hingeworfenen Sätzen des Leiters der Expo, Torres Campos, der mit dem Wagen auf dem Weg ins Stadtzentrum war. Ein Minister, der dem Dialekt nach zu schließen aus Beira Alta stammte, zeigte sich bestürzt und besorgt, versicherte jedoch, der Tod eines Mitarbeiters der Expo sei keinesfalls auf Unachtsamkeit, Fahrlässigkeit oder Schlamperei beim Überwachungssys-

tem zurückzuführen, das sachgemäß aufgebaut, sorgfältig überprüft und eingesetzt worden war. Die Möglichkeit, dass es sich um Mord handele, werde natürlich erwogen, sei aber eben nur eine Möglichkeit. Eine entfernte Möglichkeit, trotz allem. Aber die Regierung war wachsam, die Regierung gab Acht, die Minister waren besorgt, die Ermittlungen wurden natürlich fortgesetzt, nicht nur, weil die Minister besorgt waren, sondern weil Ermittlungen fortgesetzt werden müssen, egal, wer sie durchführt und worum es sich handelt.

Jaime Ramos wusste Bescheid. Die Ermittlungen wurden fortgesetzt, wenigstens auf seinem Schreibtisch, wo sich im Laufe des Nachmittags Unterlagen, Fotos, Bücher, alte und neue Berichte und Papiere stapelten, auf denen die Buchstaben, die er geduldig aufgeschrieben hatte, scheinbar zusammenhanglose Notizen bildeten. Erst bei Anbruch der Nacht, als er vom Schlaf übermannt vor sich hin döste, inmitten des Lärms der Einheit, die den Fall bearbeitete, und der Telefone, die in den Büros entlang des schwach erleuchteten Korridors klingelten, verkündete Meireles, dass die Videokameras auf den Außentreppen, über die das Wartungspersonal oder einfache, auf der Expo beschäftigte Forscher wie Paulo Viveiros Costa oder Elena Carreter Zugang zum Ozeanarium hatten, keine verdächtigen Bewegungen aufgezeichnet hatten. Die Hypothese, dass jemand mit einem Toten beladen gegen zwei Uhr morgens oder ein wenig später die Treppe hinaufgestiegen war, schien sich aufgrund der Videoaufnahmen, die Unterinspektor Meireles den ganzen Nachmittag lang ausgewertet hatte, nicht zu bestätigen. Jaime Ramos stimmte ihm zu. Eine Polizeieinheit hielt sich noch im Ozeanarium auf und durchforstete es Winkel für Winkel, Flur für Flur, Raum für Raum auf der Suche nach einem idealen Versteck, in dem eine Leiche ein paar Stunden lang verborgen werden konnte, um anschließend im Atlantikbecken treibend aufzutauchen.

All dies weckte in ihm – wie stets zu Beginn einer Untersuchung – eine ungeahnte Mattigkeit, die an Desinteresse grenzte. In diesen Situationen sehnte sich Jaime Ramos heftiger denn je nach Rosa. Er hatte sich kaum auf dem kleinen Sofa des Hotelzimmers am Marqués de Pombal – mit Blick auf einen kleinen Platz, auf dem Platanen stoisch und eigenwillig der übrigen Stadt trotzten – niedergelassen, als es ihm zu Bewusstsein kam. Elena Carreter und Paulo Viveiros Costa hatten sich vor zwei Jahren in Veracruz, Mexiko, kennen gelernt. In der Stadt der Musik also. Jaime Ramos zog seine Schuhe aus, indem er mit dem linken Fuß den rechten Schuh abstreifte und mit der rechten Ferse den anderen Schuh vom linken Fuß schob. Dann streckte er die Hand nach der Zigarrenkiste aus und wählte eine Gloria Cubana aus Miami, eine perfekte Imitation der kubanischen Medaille d'Or, gereift in der Sonne über den Keys von Florida. Er drehte sie zwischen seinen Fingern, rollte sie langsam hin und her und spürte den Verästelungen der Deckblätter der Zigarre nach, bis die Tabakrolle ihm wie eine Verlängerung seines Körpers erschien, Teil seiner selbst wurde, wie ein Bedürfnis, ja, mehr als das, wie ein Drang, den er an einer unbestimmten Stelle seines Körpers verspürte.

Seit wie vielen Stunden hatte er nicht geschlafen? Wie viele Stunden war es her, dass er auf jenem Sofa gesessen hatte, das aussah wie die Sofas aller Mittelklassehotels, in denen er für einige Nächte oder sogar nur für eine Nacht untergekommen war? Er fühlte sich als Gast so anonym wie das Hotel selbst war, studierte aus unbefriedigter Neugier die vereinzelten Gegenstände, die sich üblicherweise in den Schubladen solcher Zimmer finden: amerikanische Bibeln, Nähetuis mit Nadel und Faden, Plastik-Schuhlöffel, nahezu unbenutzte Telefonbücher, Briefpapier, Faltblätter von Leihwagenfirmen, Vordrucke für den Zimmerservice, eine Postkarte, auf der das Hotel abgebildet war.

Er durchsuchte die Taschen seiner Windjacke, bis er die Streichhölzer gefunden hatte, und zündete in dem dunklen, nur von den Straßenlaternen erleuchteten Raum eines an. Mit der rechten Hand führte er das brennende Streichholz für das nächtliche Brandopfer an die Zigarre. Sie war dazu bestimmt, langsam zu verglühen und das Zimmer mit ihrem Rauch zu füllen. Zuvor hatte Jaime Ramos die Fenster geöffnet, damit die Geräusche der Nacht – ferne Sirenen von Krankenwagen, Mofas, Taxis, die anfuhren, wenn die Ampeln auf der Duque de Loulé auf Grün umsprangen, gelegentliche, unverständliche Stimmen – die Szenerie ebenfalls bereichern konnten. Und er stellte sich vor, wie wohl Veracruz sein mochte, die Stadt der Musik, gelegen an der gewaltigen Bucht und den Stränden, die vom Süden und vom Golf kündeten, ihre stillen Dächer im Morgengrauen, die Plätze in Erwartung nächtlicher Touristen, die vergnügt den Mariachis lauschten. Ihm kam ein Lied von Agustín Lara in den Sinn, »Noches de Veracruz«, ein nostalgischer Bolero, den er nicht einmal trällern konnte. Und nach diesem Lied fielen ihm andere ein, an die er sich kaum erinnerte, »Mi Preferida«, »Las Gaviotas«, »Las Golondrinas«, »Consentida«, »Cuatro Vidas«, »Si Quieres Más«, Lieder von Cuco Sánchez, von Jorge Negrete, »Ay Jalisco no te Rajes«, »Pura Tapatia«, Klänge, die er schon lange nicht mehr vernommen hatte. Als der erste Rauch aufstieg, war er zerstreut und musste sich ein wenig zusammenreißen, um sich ganz auf seine Aufgabe als bedächtiger Raucher zu konzentrieren. Er betrachtete die Zigarre, folgte den Bewegungen der glimmenden Spitze. Ihr Verglühen erschien ihm wie eine Drohung, es kündete von der Zeit, die ihm noch verblieb, um jenen Rauch zu genießen. Und die Lungen, Inspektor? Was wird aus deinen Lungen, wenn du tot bist? Das weißt du nicht. Niemand weiß es. Diese Zigarre weiß nicht, was mit den Lungen geschehen wird, wenn sie geraucht ist. Und sie weiß nicht, was mit der nächsten Zigarre geschehen wird, die abgelehnt werden kann oder geliebt, die vielleicht nur als einfache Zigarre betrachtet wird oder dazu dient, jenes Gefühl der Sehnsucht zu stillen, das Raucher in solchen Augenblicken ergreift. Selbst auf dem Sofa sah Jaime Ramos noch das gewaltige Atlantikbecken im Ozeanarium vor sich. Das Wasser schwappte gleichmäßig hin und her, den Gesetzen einer Physik unterworfen, die selbst die Bahnen der Fische bestimmte, ihre Verstecke im künstlichen Sand, ganz unten, wo die Spezies, die einander wohlgesonnen waren, gemeinsam jene Schlupflöcher erkundeten, in denen sie sich vor dem Licht der Ausstellung verbargen. Und während die Zigarre langsam verglühte und Jaime Ramos den Wolken bläulichen Rauchs nachblickte, die von einer durchs Fenster hereindringenden Brise verweht wurden, sah er auch den Körper von Paulo Viveiros Costa im Wasser treiben, auf und nieder, und

Elena Carreters rechte Hand, die langsam über das Gesicht des Biologen strich, während seine rechte Hand auf die Fische deutete, die beide kannten, Spezies, die sie in allen Einzelheiten sorgfältig studiert hatten.
Und in diesem Augenblick fiel Jaime Ramos ein, dass Elena Carreter im Morgengrauen, als sie die Leiche gefunden hatten, eine Frage nicht beantwortet hatte, eine harmlose Frage, die er eigentlich mehr aus Höflichkeit gestellt hatte: »Und welche Fische hat er von den Azoren mitgebracht?«

ES WAR GEGEN ELF UHR NACHTS, aber das erfuhr Jaime Ramos erst am nächsten Tag, weil Isaltino de Jesus die Uhrzeit auf einem Stück Papier notiert hatte, das aus dem Päckchen Marlboro stammte, einem zufällig aufgelesenen Erinnerungsstück. Er erinnerte sich, dass er zu sich selbst gesagt hatte: »Das Papier hebe ich auf.« Er würde auch das Zigarettenpäckchen aufheben, selbst wenn es nicht mehr von Nutzen war, aus reiner Sentimentalität. Eine leere Pappschachtel hat nach einigen Tagen nichts mehr zu bedeuten, vor allem diese hier, die völlig unpersönlich war, sich in nichts von irgendeinem anderen in Holland gekauften Marlboro-Päckchen unterschied, auf denen stand »Niet-rokers leven gezonder«, eine Todesdrohung für jeden, der die Zigaretten dieses Päckchens rauchte, hüte dich, Raucher, wer dieses Päckchen öffnet, ist zur Hölle verdammt, einer Hölle eigens für die Raucher, die sie mit der Wollust einer gnadenlos verhängten Strafe verschlingt, hüte dich, Sünder, der du zum Rauchen übergetreten bist, und Jaime Ramos überlegte sich, wie viel wohl die Zigaretten am Flughafen von Amsterdam gekostet haben mochten, er stellte sich vor, wie Elena Carreters Finger die erste Zigarette hielten, sie anzündeten, wie sie genussvoll den ersten Rauch inhalierte oder einfach nur zusah, wie er sich in eine Wolke verwandelte, die sich kurz darauf unter der Decke eines der kleinen Restaurants am Amsterdamer Flughafen auflöste, während sie Zeitung las oder an ihre Gelegenheitskäufe dachte, ein Tuch, Parfüm, Schokolade, Erinnerungen an flüchtige Aufenthalte auf verschiedenen Flughäfen. Er würde das Zigarettenpäckchen aufheben, obwohl es Elena Carreter gehörte – und er würde sich wieder daran erinnern, wie sie wie eine Schwimmerin am Rande des Atlantikbeckens im Ozeanarium der Expo stand, an den schwarzen Badeanzug, an »arroz con granados« und »pollo en escabeche«.

Sollte er die Ereignisse dieses Tages zusammenfassen, des zweiten nach dem Fund der Leiche von Paulo Viveiros Costa (der zweite Tag, an dem er den versäumten Schlaf nachholte), würde Jaime Ramos mit jenem Raum mit dem glänzenden Holzfußboden beginnen, mit den weit aufgerissenen Fenstern, die auf den Fluss hinausgingen, mit dem Tisch mit der schwarzen Tischplatte und dem Mann, dem er ein paar Fragen über Elena Carreter stellen wollte. Nicht in dieser Reihenfolge, aber mit dieser Szene, an die er sich jetzt vage erinnerte, eine Szene, die von der Geste beherrscht war, mit der der Mann zum zweiten Mal seine Krawatte zurechtrückte, während er blinzelnd zu dem Polizisten hinübersah. Dann knabberte er am Nagel seines rechten Mittelfingers.

»Es kursieren hier unendlich viele Gerüchte und Klatschgeschichten, wie Sie wissen, aber nichts, was uns interessiert. Wenn die Angestellten beschließen, sich

miteinander einzulassen, geht das weder Sie persönlich noch die Polizei etwas an. Und mich auch nicht.«
Jaime Ramos sah ihn jetzt direkt an und führte die Ilhéu an den Mund, ohne dabei den Kopf zu bewegen:
»Haben sie sich denn eingelassen?«
»Wie eingelassen?«
»Na, miteinander.«
»Das Sexualleben der Angestellten dieses Hauses geht die Polizei nichts an«, entgegnete der Mann hinter dem Schreibtisch. »Und mich auch nicht. Deshalb weiß ich von nichts. Wenn ein Azorer und eine Mexikanerin ihre Freizeit genutzt haben, bleibt ihnen das unbelassen.«
»Ihr Sexualleben interessiert mich ja auch gar nicht.«
»Ihre sexuellen Gewohnheiten«, schlug der andere vor.
»Die sexuellen Gewohnheiten Ihrer Angestellten und der gesamten Expo sind mir schnurzegal.«
»Es sind nicht meine Angestellten. Die Expo ist ein nationales Vorhaben, auf das die Regierung, ja, das ganze Land setzt, eine außergewöhnliche Zurschaustellung von Möglichkeiten, wie Themen verwirklicht und umgesetzt werden können, wie Sie wissen, wie wir beide wissen, schließlich haben Sie die Expo ja schon besucht. Eine Weltausstellung. Es handelt sich nicht um eine Initiative, bei der man so einfach verhört werden kann, wie Sie sich das vorstellen.«
»Natürlich. Noch dazu von einem Polizisten. Aber mich interessieren nun mal ein Mann und eine Frau, die auf der Expo gearbeitet haben. Einer von beiden ist tot. Sie hat gestanden, dass sie manchmal miteinander geschlafen haben, und ich wüsste gern ...«
»Und wenn schon! Einmal, zweimal, dreimal, viermal und

so weiter. Auf der Expo gibt es keinerlei Vorschriften über das Sexualleben der Mitarbeiter.«

»Das wundert mich nicht. Aber lassen Sie uns anders anfangen. Einfacher. Ich will mich nicht in das Sexualleben ihrer Angestellten einmischen. Ich habe nichts mit Sexgeschichten zu tun. Ich wollte nur ein paar Fragen stellen.«

»Wie auch immer: Ich betrachte Ihre Fragen als eine unverhältnismäßige, unangemessene Einmischung in das Leben der Angestellten der Expo.«

»Der Tod ist auch eine Einmischung. Und Mord.«

»Es ist noch nicht erwiesen, dass es sich um Mord handelt.«

Jaime Ramos taxierte den Mann, während er endlich seinen Zigarillo anzündete. Er beherrschte diese Sprache nicht, nicht den gelassenen Blick, den untadeligen Tonfall, die korrekte Grammatik, die Betonung auf den richtigen Silben. Deshalb lächelte er etwas hilflos, deutete mit dem Zeigefinger auf seine Brust und tippte sich zweimal an den Hemdknopf.

»Aber ich werde beweisen, dass es sich um Mord handelt.«

»Sollten Sie den reibungslosen Ablauf der Expo gefährden oder künstlich Fakten schaffen, die uns schaden könnten, schaden Sie meiner Meinung nach dem ganzen Land. Ich glaube nicht, dass ich Ihnen weiterhelfen kann. Die Polizei hat alle Möglichkeiten, die ihr auch sonst in einem solchen Fall offen stehen. Aber wir haben keine Zeit, uns über das Sexualleben unserer Mitarbeiter zu unterhalten, seien sie nun tot oder lebendig. Wir wollen nicht wegen einer Lappalie in die Nachrichten kommen. Dinge wie diese kommen häufig vor. Wir bedauern den Verlust und bedauern vor allem, dass es hier geschehen musste, aber das ist nun mal nicht zu ändern. Alle meine Mitarbeiter stehen bis zu einem gewissen Punkt zu Ihrer Verfügung. Ich glaube, das ist alles.«

Als Jaime Ramos sah, dass der andere sich erhob, wollte er zunächst seinem Beispiel folgen, aber irgendetwas hielt ihn auf dem dunklen, unbequemen Holzstuhl fest. Die beiden musterten einander kalt, der Blick des Polizisten war fordernd, der des anderen ausweichend.

»Aber eine Information kann ich Ihnen geben, auch wenn Sie mich nicht darum gebeten haben. Nicht, dass das etwas mit der ganzen Geschichte zu tun hätte, wie ich Ihnen bereits gesagt habe, und nicht etwa, weil ich einen Unfall mit einem Kriminalfall verwechsle. Heute Morgen hat die mexikanische Vertretung uns um die Akkreditierung eines neuen Biologen für die Expo gebeten. Es sieht so aus, als kehre die Ozeanologin Elena Carreter nach Mexiko zurück. Wahrscheinlich hat sie an der Uni zu tun. Anscheinend ist das Problem gelöst. In ihr Appartement zieht bereits übermorgen der neue Biologe ein, was bedeutet, dass sie schon heute oder spätestens morgen früh auszieht. Da haben Sie eine Gratisinformation.«

»Ich werde mich gelegentlich dafür revanchieren«, sagte Jaime Ramos, streifte die Asche von seinem Zigarillo ab und verließ den Raum.

Er ließ sich von Isaltino in Richtung Südausgang fahren, seinem Lieblingsausgang. Um dorthin zu gelangen, musste man das gesamte Hauptgelände der Expo durchqueren und sah von den Jardins Garcia da Orta aus, wo an diesem Morgen nicht genug Zeit gewesen war, den Müll des Vortages zu beseitigen, den Pavillon der Ozeane. Doch vorher bat Jaime Ramos Isaltino, noch kurz in die entgegengesetzte Richtung zu fahren, zu den Appartements der Gäste und Angestellten. Elena Carreter war nicht da oder öffnete die Tür nicht, und er hatte keine Lust, noch einmal zum Ozeanarium zu fahren und sie zu suchen. Er würde es nachmittags noch einmal versuchen.

»Fahr langsam, Isaltino«, bat er und rückte seine Windjacke zurecht, als wolle er sich zum Schlafen betten.

Fahr langsam. Langsam, damit die Sonne mich schläfrig macht. Später erinnerte er sich daran, dass er genau das gedacht hatte, während der Wagen zwischen Gebäuden umherfuhr, die aussahen, als hätte sie jemand entworfen, um die Ödnis einer Wüste zu füllen, ein Gelände, auf dem nichts an früher erinnerte außer dem alten Turm im Hintergrund, neben einem Stück Rasen und dem Wald aus weißen Metallgerüsten, wo die Pavillons der einzelnen Länder standen, und unterhalb des Cabeço das Rolas, der auf das Schauspiel einer künstlichen, aus dem Nichts entstandenen Stadt herabblickte. Fahr langsam. Wer hätte gedacht, dass die Mexikaner es so eilig hatten – oder dass Elena Carreter so fluchtartig diesen Ort verlassen wollte und um ihre rasche Ablösung gebeten hatte.

Jaime Ramos nahm eher an, dass es sich um eine erzwungene Abreise handelte, aber noch war das nur eine Idee von ihm.

»Wenn wir in der Zentrale sind, sieh dir mal die Flüge nach Mexiko an. Alle Flüge nach Mexiko: die ab Lissabon, ab Madrid, ab London, ab Paris oder ab Amsterdam. Alle Möglichkeiten, schnell aus Lissabon zu verschwinden.«

»Soll ich die von der Auslandsabteilung um Hilfe bitten?«

»Nur, wenn wir ihnen danach keinen Gefallen schulden.«

»Ich kann die aus Porto bitten, Sie wissen schon, Chef, den Raul, Raul Pinto, der uns manchmal hilft, und die können dann von Porto aus in Lissabon anfragen. Nur um die Passagierlisten durchzusehen.«

»Nur ansehen. Ich will keine Scherereien. Und anschließend kommst du hierher zurück und wartest vor ihrer Tür. Wenn sie auftaucht, sagst du mir auf der Stelle Bescheid. Und dass du sie mir nicht verpasst.«

Isaltino verpasste Elena Carreter nicht, als sie am Eingang des Appartementblocks auftauchte. Zu dieser Zeit hatte Jaime Ramos bereits in Erfahrung gebracht, dass sie den billigsten Flug nach Mexiko nehmen würde, mit der KLM via Amsterdam. Er stellte sich vor, dass die Koffer gepackt und die Bücher verstaut waren, und wusste, dass sich unter diesen Büchern jenes befand, das Paulo Viveiros Costa gehört hatte und das er selbst absichtlich im Appartement jener Frau hatte liegen lassen, mit der der Azorer manchmal geschlafen hatte, so oft wie nötig, wie sie gesagt hatte. Und als er an der Wohnungstür auftauchte, saß sie rauchend auf dem einzigen Sofa und erwartete ihn bereits. Anderthalb Stunden später verabschiedeten sie sich voneinander. Elena Carreter lächelte ihm noch einmal zu und schenkte ihm ein von ihr geschriebenes Rezept zur Zubereitung von »achiote«, wie man es in Campeche machte, und er versprach, sich daran zu halten.

Jaime Ramos sollte sie nie wiedersehen. Nicht etwa, weil kurz darauf der Flug nach Amsterdam und von da aus nach Mexiko gegangen wäre. Sondern weil um elf Uhr nachts (und die genaue Uhrzeit erfuhr er erst am nächsten Tag, weil Isaltino de Jesus sie auf einem Stück Papier notiert hatte, das aus dem Päckchen Marlboro stammte, einem zufällig aufgelesenen Erinnerungsstück) der leblose Körper von Elena Carreter in der Nähe ihres Appartements aufgefunden wurde.

IN SEINEM KOPF DRÖHNTEN verschiedene Geräusche durcheinander, aber es gelang ihm nicht, sie auseinander zu halten und in übereinander liegende Schichten zu ordnen, sodass sie eine Reihenfolge und einen hierarchisch sinnvollen Ablauf ergaben. Als Isaltino de Jesus ihn darauf aufmerksam machte, dass dies bereits der Abend des dritten Tages war, seit die Leiche von Paulo Viveiros Costa im Atlantikbecken des Ozeanariums der Expo treibend gefunden worden war, legte Jaime Ramos seine rechte Hand auf die Schreibtischplatte und schob, wie er es immer tat, mit der linken die Mappe aus grauem Karton von sich weg:

»Räum das irgendwohin, wo es weit weg ist. Eines Tages werden wir es vielleicht brauchen. Leg es in deinem Zimmer ganz unten in den Koffer. Ich will es nicht mehr sehen, bis wir nach Porto zurückkehren.«

»Wollen Sie es nicht aufbewahren, Chef?«

»Nein, ich verliere alles, ständig verschlampe ich etwas. Das muss am Alter liegen. Weißt du, welche Jahreszeit wir haben, Isaltino? Frühling. Der Frühling ist die beschissenste Jahreszeit von allen, er macht einen fertig, er ist eine ernste Angelegenheit, und wenn man älter wird, ist er fast zu viel, er ist überflüssig. Im Frühling wird viel gestorben.«

»Wenn Sie es sagen, wird es schon stimmen, Chef, aber der Frühling hat auch was für sich. Er macht einen scharf, mit Verlaub gesagt.«

»Das ist genau das Problem. Deshalb hat man ja auch Angst vorm Frühling, wenn man älter wird. Man macht schlapp, Isaltino.«

Jaime Ramos sagte dies ohne Bedauern, er stellte fest, dass die Geräusche ihn weiterhin zu bedrohen schienen, ein Anzeichen dafür, dass die letzten Tage auf ihm lasteten wie ein Albdruck und dass Elena Carreters Tod von Anfang an vorherzusehen gewesen war, seit der reglose Körper von Paulo Viveiros Costa zwischen Plastikalgen und Atlantikfischen treibend gefunden worden war. Aber die Tatsache, dass auf dem Expo-Gelände eine zweite Leiche aufgetaucht war, beruhigte ihn letztlich, denn es bestätigte ihm, dass beide Morde Teil einer Operation zur Beseitigung eines Mannes und einer Frau waren, die nachts ins Ozeanarium kamen, um die Fische zu beobachten, die Arten zu fotografieren, die schweigend ihre Bahnen zogen, und irgendetwas zu enträtseln, das sich im Innern des Wassers regte.

»Ihr Freund ist nicht im Ozeanarium gestorben«, hatte er Elena Carreter am Spätnachmittag des Vortags erklärt. »Er war schon tot, als er dorthin getragen wurde, er atmete nicht mehr, was bedeutet, dass er nicht ertrunken ist. Nur ist er an zwei verschiedenen Orten gestorben, wenn Sie verstehen, was ich meine. Zuerst irgendwo, wo er tatsächlich getötet wurde, und dann im Ozeanarium, wo sein Tod vorgetäuscht wurde. Es war ein Tod auf Raten, aber das Risiko, ihn über diese Hintertreppe hineinzubringen, war gewaltig. Wer auch immer das getan hat, hatte seine Gründe dafür. Welche Fische wollte er sich denn im Aquarium ansehen?«

»Keine bestimmten.«

Jaime Ramos war erschöpft. Die Müdigkeit hielt ihn noch immer gepackt, aber das Schlimmste war ein Gefühl von Verlust, das ihm absurd und bedrohlich erschien. Als Isaltino de Jesus den kleinen Raum im Polizeirevier verließ, in dem er seit einer Woche untergebracht war, stellte er überrascht fest, dass es schon Abend war. Durch die offenen Fenster drang das letzte Tageslicht herein. Er setzte sich ans Fenster. Wenn er in seinem Büro in Porto wäre, würde er kurz vor Feierabend das Gleiche tun; bald darauf würde er auf dem Weg nach Hause die Unterstadt durchqueren und anschließend in Richtung Campanhã wieder hinaufsteigen, hin zu einem Ort, an dem er wirklich heimisch war – normalerweise war das sein Sofa, auf dem sich Woche um Woche die Zeitungen stapelten, bis er sich eines Morgens dazu aufraffte, sie auszusortieren. Dabei wurde ihm dann stets bewusst, dass er sie nicht einmal zur Hälfte gelesen hatte und ihm einiges entgangen war, Polizeimeldungen, Einzelheiten aus dem Leben der Stadt oder Anzeigen für Eigentumswohnungen. In solchen Zeiten halfen ihm seine Schallplatten, die er nach einem nur für ihn durchschaubaren System geordnet hatte, nach der Erinnerung an Phasen seines Lebens, an einen Spaziergang durch eine bestimmte Straße, wo er die eine oder andere Platte gekauft hatte, Lieder von Van Morrison, deren bloße Existenz die Nacht innehalten ließ, uralte Boleros, Tangos, bei denen ihn ein Gefühl von Verlorenheit und Traurigkeit überkam, wenn er sie nachts alleine hörte, die Tür zur Veranda gerade so weit geöffnet, dass der Rauch einer noch einsameren Zigarre abziehen konnte. Oder alte Sachen von Charlie Parker und Cannonball Aderley, »The Song my Lady Sings«, »Cool Blues« oder »Lady Be Good« von Count

Basie. Oder einfach nur vergessene Lieder von Roy Orbison. Oder das Gefühl, wach zu liegen, wenn er eigentlich schlafen sollte, und die Geräusche der Nacht ihn in einem Zustand von Schlaflosigkeit antrafen, der ihn aufschreckte, abstumpfte und lähmte, so wie er sich jetzt angesichts der Bilder eines Mannes und einer Frau gelähmt fühlte, die sich vor den Gewässern des Ozeanariums auf den Boden setzten, um den langsamen Wellenschlag zu beobachten. Auch sie hatten sich wohl auf irgendeine Weise gelähmt gefühlt, hatten starren Blickes Ausschau gehalten nach etwas Neuem inmitten des Wassers, das künstliche Bilder von den Azoren vermittelte, in den Lichtstrahlen, die die schwebenden Teilchen durchdrangen.

Keiner von beiden hatte den letzten Flug des Tages erreichen können, weder nach Ponta Delgada noch nach Amsterdam. Etwas war hier geblieben und hatte sie daran gehindert, nach Hause zurückzukehren, hatte sie an dem Ort zurückgehalten, an dem sie sich berührt hatten. Zuerst die Hand von Elena Carreter – so stellte er es sich zumindest vor –, zuerst hatte die Hand von Elena Carreter die Hand des Azorers ergriffen, dann ein Blick, ein Zeichen, Stille vor dem Wasser, das die Gewässer der Azoren darstellen sollte, die Grenze zwischen den verschiedenen Klimazonen des Ozeans, aus denen sie kamen, der gemäßigten und der subtropischen, dem Norden und dem Süden, Blitze, gefolgt von Donner, und dann der Regen, und erneut die Stille, die Stille im tiefen Innern des gewaltigen graublauen Meeres, erleuchtet von der Nachtbeleuchtung des Ozeanariums, wo alles seinen festen Platz hatte, die künstlichen Seesterne, hergestellt in Kanada oder Japan, die grünen Algenfäden vom Meeresgrund vor den Azoren,

Braunalgen von den Formigas-Inseln, die auch in großer Tiefe noch sichtbar waren, oder der Sonnenaufgang über dem Tejo, von Elena Carreters Appartement aus betrachtet.

»Dein Mann ist Junggeselle«, hatte ihm Filipe Castanheira am Telefon gesagt. »Er lebt bei seinen Eltern und unterrichtet an der Uni. Viel mehr gibt es nicht über ihn zu berichten. Man hat mir erzählt, dass er oft am Meer ist, in der Nähe von Ponta da Galera, aber das ist für dich ja uninteressant. Und in Caloura. Er taucht, sieht sich ab und zu mal die Spiele von Santa Clara an und schreibt an seiner Doktorarbeit.«

»Was für eine Doktorarbeit?«

»Über irgendein Thema, auf das ich gerade nicht komme. Zweimal im Jahr fliegt er nach Amerika. Boston oder Kalifornien. An der Uni ist er beliebt. Oder war beliebt. Weiter gibt es nichts, außer, dass er einen Jeep hatte, aber das hat heutzutage auf den Azoren ja jeder. In São Miguel regnet es seit zwei Tagen ununterbrochen.«

»Gibt es keine Frau?«

»Er ist Junggeselle.«

»Das hat nichts zu sagen.«

»Es gab eine Frau, aber nach allem, was ich gehört habe, ist das schon ein paar Monate her. Danach nichts Besonderes mehr, soviel ich weiß. Seine einzige Leidenschaft, zumindest soweit an der Uni bekannt ist, war der Drachenkopf.«

»Der Drachenkopf.«

»Der Drachenkopf. Ein Fisch, der ziemlich genau wie Languste schmeckt. Du isst einen Drachenkopf und hast das Gefühl, du würdest Languste oder Bärenkrebs essen. Nur dass man bei Bärenkrebsen nicht so leicht schummeln kann wie bei Langusten. Er hätte sich ja in den Zackenbarsch vergucken können oder in den Gabeldorsch. Aber nein. Der Fisch seines Lebens war der Drachenkopf. Er ist furchtbar hässlich, der hässlichste Speisefisch, den es gibt. Na ja, der Seeteufel ist auch ziemlich hässlich, aber der Drachenkopf ist etwas Besonderes. Ich persönlich ziehe ja Makrelen vor, aber über Geschmack lässt sich bekanntlich nicht streiten. An der Uni gibt es heutzutage für jeden Geschmack etwas.«

»Kannst du nachsehen, ob sich in seinen Unterlagen irgendein Hinweis auf Mexiko findet?«

»Habe ich schon. Einige Berichte von einem Biologenkongress. Da ist auch was über den Drachenkopf dabei. Ich weiß nicht, was in den Köpfen dieser Leute vor sich geht, aber da ist überall vom Drachenkopf die Rede.«

Aber Jaime Ramos sagte der Drachenkopf nichts. Es war ein Fisch, irgendein Fisch, wahrscheinlich gab es einen Drachenkopf im Aquarium.

ÜBER EINEN SCHMALEN PFAD, der von Água de Pau in Richtung Meer hinabführte, gelangte man an den kleinen Strand. Der ehemalige kleine Fischerhafen, in dem die Holzboote Zuflucht vor den Gezeiten und dem Südwind gefunden hatten, bildete jetzt eine geschützte Bucht, die im Sommer die Touristen und die Gäste des kleinen Restaurants mit den blauweißen Sonnendächern erwartete. Filipe Castanheira, dem sich die gesamte Geographie der Insel nach und nach in dem Maße neu erschlossen hatte, in dem seine Bedürfnisse als Zugezogener allmählich deutlicher und dringlicher wurden, erkannte den

Ort wieder, hatte aber nie erfahren, wie er hieß, und ihn immer mit dem Strand von Ponta da Caloura und den kleinen, versteckten Buchten verwechselt, die die Pärchen an den Spätnachmittagen im August aufsuchten – Studenten in den Semesterferien vor allem, heimliche Liebespaare, unterwegs im Auto, um die Verschwiegenheit der Dämmerung zu nutzen, ganze Scharen von Jungen und Mädchen aus Ponta Delgada, die samstagvormittags mit ihren Strandhandtüchern hierher kamen. Die Wagemutigsten unter ihnen spazierten in den Felsen zwischen Ponta da Galera und Caloura umher, Leute aus der Provinz oder aus den Vierteln am Stadtrand, wenn Ponta Delgada diese Stadt war, dieses Leuchten, das sich um diese Tageszeit am Horizont abzeichnete, wenn er mit dem Ende der Insel zusammenfiel. Er kannte diese Gepflogenheiten, bemühte sich aber zugleich, die Düfte zu erkennen, die ihn auf seinem Spaziergang umwehten – ein gewaltiger Geißblattstrauch, der sich über die Mauern eines Hotels rankte, verstreute Levkojen auf den von Pinien gekrönten Hängen. Aber der Professor, mit dem er sich am Ende des Strandes getroffen hatte und der auf dem Pfad vor ihm herging, bestimmte die Pflanzen noch genauer:

»Sehen Sie mal, Strohblumen, ›Perpétuas de São Lourenço‹, die sind heutzutage auf dieser Seite der Insel selten, wegen der Stürme und der Erosion. Hier haben Sie die gesamte Flora von São Miguel, als wäre sie hierher verpflanzt worden: ein Eukalyptus, zwei Linden, Schmucklilien, Akazien, Madeira-Mahagoni, Aloe, da oben eine Araukarie, Strauchmargeriten, Glockenblumen, Frauenhaar, Bougainvillea, Bambus, ein Johannisbrotbaum, ich weiß gar nicht, wie der hier überlebt hat, und natürlich Sicheltannen, azorischer Lorbeer, ganz anders als der Lorbeer auf dem Festland, der als Gewürz benutzt wird, Goldakazien, Oleander, Laurisilva oder wilde Olive, Tamariske, Heidekraut, sogar die Mehlige Fettblume, die eigentlich aus Madeira stammt. Man kann sie jetzt gerade nicht sehen, aber ich weiß, dass hier irgendwo eine typisch azorische Buche steht. Die hier ist in den Büchern aufgeführt: ›Azorean candleberry‹, Wachsmyrte. Haben Sie sich das schon mal überlegt? Wenn Sie hinter dem Dorf von der Hauptstraße auf diesen Pfad hier abbiegen, betreten Sie einen botanischen Garten, es ist, als wäre alles extra für Sie angepflanzt, damit Sie hier den Paradiesgarten vorfinden. Den echten Paradiesgarten, wie er im Katechismus beschrieben ist. Haben Sie den Katechismus gelesen, als Sie jung waren?«

»Ist da nicht mehr von der Hölle als vom Paradies die Rede?«

»Und genau so muss es auch sein. Das Paradies liegt hier verborgen, weit ab von der Hauptstraße.«

Der Professor nahm seine khakifarbene Mütze ab, setzte sich auf einen Felsen und legte die Mütze auf sein Knie:

»Die Insel verschwindet. Erinnern Sie sich noch an die Buchfinken? Überall gab es Buchfinkennester, vor allem im Süden der Insel, ab Povoação. Vom Pico do Carvão aus konnte man großartige Flüge von Vögeln beobachten, die immer seltener werden. Da, wo man früher verrückte Typen getroffen hat, die ihre Wochenenden damit verbrachten, Vögel zu beobachten, Herbarien für ihre Kinder anzulegen oder zwischen den Felsen zu fischen, finden Sie heute Ökofritzen, frisch von der Uni, wo sie in den wichtigsten Prüfungen durchgefallen sind, die mit Jeeps herumfahren und gegen die Erosion der Felsen und den

Walfang protestieren. Sie könnten einen Kopfsalat nicht von einem Eukalyptus unterscheiden, wenn es welche gäbe. Aber das ist nicht dasselbe. Als ich vor vielen Jahren anfing zu studieren, konnten wir die Pflanzen, die Vögel und die Fische bestimmen. Sehen Sie die Bucht da vorn? Vor vielen Jahren sind wir dort getaucht, immer dort. Eines Tages haben wir einen gewaltigen, silbern und dunkel gemusterten Zackenbarsch entdeckt. Wir haben uns mit ihm angefreundet. Wir sind getaucht, zwischen den Felsen umhergeschwommen, und wenn wir etwa dreißig Meter weit draußen waren, kam der Zackenbarsch zu uns. Eines Tages haben wir ihn gefüttert. Er war unser dressierter Zackenbarsch. Diese Ökofritzen leben nicht mit der Natur zusammen. Sie halten die Natur für den Feind der Menschen, und deshalb wollen sie nichts mit ihr zu tun haben und wollen nicht, dass ihr jemand zu nahe kommt. Sie denken so viel darüber nach, wie man sie schützen kann, dass sie sie in ein Monster aus der Retorte verwandeln, alles schadet ihr, alles macht sie kaputt, alles stellt eine Gefahr für sie dar. Wie auch immer, sehen Sie mal nach vorn. Ein azorischer Faulbaum, ›frangula azorica‹, man findet ihn heutzutage nur selten auf dieser Seite der Insel. Und da ist noch was. Die Natur ist nicht so, wie wir sie darstellen. Sie ist voller Schrecken, voller Tod, grausam und wild. Wenn wir dieses Stück Boden unter dem Mikroskop betrachten könnten, würden wir in diesem Augenblick Zeugen von Tausenden von Mordfällen. Im Reich der kleinsten Lebewesen ist das Verbrechen gängige Praxis. Es findet ständig statt.«

»Paulo kam regelmäßig hierher.«

»Ja. Und wenn Sie über Paulo sprechen wollten, ist dies

genau der richtige Ort dafür. Die Universität wird immer gefährlicher. Kennen Sie unsere Universität?«

»Kaum.«

»Sie ist ein gefährlicher Ort, voller Professoren, Assistenten, Praktikanten, die gerne Assistenten wären, und Assistenten, die darauf hoffen, Professoren zu werden. Und dann gibt es Professoren, die gerne Rektor wären, um nicht länger Fachbereichsleiter sein zu müssen, ganz zu schweigen von denen, die, wenn sie dann eines Tages Rektor sind, lieber Minister wären. Oder Europaabgeordneter, weil das besser passt. Oder Präsident der Regionalverwaltung. Und was noch schlimmer ist: Die Universität ist völlig überfüllt, und das ist die größte Bedrohung für sie, dass sie mit Leuten voll gepfropft wird wie eine Fabrik, die viele Aufträge zu erledigen hat. Und dann sind da die ganzen Labors. Die meisten funktionieren nicht, aber trotzdem gibt es Labors, Geräte, Wissenschaftler, alles Mögliche. Eines Tages haben sie beschlossen, die Sicheltannen auszureißen und durch Eichen zu ersetzen. Eichen auf der ganzen Insel. Und sie haben die Unterstützung der Regierung. Das ist reichlich absurd, oder?«

»Paulo hat Biologie unterrichtet.«

»Biologie ist alles, wenn Sie meine Meinung hören wollen. Sie war alles in meinem Leben und alles in Paulos Leben. Er hat sich für Biologie entschieden, weil er dachte, Makaronesien sei das Paradies, aber glücklicherweise ist er nie einer von diesen Ökofritzen geworden. Nein. Er tauchte, schwamm zwischen den Felsen umher, sammelte Material und untersuchte es. Deshalb habe ich immer gesagt, er sei ein Biologe der alten Schule, misstrauisch, schlecht gekleidet und ein Frühaufsteher. Abgesehen vom Meer und der Insel hatte er nur eine Leidenschaft: Frauen. Dinge, die schwer miteinander in Einklang zu bringen sind. Ich habe meine Angelei. Sie sind doch auch Angler, ich habe Sie schon hier gesehen, allein oder mit diesem Mädchen von der Familie Câmara Neves. Ich will Ihnen mal was sagen: Ich war schon drauf und dran, Sie anzusprechen, weil Ihre Angelplätze nicht die besten sind. Ponta Garça und Faial da Terra taugen nichts. Hier, zwischen Ponta da Galera und Água d'Alto, ist es gut. Aber Paulo, nein. Frauen. Sicher ist er nicht deshalb gestorben, aber was soll's, die Geschmäcker sind verschieden.«

Wie alt mochte er wohl sein?, fragte sich Filipe Castanheira, während er sich seine Além Mar anzündete. Knapp über sechzig, misstrauisch, schlecht gekleidet, Frühaufsteher und geschwätzig. So, wie sie saßen, konnten die beiden Männer nicht anders, als das Meer zu betrachten, das blau und selbstvergessen vor ihnen lag, einsam die Insel umgab und sie so erst zur Insel machte, damit die Pflanzen zwischen den Felsen von Ponta da Galera wachsen konnten.

»Aber er war Junggeselle.«

»Ein Mann wie Paulo musste lange ledig bleiben. Vielleicht hätte er noch zehn Jahre so weiter gemacht, sein Junggesellendasein genossen. Dann hätte er vielleicht geheiratet, dieses Mädchen, mit dem er sich so gut verstand, Sílvia. Ich habe sie immer ›Sálvia‹ genannt, Salbei. Sie sah aus wie Salbei, ganz frisch, roch wie frisch gebadet und hatte ganz glatte Haut. Salbei. Frisch wie Salbei. Und aufreizend, schließlich hat man ja Augen im Kopf. Aber die Sache war aus, wenigstens soweit ich weiß und nach dem, was er mir gesagt hat. Sind Sie verheiratet?«

»Ich war es mal.«
»Ich verstehe. Männer und Frauen sollten lebenslange Partnerschaften eingehen, wie es gewisse Tiere tun, nicht etwa, weil sie sich lieben, sondern weil es eben so ist, es ist eine Frage der Biologie: der gleiche Geruch, die gleichen Gewohnheiten, das gleiche Leben, die gleiche Schlafenszeit, das gleiche Frühstück, die gleichen Kinder. Das Meer ist immer dasselbe, der Himmel ist immer derselbe, ob es nun stürmt oder regnet, die Erde bebt oder Gewitter toben, zu jeder Jahreszeit. Es lohnt sich nicht, den Stand der Dinge ändern zu wollen.«
»Welche Fische hat er mit nach Lissabon genommen?«, fragte Filipe Castanheira und hob den Blick, um dem Mann direkt ins Gesicht zu sehen.
»Ach, das.«
Der Professor schüttelte seine graue Mähne, fuhr sich mit den dürren Fingern durchs Haar und setzte seine Mütze wieder auf.
»Hier gibt es nicht viele Arten, die es verdient hätten, ausgestellt zu werden. Manchmal kommen hier mit den warmen Strömungen Bonitoschwärme vorbei. Thunfische, Gabeldorsche, Nordkapern, Delfine, Pottwale, Arten, die es überall gibt.«
»Und Drachenköpfe?«
»Drachenköpfe, genau. Das war einer der Fische, die ihn interessierten, der Drachenkopf. Nicht der normale Drachenkopf, der gewöhnliche Atlantikdrachenkopf. Er suchte einen besonderen, seltenen, einen, der unter uns Azorern so was wie ein Mythos ist. Man spricht von ihm wie von einem im Wasser verborgenen Gott, aber einem bösartigen, tödlichen, mörderischen, gefährlichen Gott, den man

beim Tauchen fliehen muss. In Wahrheit suchen wir alle diesen Drachenkopf. Wissen Sie, was ›Elobídios‹ sind?«

»Nein.«

»Schnecken. Nichts weiter. Wissen Sie, dass es auf den Azoren Schnecken gibt, die es sonst nirgendwo auf der Welt gibt? Jedenfalls nicht, soviel ich weiß. Wenn Ihnen vor ein paar Jahren jemand von winzigen Tierchen erzählt hätte, die höchstens anderthalb Millimeter lang sind und genau so aussehen wie ganz gewöhnliche ›Elobídios‹, hätten Sie das nicht geglaubt. Aber es lässt sich nicht leugnen, dass es sie gibt. Eines Tages wird nachgewiesen, dass es sie wirklich gibt, und dann lacht der arme Teufel, der sie entdeckt hat, Sie aus. Und so war Paulos Drachenkopf, wie wir ihn nannten, sein Lieblingsthema.«

»Hat er seine Doktorarbeit über den Drachenkopf geschrieben?«

»Oh nein! Schließlich kann man keine Doktorarbeit über etwas schreiben, was nicht existiert.«

DER PROFESSOR HATTE IHM GESTATTET, das Arbeitszimmer zu betreten, hatte aber hinzugefügt, dass in den Schreibtischschubladen nichts zu Paulo Viveiros Costas Habseligkeiten gehörte, obwohl Filipe Castanheira ihm erklärt hatte:

»Man könnte sagen, wir haben einen geübten Blick. Es geht um Kleinigkeiten.«

»Es ist gut möglich, dass Sie etwas anderes sehen, wo ich nur Buchrücken, ungeordnete Papiere, einen ausgeschalteten Computer, Fotos an den Wänden und einen Papierkorb voller Abfall sehe. Sehr gut möglich.«

»Der Abfall ist wichtig.«

»Wem sagen Sie das. An der Universität gibt es immer mehr Abfall. Wenn Sie mir sagen, dass Ihre Arbeit legal ist, soll heißen, dass Sie nichts mitgehen lassen, dürfen Sie den Raum betreten. Oder wenn Sie einen Durchsuchungsbefehl dabeihaben.«

»Habe ich nicht, aber ich lasse auch nichts mitgehen. Wenn jemand stirbt, bleibt einiges unerledigt, Papiere auf dem Schreibtisch, unerledigte Angelegenheiten, wie bereits gesagt.«

Am Spätnachmittag flüchtete sich die Universität vor dem Verkehr auf den dicht befahrenen Straßen Ponta Delgadas, vor den Autos, die hinauf nach Fajã, in Richtung São Roque oder hinaus zum Flughafen unterwegs waren, in den Blick aufs Meer. Filipe Castanheira erinnerte sich daran, dass dies sein erster Eindruck gewesen war, als er vor zehn Jahren auf die Azoren gekommen war: Das Meer bietet Zuflucht vor den Angelegenheiten der Insel, vier Wände aus Meer umgeben die Insel, bringen ihr frischen Wind oder rauben ihr ihre Intimität. Aber es ist überall, lugt aus allen Ecken hervor, späht die einsamsten Straßen der Stadt aus, überwacht die Gebirgspfade im Landesinnern, ist von allen Fenstern aus sichtbar. Es ist eine unvermeidliche Besessenheit, die alle erfasst, die nicht auf der Insel geboren sind, aber auf ihr ein Haus oder eine Heimat gefunden haben, die Zuflucht vor der Zuflucht, der Schutz in der Mitte der Welt. Filipe dachte nicht gern darüber nach, weil ihn dann eine leichte, sanfte Bitterkeit ergriff, die ihn traurig stimmte und daran hinderte, etwas anderes zu sehen, wo andere nur Buchrücken, ungeordnete Papiere, einen ausgeschalteten Computer, Fotos an den Wänden und Papierkörbe voller Abfall sahen. Aber ihn beschäftigte auch die Geschichte mit dem Drachenkopf, obwohl der Professor sie ihm bereits in allen Einzelheiten erzählt hatte wie einem aufmerksamen, gelehrigen Schüler, angefangen mit der Brasse, dem Zackenbarsch, den Gabeldorschen, den Langusten, den Bärenkrebsen, den Barschen, den Makrelen, einem weit verbreiteten Fisch an den Küsten von São Miguel, Arten, die in der Kunst des Überlebens um jeden Preis mitten im Atlantik erfahren waren.

»Beeindruckend sind nicht die Arten, die es hier gibt und die man in jedem Aquarium in jedem x-beliebigen Museum finden kann. Es sind eher die Gruppierungen von Arten, die Kreuzungen, die Überraschungen.«

»Und was hat der Drachenkopf damit zu tun?«

»Er ist eine einheimische Art. Sehr geschätzt. Es ist ein ebenso geschätzter wie hässlicher Fisch, eine Art Horrormaske. Aber er schmeckt gut. Es gibt ein Restaurant in Lagoa, A Traineira, wo sie wissen, wie man einen Drachenkopf anständig zubereitet. Aber kommen wir zu den Tatsachen. Wissen Sie, wir kennen den Meeresgrund so gut wie gar nicht. Wenn wir wirklich in die tiefsten Tiefen hinabsteigen, herrscht Dunkelheit, eine Dunkelheit, die alles verschluckt, sowie vollkommene Stille. Und es gibt Lebensformen, die uns unbekannt sind, weil sie sich täglich erneuern und verändern, da unten in den Tiefen des Meeres, in den tiefsten Brunnen, wo Wolken aus Eis neben Hitzequellen und giftigen Gasen bestehen. Der Tod und das Leben belauern uns. Es gibt aktive Vulkane da unten. Unbekannte Larven, von denen wir noch nicht wissen, wie oder aus was sie geboren werden. Es ist nur natürlich, dass sich die Arten vom Meeresgrund vereinen und Monstrositäten hervorbringen. Es ist seltsam – ist es Ihnen schon aufgefallen? Da reisen wir zum Mars, aber den Meeresgrund kennen wir nicht wirklich. Dieser Junge, Paulo, sah im Drachenkopf eine dieser Spezies, aber am meisten hat ihn die Beschreibung einer azorischen Variante des Drachenkopfs fasziniert. Ehrlich gesagt habe ich nie so recht daran geglaubt, weil es keine seriösen Beschreibungen gibt. Achtzig Prozent der Wissenschaftler glauben nicht an ihre Existenz.«

»Und die anderen zwanzig Prozent?«

»Die anderen zwanzig Prozent sagen ebenfalls, dass sie nicht existiert, suchen aber weiterhin nach ihr. Das Ganze interessiert mich nicht besonders. Ich glaube auch nicht mehr so recht an die Forschung. Für mich gehört sie der Vergangenheit an. Ein Kollege von mir widmet sich der Erforschung der Penisse von Schnecken, den ›Elobídios‹. Ich bewundere ihn zutiefst, aber Schneckenschwänze sind mir völlig wurst, genau wie das Lachen der Delfine und diese Gelehrsamkeit, die durch alle Arbeitszimmer geht und auf den Kongressen gehegt und gepflegt wird. Früher habe ich daran geglaubt, weil es sich gut im Lebenslauf machte und um die Ehre der Universität ging. Aber inzwischen ist das für mich alles Schnee von gestern.«

Der Professor legte die Schlüssel für Paulo Viveiros Costas Arbeitszimmer auf die weiße Schreibtischplatte und wartete darauf, dass der Polizist sie an sich nahm. Aber dieser sah sie bloß an:

»Wissen Sie«, sagte Filipe Castanheira, »ich glaube, in diesem Arbeitszimmer werde ich wenig finden. Mir sagen die Drachenköpfe nicht viel. Hat ihn ein Drachenkopf getötet?«

»Wohl kaum. Es sei denn, er wäre dem azorischen Drachenkopf begegnet. Dem besagten azorischen Drachenkopf.«

»Welche Fische hat er mitgenommen?«

»Keinen, soweit ich weiß. Er selbst hat keinen mitgenommen. Die Universität hat beim Ozeanarium eine gewisse Rolle gespielt, das schon, und er war ein hochrangiger Forscher. Aber ich nehme an, der Drachenkopf gehörte nicht zu unseren Prioritäten und auch nicht zu denen des Ozeanariums.«

»Und wenn er den azorischen Drachenkopf gefunden hat?«

»›Scorpaena azorica‹. Wenn er den ›scorpaena azorica‹ gefunden hat, war er ein Dummkopf, sich darauf einzulassen. Ich will nichts davon wissen. Die Geschichte ist ganz einfach: Ende 1969 war ein halbes Dutzend Biologen – wenn es überhaupt so viele waren –, die sich für das Thema interessierten, über einen in den USA publizierten Artikel völlig aus dem Häuschen. Ich habe ihn irgendwo hier, mitten in diesem ganzen Müll. Darin war vom ›scorpaena azorica‹ die Rede. Ein kleiner Drachenkopf, der an felsigen Stellen im Meer gesehen wurde, etwa zwölf Zentimeter lang und giftig. Das heißt, er kann töten, auch wenn er kein Mörder ist. Es handelte sich nicht um den ›stonefish‹, der, wie die Kobras, tödlich ist und auch tatsächlich tötet. Das ist eine Spezies, die zum Beispiel im Golf von Mexiko vorkommt.«

»In Mexiko. Und wie tötet er? Beißt er?«

»Nicht unbedingt. Er produziert ein Gift, das das Nervensystem lähmt. Es ist ein Nesselgift: Die Zellen, die mit ihm in Berührung geraten, sterben sofort ab. Eine Laune der Natur. Die Ökofritzen stellen sich die Natur als eine makellose Einheit vor, so etwas wie das Paradies, wo alle sich gegenseitig respektieren. Aber so ist das nicht: Es gibt Spezies, die sind von Natur aus mörderisch, sie töten immer, nur tun einige von ihnen das aus Notwendigkeit und andere aus purem Vergnügen. Keine von ihnen ist eindeutig gestört, sondern die Welt funktioniert nun einmal so. Aber es gibt ein Problem mit ›scorpaena azorica‹: Er wurde erst einmal gesichtet, und zwar von dem Typen, der ihn beschrieben hat, einem Wissenschaftler namens Eschmeyer aus Kalifornien. Das ist jetzt dreißig Jahre her. Vor drei Jahren hat Paulo angefangen, sich für das Thema zu interessieren. Eine Dummheit, die nichts mit seinem Tod zu tun hat. Im Allgemeinen bringen die Menschen einander nur aus Dummheit, aus Leidenschaft oder aus purer Bosheit um. Stimmen Sie mir zu?«

»Der Tod interessiert mich nicht besonders, so wie Sie die Forschung. Anfangs hat er mich schon interessiert. Jedenfalls hat mich die Liste der möglichen Todesarten beeindruckt, die unterschiedlichen Morde, die Typen, die ich verhört habe.«

»Und dann?«

»Dann gewöhnt man sich als Polizist an alles. An die Menschen und an die Fische.«

»Ich habe Ihnen doch schon gesagt, dass die Fische mit dieser ganzen Angelegenheit nichts zu tun haben. Die Fische leben am Meeresgrund.«

»Und Ihr ehemaliger Student wurde am Grund des Ozeanariums gefunden.«

»Nicht am Grund. Soviel ich weiß, trieb er auf der Wasseroberfläche.«

Filipe Castanheira griff endlich nach den Schlüsseln, erhob sich und streckte dem Professor zum Abschied die Hand entgegen. Der Professor, der schon stand, war nur als Silhouette zu erkennen, der Umriss eines mageren, traurigen Mannes vor dem großen Fenster, das den Blick auf die Hänge von Belém in Richtung Ribeira Grande freigab. Aber diese Traurigkeit war nicht ansteckend: Sie existierte nur in ihm, lebte in ihm, bemächtigte sich in gewissen Momenten seiner, und Filipe Castanheira verstand, dass seine Gelassenheit aus der Enttäuschung heraus geboren war. Die Traurigkeit war etwas anderes, man sah sie in dem halb geöffneten Fenster, durch das die Abenddämmerung hereindrang, die sich auf die Wege und Hortensienhecken senkte. Sie kam nah heran, bis an die Grenzen der Stadt, aber ihre Farben würden nicht in sie vordringen. Und eine halbe Stunde später, als er die Tür seines alten VW aufschloss, der immer ein gebrauchter VW bleiben würde, dem die Feuchtigkeit in den letzten Jahren eine Art Patina verliehen hatte, sah er sie wieder, die Traurigkeit. Wie eine Woge stieg sie aus dem Ozean auf und schwappte sanft hinüber bis zum beinahe leeren Parkplatz der Universität. Filipe hatte einen Heftordner dabei, der eine Reihe von Fotokopien enthielt, auf manchen Seiten waren einige Stellen rot unterstrichen. Auf der ersten Seite der Titel: »A Systematic Review of the Scorpionfishes of the Atlantic Ocean«, von N. S. Eschmeyer. In der Ecke eine handschriftliche Anmerkung: »Occasional Papers of the California Academy of Sciences. Nº 79, 1-130. 1969«. Er nahm an, dass er nicht alles lesen würde, nur die Stellen, die vom »scorpaena azorica« handelten. Außerdem hatte er ein Buch dabei, das mit diesem Thema nichts zu tun hatte:

»Anatomy and Systematics of the Western Atlantic Ellobiidae (Gastropoda: Pullmonata)« – denn wenn sich jemand mit den Penissen der winzigen Schnecken von Água d'Alto beschäftigte, war es wichtig zu wissen, warum.

JAIME RAMOS HATTE ES VORHERGEAHNT, aber er hatte die Zeichen, die in den letzten Tagen überdeutlich gewesen waren, nicht beachtet: Seine Reizbarkeit wuchs von Stunde zu Stunde, nicht wie eine Warnung, sondern wie die Ankündigung einer Katastrophe. In Porto hätte er trotz allem gewusst, wie er reagieren sollte, wie er dieser Trägheit entrinnen könnte, die sich wie Nebel auf alles legte, was er berührte, auf alles, was Jaime Ramos um sich herum sah und was ihn nicht nur daran erinnerte, warum er in Lissabon war, sondern auch, warum er nicht nach Porto zurückkehren konnte, wann er wollte:
»Das hier ist keine Stadt, Isaltino. Es sieht eher aus wie ein Reservat für Beamte, Journalisten und Banker. Sieh mal, da vorn«, er stand mit dem Rücken zur Mitte des ihm leihweise überlassenen Büros und deutete vor sich, »die sind alle gleich angezogen, eine Uniform mit Krawatte, alle in der gleichen Farbe, und alle essen zur gleichen Zeit im gleichen Restaurant zu Mittag.«
»Es gibt mehrere Restaurants, Chef.«
»Du irrst dich. Um diese Zeit ist alles gleich. Hast du jemals etwas richtig Gutes zu essen gekriegt, seit wir hier in Lissabon sind?«
Isaltino betrachtete seine Handflächen und streckte den Zeigefinger:
»Gegrillte Sardellen.«

Dann den Daumen:
»Stockfisch.«
Und schließlich den Mittelfinger:
»Und Stockfischbällchen.«
»Für dich ist alles Stockfisch.«
»Sie mögen wohl keinen Stockfisch, Chef.«
»Doch. Aber die Welt ist kein großer Stockfisch. Es gibt mehr. Und hier heißen die Stockfischbällchen Stockfischpasteten. Als kämen sie aus der Bäckerei.«
»Das ist doch bloß ein Name.«
»Aber am Namen hängt alles Weitere, und wir müssen unsere Namen verteidigen, Isaltino. Unsere Namen und unsere Mägen. Denk immer dran, dass wir hier im Ausland sind.«
»Es geht Ihnen nicht gut, Chef«, schloss Isaltino, der etwas von Psychologie verstand, wenn es darum ging, Jaime Ramos in bestimmten Momenten zuzuhören, vor allem am späten Vormittag, wenn das Mittagslicht ihn störte, oder am Spätnachmittag, wenn sein Chef, den er wie ein launisches Kind behandelte, unter Halluzinationen litt. Er schützte ihn vor den Telefonen (gegen die Jaime Ramos in ständigem Kampf lag), vor den Niederlagen des FC Porto und häufig auch vor der Einsamkeit, die ihn, so spürte Isaltino, in bestimmten Augenblicken bedrohte, wenn er seinen Chef auf einen unbestimmten Punkt an irgendeiner Wand des Raumes starren sah, wenn er die Schubladen durchwühlte oder an den Knöpfen seiner Jacke drehte. Er kannte sie schon ewig, diese Windjacken, eine aus Leder und die andere aus blauem Gabardinestoff, und wusste, dass Jaime Ramos sie trug, um die Krawatten zu umgehen, die Inspektoren normalerweise trugen.

»Bring mir ein Lineal, Isaltino«, hörte er ihn murmeln.
Isaltino erhob sich und brachte ihm ein kleines weißes Plastiklineal, das Jaime Ramos mit der linken Hand festhielt, während er gleichzeitig mit der rechten eine Zigarre an die Messleiste führte. Isaltino sah, wie er aufmerksam das Lineal betrachtete, als hoffe er auf eine Erleuchtung, einen unsichtbaren Millimeter, der an einem geheimen Ort den Blicken der anderen verborgen und nur seinen Pupillen erkennbar war, die wie immer leuchteten, wenn sie sich einer Zigarre näherten. Kurz darauf legte Inspektor Jaime Ramos das Lineal auf den abgenutzten Karton, der die alte hölzerne Schreibtischplatte bedeckte, und blickte Isaltino de Jesus an:
»Die bescheißen uns bei den Zigarren«, sagte er anklagend.
Isaltino schwieg weiterhin, betrachtete sein Gegenüber und tat so, als erwarte er eine Erklärung.
»Eine Punch-Punch hat immer die gleichen Maße. 14,5 Zentimeter mal 1,8 Zentimeter. Das ist die Regel. Sagen wir, zwischen 14,2 und 14,5 Zentimetern. Es gibt einen Spielraum von drei Millimetern, je nach Phantasie und Kreativität des Zigarrenrollers, aber das war's.«
»Drei Millimeter sind ganz schön wenig, Chef.«
»Nein. Eine Zigarre ist schließlich nicht die U-Bahn von Porto. Sie muss diese Maße haben, und diese Maße werden vom Endroller vorgegeben, demjenigen, der jeder Zigarre den Segen erteilt. Eine Punch-Punch muss beinahe so dicht gerollt sein wie eine große Punch Churchill. Aber das Entscheidende ist die Länge. Und diese hier ist nur vierzehn Zentimeter lang. Die haben mich beim Preis betrogen, Isaltino. Die bescheißen uns bei den Zigarren.«

Aber das, was Jaime Ramos tatsächlich wütend machte, hatte nichts mit der Länge oder Dichte seiner Lieblingszigarren dieses Monats zu tun: Es war vielmehr ein schwarzweißes Bild, das über jeder seiner Bewegungen schwebte, ein Albtraum, in dem er das Gesicht von Elena Carreter zu sehen glaubte, die auf einem Tisch lag, der minutiösen Arbeit eines Arztes ausgeliefert, der ihren Körper nach Hinweisen auf ein Leben untersuchte, von dem er nichts wusste. Er selbst saß in Lissabon fest und musste sich mit der Geschwindigkeit abfinden, mit der die Dinge ihren Lauf nahmen, musste die Hierarchien und Traditionen respektieren. Noch am Abend hatte Meireles Elena Carreters Appartement besetzt und es bis zum Mittag noch nicht verlassen. Jaime Ramos wäre gern dort gewesen, um die Spurensicherung zu leiten, die Schubladen aufzureißen, die Vorhänge zurückzuziehen, das Bett zu betrachten, in dem die Mexikanerin und der azorische Biologe noch vor kurzem geschlafen hatten, den Kühlschrank zu durchsuchen, die Koffer und den Kleiderschrank zu öffnen, die Anmerkungen in den Heften und die Titel der Bücher in den Regalen zu lesen. Aber Meireles war mit dieser Aufgabe betraut worden, und er war auch der Erste, der den Autopsiebericht zu lesen bekäme. Als er sich jetzt zu diesem unpassenden Zeitpunkt, noch vor dem Mittagessen, eine Zigarre anzündete, war Jaime Ramos fest entschlossen, auf die Blätter zu warten, auf die Meireles seine Beobachtungen kritzeln würde, gespickt mit drei oder vier unpassenden Adjektiven, ganz zu schweigen von überflüssigen Dativobjekten. Aber das war noch das Geringste. Das Schlimmste war, dass der Samstag näher rückte und der Inspektor spürte, dass er auch weiterhin

in Lissabon bleiben musste, dass diese Stadt ihn von allen Seiten umschloss.
»Ich habe Kopfschmerzen«, rechtfertigte sich Jaime Ramos.
Isaltino sagte zu sich selbst, dass es sich wohl eher um gekränkten Mannesstolz handelte, aber nur er hörte diesen Satz, der nicht ganz unberechtigt war. Seit er gesehen hatte, wie Marcelo Rebelo Sousa, über ein Bündel Mikrofone gebeugt, über die Expo sprach, hatte Jaime Ramos keinen vernünftigen Satz mehr von sich gegeben, und in seinem Gedächtnis war wohl noch immer das Bild des PSD-Chefs gespeichert, wie dieser gleichzeitig den Zeigefinger der rechten Hand und die Nase in die Luft reckte, die Lippen zu einem unsichtbaren Kuss vor den Fernsehkameras geschürzt:
»Wir können nicht zulassen, dass ein Projekt dieser Größenordnung, ein Projekt von nationaler und europäischer Tragweite, durch einen Unglücksfall befleckt wird. Noch weniger aber können wir zulassen, dass ein solches, in erster Linie unglückliches Ereignis sich in den Augen der Bürger allmählich zu einem unerklärlichen Ereignis ausweitet, wie es jetzt der Fall zu sein scheint. Wir sind der Ansicht, dass die Öffentlichkeit über die Angelegenheit aufgeklärt werden sollte, und darüber hinaus sind wir der Ansicht, dass der Herr Generalkommissar der Expo eine öffentliche Erklärung abgeben sollte. Bei allem gebührenden Respekt für die Institution der Polizei und ihre Ermittler muss auch gesagt werden, dass diese Unglücksfälle eine Ausstellung dieser Art endgültig überschatten können. Es handelt sich hier nicht mehr nur um die Vergeudung von Steuergeldern, übrigens ein Markenzeichen

sozialistischer Politik und ihrer Verschwendungssucht. Es handelt es sich vielmehr um das Ansehen Portugals vor der internationalen Gemeinschaft.«
Die Journalisten stellten weitere Fragen, alle zur gleichen Zeit, die Kameras folgten ihm, wie von einer unsichtbaren Leine gelassen, einige Meter weit im Laufschritt, aber der Professor drehte ihnen den Rücken zu, steif und entschlossen, als habe er gerade seinen Weg gefunden und hätte keine weiteren Erklärungen nötig.
Isaltino de Jesus wusste, dass Jaime Ramos diesen Augenblick nicht besonders schätzte und nicht daran erinnert werden wollte, nicht nur, weil der Inspektor sich dafür verantwortlich fühlte, dass die Ermittlungen noch nicht vorangekommen waren, sondern auch, weil er dachte, er hätte Elena Carreters Tod vermeiden können, ganz zu schweigen von dem Eindruck, den das Bild des Professors mit den weit aufgerissenen, beinahe hervorquellenden Augen und dem in die Ferne gerichteten Blick bei seinem Chef hinterlassen hatte.

DIE BRAUNEN SCHNÜRSCHUHE mit den Gummisohlen lagen immer noch auf dem Schreibtisch von Unterinspektor Meireles, der eifersüchtig über seine Ermittlung wachte. Zuerst hatte er sie vorsichtig aus einer Plastiktüte gezogen und auf ein Blatt Papier gestellt. Dann setzte er sich und sah Jaime Ramos an:
»Hier sind sie.«
»Ich habe schon verstanden. Die Schuhe.«
»Die Schuhe. Jetzt tust du so gleichgültig, aber du hast auf sie gewartet. Sag bloß, das stimmt nicht.«

Jaime Ramos lächelte ihn an. Ein schüchternes Lächeln, ein Lächeln für solche Gelegenheiten, das Lächeln eines Mannes, der in einer kleinen Schlacht eine Teilniederlage einstecken musste. Er hatte vor langer Zeit gelernt, es einzusetzen, und hatte es bei allen passenden und unpassenden Gelegenheiten fleißig geübt, wenn Diskretion, Verstellung oder einfach nur Kälte gefragt war. Aber an Meireles war diese Mühe verschwendet.

»Der Bericht?«

»Wie aus dem Handbuch. Eine Klinge, acht Zentimeter langer Schnitt. Die Halsschlagader. Heutzutage laufen hier jede Menge Messerstecher herum, aber so eine saubere Arbeit habe ich noch nicht gesehen: Es sah aus wie bei einer Blinddarmoperation, ein perfekter Einschnitt ins Fleisch, direkt ins Schwarze. Um neun Uhr abends ist es schon fast dunkel, und der, der sie umgebracht hat, wollte nicht viel länger warten; er kannte ihren Weg ganz genau. Ihre Taschen standen zu Hause, direkt neben der Eingangstür, so dass sie sie gleich hätte nehmen und mit dem Taxi zum Flughafen fahren können. Alles war da, sogar das Ticket nach Mexiko via Amsterdam. Da die Leiche an der Rückseite des Gebäudes gefunden wurde, an einer schlecht beleuchteten Stelle, einer Art Parkplatz, ist anzunehmen, dass jemand über jeden ihrer Schritte Bescheid wusste, wohin sie ging, wie sie ging und wieso sie dorthin ging. Sie hatte keinen Ausweis bei sich, genau wie dein Azorer. In ihren Taschen haben wir ein Päckchen Marlboro, ein Einwegfeuerzeug und einen Einkaufszettel oder so was Ähnliches gefunden.«

»Und die Hausschlüssel?«

»Genau. Die Hausschlüssel. Sie hatte sie nicht bei sich, in

keiner Tasche, nirgends. Wie wollte sie in die Wohnung kommen? Das hat uns lange Zeit beschäftigt, und wir mussten das Tageslicht abwarten, um richtig suchen zu können. Fünf oder sechs Meter weiter haben wir sie dann gefunden, sie lagen auf dem Boden unter einem Auto. Sieht aus, als wären sie dorthin gefallen oder geworfen worden, zwei kleine Schlüssel an einem Schlüsselanhänger der Expo. Es gibt da ein paar Dinge, die du mir besser erklären kannst.«

Meireles sah Jaime Ramos an. Der wirkte geistesabwesend, seine Augen waren halb geschlossen, in der rechten Hand hielt er eine schon lange erloschene Zigarre. Er wartete. Dann richtete sich der Inspektor in seinem Stuhl auf, stützte die Ellbogen auf den Schreibtisch und begann wie üblich, in den Taschen seiner Jacke und seines Hemdes nach Streichhölzern zu suchen. Meireles warf ihm ein halb aufgebrauchtes Streichholzheftchen zu.

»Warum musste sie wohl so schnell abreisen? Wer hat das angeordnet? Wir haben einen Haufen Arbeit vor uns und müssen sie erledigen. Hast du Marcelo im Fernsehen gehört? Das war der erste Angriff, weitere werden folgen, daran seid ihr in Porto nicht gewöhnt. Die Polizei braucht zu lange, sagen sie. Dann beruft der Direktor eine Sitzung ein, sie setzen mehr Personal ein, führen eine groß angelegte Operation durch, ein paar Gespräche mit den Typen von der Presse, und die Sache ist erledigt. Aber wir müssen wirklich vorankommen. Wir sind jetzt schon vier Tage dabei, das ist ein Wahnsinnsdurchschnitt, jeden zweiten Tag ein Toter. Nach meinen Berechnungen ist morgen schon der Nächste dran, die Expo legt ein gutes Tempo vor. Und du hast mir noch nicht erklärt, warum das Büchlein, das dein Azorer mitnehmen wollte und in dem du gelesen hast, unter den Sachen in ihrer Wohnung aufgetaucht ist.«

»Und was war noch da?«

»Wäsche, Papiere, Mitbringsel von einer Reise ins Ausland und dein Buch.«

»Das ist nicht mein Buch.«

»Es ist das Buch, das du ihr gegeben hast.«

»Es ist das Buch, das niemanden auch nur die Bohne interessiert hat, nicht mal dich. Warum hätte sie es nicht mitnehmen sollen? Es war ein Andenken. Ich bin eben Romantiker.«

Sie sahen einander wieder direkt in die Augen, bis Meireles aufzugeben schien und aufstand, um die Tür zu schließen, als ob das, was er zu sagen hatte, nur sie beide etwas anging:

»Ich weiß, warum du hier bist. Du hast einem Typen, der in Porto Ärger gemacht hat, die Fresse poliert, in deinem eigenen Büro. Sein Rechtsanwalt hat damit gedroht, einen Riesenaufstand zu machen und alles an die große Glocke zu hängen, bei der Polizei und in der Öffentlichkeit. Vor fünf oder sechs Jahren hast du mit einem Messerstecher aus Barcelos das Gleiche gemacht. Du magst keine Messer, und damit hast du völlig Recht. Aber dein Problem ist, dass du viele Sachen mit dir selbst abmachst, weil du mit diesen Jungs arbeitest, die dich gerne mögen und die dich ebenso beschützen wie du ihre Dummheiten deckst. Aber hier sitzt du in der Scheiße, lass dir das gesagt sein. All diese Leute sind um uns herum, und du gehst auf die Expo und entdeckst einen weiteren Toten, dabei ist die Ausstellung erst letzte Woche eröffnet worden. Es hat zwei Tote auf der Expo gegeben, und sogar die Parteifritzen fangen schon an zu reden, denk nur an Marcelo heute Morgen im Fernsehen. Und dann Portas. Wenn einer von denen redet, muss auch der andere was sagen, das stimmt, aber es stimmt auch, dass sie schon angefangen haben zu reden. Dann wird noch einer von der Regierung seinen Senf dazugeben. Und dann die Typen von hier drinnen. Wir haben da wohl ein Problem, findest du nicht?«

»Ich habe keine Probleme«, murmelte Jaime Ramos. »Ich bin müde.«

»Dann leg dich schlafen.«

»Kann ich nicht. Diese Stadt ist zu laut, sie schläft nie.«

»Warum musste sie so schnell abreisen? Wer hat es ihr befohlen?«

»Sagen wir mal, sie hat sich danebenbenommen. Irgendjemand muss herausgefunden haben, dass zwischen ihr und dem Azorer was war, jemand, der nicht will, dass darüber geredet wird. Damit es nicht heißt, die Mexikanerinnen wären Schlampen. Frag mich nicht, was da sonst noch war, denn sonst war nichts. Es wird behauptet, es wäre ein Fax aus Mexiko gekommen, das sie zurückbeordert hat, aus Gründen der Wissenschaft. Ich habe dieses Fax nie gesehen, und du wirst es auch nicht zu Gesicht bekommen. Ich habe nicht mal danach gefragt. Heutzutage verschwinden so viele Papiere. Aber die beiden waren dabei, irgendetwas auszuhecken, sie haben dieselben Fische erforscht. Die sind nicht zusammen ins Aquarium gegangen, nur um Händchen zu halten. Sie haben die Fische beobachtet. Ich habe hier eine vollständige Liste aller Fische, die dort sind, Name, Herkunft, Beschreibung, wer sie abgegeben hat. Das ist wie auf dem Fischmarkt von Espinho. Es gibt einfach alles. Und die beiden haben dort gesessen, ganz still, und sich das alles angesehen.«

»Hat das was mit dem Buch zu tun, das du ihr gegeben hast?«

»Anfangs habe ich das angenommen, weil sie es gleich aufgeschlagen hat, als ich es ihr gegeben habe. Sie hat irgendetwas in dem Buch gesucht. Man merkt, wenn dir jemand etwas gibt und du weißt, dass ein Teil fehlt. Stell dir vor, in dem Buch hätte ein Zettel gelegen, und du hättest von diesem Zettel gewusst. Du suchst diesen Zettel im Buch, aber da ist er nicht. Dieser Zettel war das Wichtigste. Nur dass ich das Wichtigste behalten habe, und sie wusste das. Ganz sicher wusste sie es.«

Er schloss eine Schublade seines Schreibtischs auf und holte ein Blatt hervor.

»Dieses Blatt lag im Buch. Ich glaube, es ist irgendwas aus dem Computer. Ein wichtiges Papier, das aber eigentlich keine Bedeutung hat, weil jeder es haben kann. Man braucht nur einen Computer und Internetanschluss, wie man mir erklärt hat. Es geht um einen Fund auf den Azoren. Hast du schon mal Drachenkopf gegessen?«

Der andere zuckte mit den Schultern.

»Nein.«

»Das ist auch kein gewöhnlicher Fisch. Er ist hässlicher als andere Fische, aber er war eine ihrer Spezialitäten. Auf diesem Zettel steht etwas über den Drachenkopf, ein wirklich hässliches Ding.«

»Und was ist das?«

»Eine Art Fax aus Mexiko. Eine Mail. Das habe ich alles jetzt gelernt. Lissabon ist eine Universität, in dieser Stadt kann man wichtige Dinge lernen. Diese Mail kam aus Mexiko, da ist das Zeichen, in der Adresse des Absenders, ein ›mx‹ am Ende. Von der Universität, an der sie gearbeitet hat. Der Rest ist die Abschrift einer anderen Internetadresse, über sie gelangt man zur Akademie der Wissenschaften in Kalifornien. Unglaublich, was man heutzutage mit einem Computer so alles anstellen kann. So, wie es aussieht, haben beide sich für den Drachenkopf interessiert. Dass der Azorer sich für den Drachenkopf interessiert hat, erscheint mir normal. Aber bei einer Mexikanerin finde ich das schon ungewöhnlich.«

»Vielleicht gibt es in Mexiko auch Drachenköpfe.«

»Gibt es auch. Aber nicht diesen hier. Das ist ein azorischer Drachenkopf. Lies das mal genau durch.«

Meireles fing den Zettel, den Jaime Ramos ihm zuwarf, aus der Luft auf, schien ihn zu lesen und hob, als er geendet hatte, den Blick. Jaime Ramos hatte eine Kopie, er wusste genau, was auf dem Zettel stand: »This section is from the document ›/.waisdata/ichthyology/species‹. Azorica, *Scorpaena* Eschmeyer 1969:80, Fig. 8a [Occas. Pap. Calif. Acad. Sci. No. 79; ref. 1274]. Terceira, Azores, n. Atlantic. Holotype (unique): USNM 94463. Valid (Eschmeyer 1969:80 [ref. 1274], Golani 1996:25 [ref. 22271]). Scorpaenidae: Scorpaeninae.« Etwas, was ihn nicht weiter beeindruckt hätte, wäre da nicht das Wort »unique« gewesen, das er rot unterstrichen und im Geiste zu den Informationen hinzugefügt hatte, die Filipe Castanheira ihm telefonisch aus Ponta Delgada übermittelt hatte.

»Dieses unterstrichene Wort hat meine Aufmerksamkeit erregt: ›unique‹ oder was auch immer es ist. Der azorische Drachenkopf wurde nur einmal gesichtet, nur einmal beschrieben, nur einmal gezeichnet. Es gibt gut fünfzigtausend Beschreibungen von Fischen, viertausend von ihnen haben aus so genannten technischen Gründen noch keinen wissenschaftlichen Namen, ich nehme an, das hat irgendwas mit Latein zu tun. Aber der ›scorpaena azorica‹ hat sehr wohl einen Namen, auf einem Papier der Akademie der Wissenschaften von Kalifornien.«

»Und wo ist dieser Drachenkopf zu finden?«

»Niemand hat ihn gesehen außer dem Mann, der ihn angeblich entdeckt hat. Ein amerikanischer Professor. Unser Junge von den Azoren war hinter ihm her, er war von ihm besessen.«

»Ist er im Ozeanarium?«

»Auf der Liste taucht er nicht auf«, murmelte Jaime Ramos, erhob sich und betrachtete, wie immer um diese Zeit, durch das halb geöffnete Fenster die Straße. Und das Bild einer Klinge, die in Elena Carreters Kehle drang, war das Einzige, das die Töne des Spätnachmittags überlagerte, und ein unbestimmtes, hohes, ganz leises Geräusch, ein erstickter Schrei in der Nacht, vermischte sich mit diesem Bild. Es stimmte, sein Verhältnis zu Messerstechern war nicht das beste. Bevor er den Raum verließ, hörte er noch, wie Meireles ihm riet, sich schlafen zu legen, aber beide wussten, dass Jaime Ramos viele Dinge mit sich selbst abmachte, sei es in Porto oder in Lissabon, überall.

ES STIMMTE, JAIME RAMOS MOCHTE keine Messerstecher. Dabei war es nicht etwa das Blut, das ihn störte, sondern nur der Gebrauch des Messers, die den Opfern geschickt beigebrachten Stiche und Schnitte, die anschließend katalogisiert wurden. Jeder Messerstecher hat seine eigene

Technik. Jeder Stich trägt eine Handschrift, er ist ein Ausweis. Und jede Handschrift rief Jaime Ramos wieder jene Szene ins Bewusstsein, in der die Klingen zum Einsatz kamen, Auge in Auge, oder in der eine kleine Unaufmerksamkeit genügte, damit aus einem Handgelenk das kalte Licht einer stählernen Klinge schnellte, die sich gleich darauf rot verfärbte. Nicht einmal Tod durch Erwürgen beeindruckte ihn so sehr, auch wenn er nur wenige Fälle dieser Art in seinem Katalog verzeichnet hatte, in dem der Tod durch Schusswaffe der Normalfall war.

In seiner in zahlreichen Verhören erstellten Buchführung, die einem imaginären, makabren System von Soll und Haben folgte, vergaß Jaime Ramos nur selten das Gesicht eines Opfers. Gewissenhaft sammelte er die Fotos, die Isaltino de Jesus ihm wie ein beflissener, verständnisvoller Sekretär herbeischaffte, und ordnete in seinem geistigen Archiv die Namen den jeweiligen Körpern zu, die kamen und gingen und sogleich in der scheinbaren Anonymität des weißen Raums verschwanden, in dem er wie ein verschämter Schüler seiner ersten Autopsie beigewohnt hatte, wo er beobachtet hatte, wie sie aufgeschnitten wurden, und den vom Arzt diktierten Bemerkungen gelauscht hatte, wo er gesehen hatte, wie ein Körper innerhalb von wenigen Stunden verfällt und wie dieses Schauspiel keinen, der es miterlebte, unberührt ließ. Er erinnerte sich auch an die Namen der Männer und Frauen, die er in jenen dunklen Räumen verhört hatte, die ihm zugewiesen worden waren, um dort sein bisschen Macht auszuüben. Aber Jaime Ramos mochte diese Räume nicht und benutzte sie nur selten. Er zog es vor, jener Arbeit, von der er durch seinen Rang und durch das ständige Unwohlsein befreit war, das ihn stets zu Beginn der Ermittlungen überkam, nur von ferne beizuwohnen. Oder er durchforstete die bereits aufgenommenen Spuren wie ein Aufseher, voller Stolz auf seine Wachsamkeit, nahm Berichte wieder und wieder zur Hand, fand Fehler, wo andere vorgeprescht waren, und entwarf Pläne, deren Komplexität Isaltino stets erschreckt hatte. Aber das Leben verging. Die Tage vergingen. Die Mücken kamen in sein Arbeitszimmer geflogen, Sommer um Sommer, Nacht um Nacht, während er immer länger an seinem Schreibtisch sitzen blieb, um sich selbst davon abzuhalten, ein gewisses Gefühl von Verlassenheit zu beklagen, die Tatsache zu bedauern, dass niemand am Eingang der Polizeistation auf ihn wartete oder dass er nur deshalb in seine Bar ging, das »Bonaparte« mitten in Foz, weil ein Mann eben eine Bar, seine Bar, haben muss, nur deshalb, weil das Leben sich ihm in diesen oder anderen Augenblicken nur selten erklärte. Und so wich Jaime Ramos stets aus, wenn sich eine solche Situation ergab, flüchtete sich in Belanglosigkeiten und widerstand der Versuchung, offen mit sich selbst zu reden.

»Wie ist unser Punktestand?«, fragte Jaime Ramos also.

»Wir haben schon gewonnen, Chef, die Meisterschaft ist schon längst vorbei und wir haben gewonnen. Aber die Punkte sind gar nicht das Entscheidende, Chef. Das Entscheidende ist die Mannschaft an sich, ihre Spielweise. Erinnern Sie sich noch an die Mannschaft von früher, Chef? André, Madjer, Gomes, Futre, Rui Barros ...«

»... Semedo, Mlinarczyck, Magalhães, Pacheco, Sousa, Juary, Frasco ...«

»Sogar Frasco, Chef. Sogar Frasco. Wie lange haben Sie schon keinen Spieler wie Frasco mehr gesehen, Chef?«

»Seit dem Kampf zwischen Cassius Clay und John Frazier, kurz nachdem Cubillas zum FC Porto kam. Die Namen der heutigen Spieler kenne ich gar nicht mehr.«

»Aber es gibt sie. Und sie sind gut.«

»Sie sind neu, Isaltino. Ich mag keine neuen Dinge. Das ›Jornal de Notícias‹ hat sich geändert, der Verkehr in Matosinhos und mein Platz im Stadion.«

»Denken Sie nicht dran. Lissabon bekommt Ihnen nicht. Ich sehe es schon kommen: Wenn Sie wieder zu Hause sind, haben Sie den Club gewechselt. Warum schlafen Sie nicht?«

»Du bist ein Philosoph, Isaltino.«

Nach fünf Tagen, in denen die Nächte ihm nur kurze Momente des Schlafs gegönnt hatten, sodass das unbestimmte Gefühl von Erholung, das er empfand, einem Zustand reiner Wachsamkeit gleichkam, nahm Jaime Ramos den Rat an und ging früh ins Hotel, fest entschlossen zu schlafen. Er warf sich halb nackt aufs Bett, breitete die Zeitung neben sich aus, falls ihn die Neugier packen sollte, zu erfahren, was in der Welt vor sich ging, was allerdings eher unwahrscheinlich war. Er träumte nicht. Statt eines Traums weckte ihn mitten in der Nacht, als es vor dem Fenster schon allmählich zu tagen begann, ein Geräusch, das ihm entfernt bekannt vorkam. Als der Polizist das immer lauter werdende Geräusch erkannte, das die Dunkelheit und das unbestimmte Gefühl geschlafen zu haben jäh zerriss, streckte er den Arm nach dem Telefon aus und vernahm Isaltinos Stimme:

»Die haben wieder zugeschlagen, Chef. Diesmal wurde die Leiche einer Frau gefunden.«

»Wo?«

»Auf der Expo, Chef, wo denn sonst? Wir müssen hin.«
Jaime Ramos blickte aus dem Fenster und sah das erste Tageslicht, die Zweige der Platanen auf dem kleinen Platz vor dem Hotel, das Leben auf der Straße, die Farbe des Himmels, die durch die Vorhänge hereindrang.
»Ich bin schon hier unten und warte auf Sie.«
»Du schläfst auch nie, Isaltino.«
Eine halbe Stunde später, als sich die Tore des Südeingangs der Expo öffneten, um den Wagen durchzulassen, der zu den Pavillons mit den Ständen der einzelnen Länder fuhr, war es schon heller Tag. Hell genug, um einen Körper zu erkennen, der auf der Seite lag, das Gesicht im Schlamm des letzten Regens, direkt neben dem kleinen Areal, das für die Republik Kirgisien vorgesehen war. Jaime Ramos trat auf die Gruppe von Männern zu, die um die Leiche herumstanden, hob ein blaurotes Tuch auf, das sie bedeckte, und überreichte es Isaltino de Jesus. Er bückte sich und schob mit der rechten Hand, die in einem Plastikhandschuh steckte, die schwarze Haarsträhne beiseite, die eine Wange der Frau bedeckte, die rechte, die nicht im Schlamm lag. Dann fragte ihn der Dienst habende Arzt, ob sie sie abtransportieren könnten.
»Wenn Sie sonst nichts brauchen – der Krankenwagen steht schon hier.«
»Den brauche ich nicht«, murmelte Jaime Ramos.
Der Schlamm verlieh den Fotos, die irgendjemand geschossen hatte, eine noch tragischere Note und verwandelte die Tote in eine ganz gewöhnliche Leiche, die ein rotblaues Tuch umklammert hielt, eine geschlechtslose Leiche ohne besondere Merkmale, ein wenig zusammengekrümmt – Rückenlage, wie der Arzt später im Bericht

schreiben würde. Im bläulichen Morgenlicht, das sich im Tejo widerspiegelte, hatte man schon ein paar Sekunden länger hinsehen müssen, um die Konturen der Lippen zu erahnen, die zarte Gesichtshaut, die kleinen Füße, das, was einmal eine weibliche Taille gewesen war. Und wenn man noch genauer hinsah, erkannte man jenes Detail knapp über dem Magen, nur ein Detail, eine kleine Wölbung, aus der der dunkle Blutfleck allmählich ausgetreten war und sich dann über die Kleidung, den Schlamm und die bereits entfernten Tücher ausgebreitet hatte und die schließlich jeder als eine Öffnung erkannte. Genau so würden es die Techniker später beschreiben, als Eintrittsöffnung für das Geschoss, das wohl zwischen zwei Wirbeln steckte, anschließend würde man diese banale Tatsache feststellen: Da war eine Öffnung, wie geschaffen für das Eindringen des Geschosses, aber keine andere, keine Austrittsöffnung für eben dieses Geschoss.
Und plötzlich explodierten in Jaime Ramos' Erinnerungen alte Fotos, Schwarzweißbilder von anderen Körpern, von einem anderen Boden, von anderen Frauen. Aber dies passierte ihm immer, wenn er sich vergegenwärtigte (denn ein Inspektor muss sich um den Papierkram kümmern, sollen sich doch die einfachen Polizisten die Hände schmutzig machen), dass für einen Polizisten, wenn es um Mord geht, die Gesetze von Fall zu Fall sehr ähnlich sind. Mal ist es ein Körper, mal sind es zwei, aber viel mehr ist da nicht. Manchmal gab es Besonderheiten, das stimmte schon: ein entstelltes Gesicht, ein aufgeschlitzter Unterleib, hervorquellende Augen. Aber das Wichtigste lag fast immer dort am Boden.
In diesem Fall gab es jedoch eine andere Besonderheit,

und der Arzt brauchte, als die Bahre schon auf dem Gestell des Krankenwagens befestigt war, nur den zweiten Hosenknopf des Mädchens zu öffnen (der erste war lose), um festzustellen, dass zwischen Stoff und Haut nichts war. Die Unterwäsche fehlte. Natürlich hatte Jaime Ramos auch schon andere Frauen ohne Unterwäsche gesehen, aber niemals unter diesen Umständen.

SPÄTNACHMITTAGS IM MAI, wenn die See ruhig ist, scheint die einsame Landstraße von Povoação nach Nordeste zwischen den mit Sicheltannen bewachsenen Hügeln zu schweben, in Vorahnung der Nacht, die über beide Seiten der Insel hereinbricht. Filipe Castanheira kannte diesen Teil von São Miguel. Er hatte lange Samstagnachmittage hier verbracht, und wenn sie lang waren, so lag das in seinem Fall allein an seiner literarischen Bildung, weil ihm auf dem Weg immer wieder Bücher in den Sinn kamen, die ihn hier und dort aufhielten. Tatsächlich war er die Landstraße mit dem Auto abgefahren und zu Fuß entlanggewandert, oder er hatte sie während eines von Carlos Ferreira organisierten Ausflugs mit vollem Programm – Angeln, Tauchen und Picknick – aus der Ferne vom Boot aus erspäht. Aber er war sie vor allem an jenen Tagen und in jenen Augenblicken entlanggefahren, an denen er diese Landschaft brauchte, wie man den Duft des Waldes sucht, im Licht des Sonnenaufgangs, großartig wie ein Zeichen des Himmels, oder im hellen Mittagslicht. Filipe, der sich gern als Einheimischer ausgab, was sich aufgrund jener literarischen Inspiration allerdings häufig als gefährlich erwies, glaubte eher an die

Entdeckung einer Landschaft als an ihre Beschreibung: Er liebte die leichten, feinen, kurzen Nebelfetzen, die der Wind von der Inselmitte herbeiwehte und über die Serra da Tronqueira hinweg bis zum Meeressaum trug, wo sie sich in der Brise auflösten. Und er liebte diese Spätnachmittage. Sie erinnerten ihn an andere, lang vergangene, bedeutende Nachmittage, die er in seiner persönlichen Enzyklopädie gesammelt und verzeichnet hatte, auf die er in Augenblicken der Unruhe und Schlaflosigkeit zurückgriff.

»Die Inseln sind kein gutes Urlaubsziel«, hatte Jaime Ramos bei seinem ersten Besuch auf São Miguel zu ihm gesagt, »sie machen einen melancholisch und verderben einem den Appetit.«

Filipe hätte sicher noch länger in den Erinnerungen an Spaziergänge am Strand, an heimliche Begegnungen, an den Rausch der ungezügelten Phantasie wie ein Duft, ein aus der Mode gekommener Geschmack, geschwelgt, wenn der Wagen, dem er seit einer Stunde, seit Ponta Delgada, folgte und der eben noch gemächlich die Landstraße hinaufgefahren war, nicht nach rechts in Richtung Faial da Terra abgebogen wäre. Hinter der Kreuzung blieb er beinahe stehen und verschwand dann plötzlich auf der schmalen Straße, die am Hang entlang hinab in das in der gewaltigen, offenen Bucht gelegene Dorf führte. Unterinspektor Filipe Castanheira bog ebenfalls nach rechts ab, direkt auf den Steilhang zu. Er fuhr vorsichtig, ließ den Wagen vor ihm einen kleinen Vorsprung gewinnen. Danach konnte er warten, bis er im Dorf war. Von jedem Punkt der Straße aus konnte er nun beobachten, wie er um die erste Kurve fuhr, und überprüfen, ob er sich nach rechts in Richtung Meer wandte, oder nach links abbog, wo zwischen Sicheltannen und Buchen unterhalb des Abhangs, der von Água Retorta herabführte, Faial da Terra lag. Ein Kilometer, zwei, drei, vier. Filipe hielt am Straßenrand und stieg am Seitenstreifen aus, direkt neben dem Steilhang. Er zündete sich eine Além Mar an. Weit hinten, am Dorfeingang, sah er, wie der schwarze Wagen langsamer wurde und sich für eine Richtung entschied. Er fuhr am Bach entlang, der nach ein paar Metern zwischen den Felsen ins Meer mündete, und hielt schließlich an einer alten Mühle am Strand. Die Türen öffneten sich nicht, weder in diesem Augenblick noch später, als wollte er für alle Zeiten dort stehen bleiben, und auch als Filipes Volkswagen fünf Minuten später in das Dorf einfuhr, das kurz vor der Abendessenszeit wie verlassen schien, und nach rechts abbog, um weiterhin hinter dem Schilf verborgen zu bleiben, waren die Wagentüren geschlossen, aber wer auch immer auf dem Fahrersitz gesessen haben mochte, war verschwunden.

Als er beschlossen hatte, diesem Auto nachzufahren, hatte João Dionísio ihm geraten:

»Fahren Sie direkt nach Faial da Terra. Das Haus ist dort. Sie haben es vor anderthalb Jahren gemietet und sind normalerweise unter der Woche dorthin gefahren. Nie am Wochenende, wenn dort alles voller Leute ist. Faial da Terra ist angesagt, alle Welt macht dort Urlaub. Aber das Haus ist noch da.«

Und da war es. Klein, mit alten, weiß gekalkten Mauern und einem Holztor, durch das man über den kleinen Rasen zum Haupteingang gelangte. Sicherlich gab es auch eine Hintertür, und Filipe stellte sich vor, dass sie halb

offen stand und auf den Obstgarten hinausführte, auf die Reihe von Bananenstauden und Zitronenbäumen am Rand des Hanges hinter dem Haus. Noch bevor Filipe den Rasen betreten hatte, öffnete die Frau die Vordertür und deutete mit dem Zeigefinger in seine Richtung:
»Wenn Sie schon mal da sind, können wir auch reden, aber nur über das, was ich will, und nicht im Haus.«
Unterinspektor Filipe Castanheira zuckte mit den Achseln und streckte ihr seine offenen Handflächen entgegen:
»Ich kann Ihnen sowieso nicht viele Fragen stellen. Das hier ist keine offizielle Angelegenheit.«
»Und wenn schon. Ich habe meine Toten begraben. Das heißt, meinen Toten. Aber ehrlich gesagt war es schon gar nicht mehr mein Toter. Er hätte es sein können, aber er war es nicht.«
»Das geht mich nichts an.«
Die Frau kam einige Schritte auf ihn zu und ließ sich auf der schwarzen Gartenmauer am Ende des kleinen Rasens nieder. Sie zupfte das weiße Kleid zurecht, bis es ihre Beine bedeckte, zog eine Zigarette aus einer Schachtel in ihrer Tasche und zündete sie mit einem Streichholz an.
»Er wollte nicht, dass ich rauche. Er war eher der gesunde Typ, ist getaucht, geschwommen, gesegelt und war ein guter Liebhaber. Ein ernsthafter junger Mann. Meine Eltern mochten ihn gut leiden, aber sie wussten nicht, dass er ein Mistkerl war, das ging sie auch nichts an, das war eine Angelegenheit zwischen uns beiden. Aber er war ein Mistkerl, ein echter Mistkerl.«
»Haben Sie eine Ahnung, was passiert ist?«
»Ja. Er ist in Lissabon gestorben, und das ist auch gut so. Muss ein großartiger Ort zum Sterben sein, alles voller Fi-

sche, das Einzige, was ihn wirklich interessiert hat. Fische und Meer und der ganze Kram. Diese ganze Scheiße. Ich vermisse ihn nicht. Sie werden sagen, dass er ein großer Forscher war, ein vielversprechendes Talent an der Uni und ein Verlust für die Azoren. Im ›Açoriano Oriental‹ stand die Nachricht auf der Titelseite. Heute habe ich den ›Correio dos Açores‹ gelesen, und da stand es auch fett gedruckt. Allerdings ist für den ›Correio dos Açores‹ auch jeder, der auf den Azoren einen Furz lässt, ein großer Azorer. Vielleicht haben sie ja sogar Recht. Paulos Arbeit hat mich nicht besonders interessiert, das war sein Ding.«

»Und was hat Sie interessiert?«

»Ob er einen guten Ehemann abgegeben hätte oder nicht. Das war das Wichtigste. Dann, ob er ein richtiger Kerl war. Der Rest interessierte mich nicht. Ein richtiger Ehemann ist auf den Azoren ein guter Schutz. Er kann ja was mit anderen Frauen haben, aber er ist und bleibt ein Ehemann, und man braucht einen, der sich ums Haus kümmert, einen zum Einkaufen begleitet und einen an Silvester mit Smoking und allem, was dazugehört, ins Coliseu ausführt. Dazu ist ein Ehemann da. Ein Mann ist was anderes, aber das hat mit Ihrer Arbeit nichts zu tun. Sie sind nicht von den Azoren, Sie verstehen das nicht.«

»Woher wollen Sie denn wissen, ob ich Azorer bin oder nicht?«

»Wenn Sie Azorer wären, kämen Sie nicht hierher, um Ihre Nase in meine Angelegenheiten zu stecken. Oder vielleicht würden Sie sogar herkommen, aber Sie würden am Haus vorbeigehen und nicht an der Tür klingeln. Immerhin bin ich Witwe. Und wenn ich keine richtige Witwe bin, dann nur, weil keiner weiß, was zwischen uns lief. Jetzt muss

ich damit fertig werden, oder? Mit meiner unerwünschten Witwenschaft.«
»Haben Sie eine Ahnung, was passiert ist?«
Sie lachte. Sie hatte langes schwarzes Haar, dunkle Haut, das war die simple Beurteilung eines Polizisten, ihre Beine waren vom weißen Kleid verdeckt. Und was würde Filipe Castanheira zum Rest sagen? Die Brüste, würde er Brüste sagen?, die sich unter dem Kleid mit den Schulterträgern abzeichneten, die die Arme frei ließen, die Augen?, schwarz, vielleicht eher dunkelbraun, der Mund, wie sollte er den Mund beschreiben?, ausführliche Beurteilung eines Polizisten angesichts einer falschen Witwe. Sie war keine Frau für einen Ozeanologen, dritte Beurteilung eines Polizisten angesichts von Sílvia Amaral.
»Ihre Fragen wiederholen sich«, sagte sie.
»Haben Sie eine Ahnung, was passiert ist?«
Sie warf den Kopf zurück, als suche sie irgendwo anders eine Antwort. Der Hals war nicht Teil einer neuerlichen Beurteilung eines Polizisten angesichts der falschen Witwe, aber an der linken Seite dieses Halses, die besser zu sehen war, zeichnete sich eine dunklere Ader ab. Sie schloss die Augen, strich mit einer Hand die Haare nach hinten, sprang von der Mauer und blieb vor Unterinspektor Filipe Castanheira stehen, der eine erneute Beurteilung eines Polizisten angesichts der vor ihm stehenden Frau vornahm, ihre Taille, die Hüften, die Schultern betrachtete.
»Er hat sich wohl in Dinge eingemischt, die ihn nichts angingen, aber wenn ihn jemand umgebracht hat, dann sicher aus Versehen. Ich habe Ihnen ja schon gesagt, dass er nichts getaugt hat. Um es mal klar und deutlich zu sagen:

Ich habe praktisch mit ihm zusammengelebt, wir haben dieses Haus gemietet, um von Zeit zu Zeit herzukommen, seine und meine Eltern dachten, wir würden heiraten, aber ich wusste, dass da nichts draus würde. Ich habe mich nach und nach damit abgefunden. Da ich nicht aufs Festland gehen konnte, habe ich mich damit abgefunden, aber glücklich war ich dabei nicht. Die Frauen von hier denken viel ans Festland, die, die zurückkommen, sind kuriert, aber die, die bleiben, schleppen diese Sehnsucht ihr Leben lang mit sich herum. Und das sage ich nicht bloß so dahin.«

Filipe Castanheira nickte zustimmend.

»Ich gehe«, sagte sie. »Nächsten Samstag schmeiße ich hier alles weg. Ich zünde hinten im Obstgarten ein großes Feuer an, so geht alles schneller.«

»Sogar seine Sachen?«

»Von ihm ist praktisch nichts da.«

Sílvia Amaral löste ihre ineinander verschränkten Arme, legte die Hände auf den Rücken und blickte auf die Bucht am Ende des Dorfes hinaus. Ein Schatten ist vorbeigezogen, dachte der Unterinspektor und verkniff sich eine neuerliche Beurteilung eines Polizisten angesichts der vor ihm stehenden Frau, während er sie sagen hörte:

»Manchmal ist es nur eine ganz kleine Erinnerung an Dinge, die uns zustoßen. An Menschen, denen wir über den Weg laufen. An die eine oder andere Stunde. Sogar an dieses versteckt am Waldrand liegende Haus.«

Er wandte ihr den Rücken zu und winkte ihr zum Abschied mit der Hand, aber er wusste, dass er vor Samstag zurückkommen musste, egal wie.

EIGENTLICH MOCHTE ER KEINE BLONDINEN, überlegte er, bevor er ins Bad ging und nachdem er sich vergewissert hatte, dass sie eingeschlafen war. Er war erleichtert, als er feststellte, dass sie leise schnarchte – oder murmelte sie nur im Schlaf vor sich hin? Vorsichtig schwang er erst ein Bein aus dem Bett, dann das andere, und schob schließlich seinen Körper an den Bettrand. Er schaltete das Licht nicht ein, im Zimmer war es hell genug, um den Weg bis zur Badtür zu finden, die er hinter sich schloss, indem er den Knauf so vorsichtig drehte, dass nicht einmal das Klicken des Schlosses zu hören war. Ihm fiel ein, dass seine Kleider hinter der Tür hingen, und er nahm die Zigaretten aus der rechten Hosentasche und das Feuerzeug aus der linken. Bei solchen Gelegenheiten mochte er sich auch nicht im Spiegel betrachten. Aber die Blondinen waren ihm lästiger als der Anblick seines nackten Körpers vor dem Spiegel. Er war umgeben von weißen Kacheln, dem Vorhang, hinter dem sich die Badwanne verbarg, den Gegenständen, die man üblicherweise in Hotelbadezimmern vorfindet, und seinem eigenen Bild, der nackten Brust, den nackten Armen, der Tätowierung, die er sich vor vielen Jahren in Bissau zugelegt hatte, als Andenken an einen Krieg, an den er sich eigentlich nicht mehr erinnern konnte, in dem er aber auf seine Weise gesiegt und überlebt hatte. Es war keine Tätowierung wie die anderen: Es gab keinen Satz, kein Wort, kein Datum – nur einen blassblauen, stummen Vogel mit ausgebreiteten Flügeln und emporgerecktem Schnabel in Richtung der Schulter und einer Narbe, die schon lange vor ihm da gewesen war.

Er hätte in ein anderes Hotel gehen können, das stimmte. Aber alles hatte seinen Preis – eine kurze Nacht, eine Frau, auch wenn sie blond war, seine Arbeit, der Zeitpunkt, zu dem er zu seinem Hotel zurückkehrte, und es war wichtig, dass dieser Ausflug nicht die geringste Spur hinterließ. Er zündete sich eine Zigarette an und begann, sich sorgfältig anzuziehen, zuerst die Socken, dann das Hemd, bis er zuletzt die Gürtelschnalle in genau dem richtigen Loch schloss. Er befeuchtete seine Haare mit den Händen und fuhr mit den Fingern hindurch, als wären sie eine Bürste. Dann lehnte er sich an das Waschbecken und öffnete sein Portemonnaie. Er nahm vier Scheine heraus, überflog das, was noch übrig blieb – es war mehr als genug, auch ohne die drei Kreditkarten, die auf drei verschiedene Namen lauteten. Zum Glück hatte er sich im Hotel nicht ausweisen müssen, als er sagte, dass er im Voraus bezahlen werde. Nicht, dass er damit Probleme gehabt hätte, er hätte dann eben einen falschen Ausweis benutzen müssen. Aber die Autobahnhotels waren nun einmal, was sie waren, niemand wollte wissen, was man dort zu suchen hatte, denn viele Gäste waren wie er und seine nächtliche Begleiterin, Reisende, Gäste, die nur irgendwo ein Bett brauchten, normalerweise verheiratete Männer in unziemlicher Begleitung und zu ungewöhnlichen Zeiten, am Nachmittag, am frühen Abend, am späten Vormittag. Wer vögelt schon gern am Spätvormittag? Nun, jedem Tierchen sein Pläsierchen. Nur schade, dass die Frau blond war, Blondinen machten ihn nicht an, sie sahen aus wie frisch aus der Fernsehwerbung entsprungen, schüchterten ihn ein, ihr Fleisch war zu weiß. Wie auch immer, der Job war erledigt.

Als er fertig angezogen war, öffnete er die Tür und durchquerte das Zimmer. Das Geld legte er auf die Kommode neben die Kleider der Frau. Es war mehr, als sie vereinbart hatten, und sie würde verstehen, dass der Rest fürs Taxi war, fünftausend Escudos zu viel. Er wusste, dass sie erst spät aufwachen würde, denn die Tabletten wirkten, wie er es vorgesehen hatte, er hatte sie in dem Saft aufgelöst, den sie an der Theke der Bar getrunken hatte – Blondinen verunsicherten ihn, die Bilder im Spiegel und das Erwachen neben einer Frau, nachdem sie getan hatten, was zu tun war. Es war zu unangenehm, jetzt daran zurückzudenken. Er erinnerte sich, dass sie ihn gefragt hatte: »Wie hättest du's denn gern?« »Ganz ruhig«, hatte sie gesagt. Er erinnerte sich wieder einmal daran, dass er irgendwann hatte sagen hören: »Der Krieg wird nie nach Bissau kommen«, er erinnerte sich an den Busch bei Bafatá, an einen gewaltigen Baum an der Landstraße, neben einem verlassenen Dorf nach einem Angriff in Gabu. »Wie hättest du's denn gern?« Der Krieg wird nie nach Bissau kommen, jedes Mal, wenn er zu einer Nutte ging, dachte er an den Krieg, vielleicht, weil er sich nackt vor einer Frau stehen sah und sie seine Tätowierung sehen konnte, den blassblauen, einsamen Vogel, der Krieg wird nie nach Bissau kommen. Er betrachtete sie einen Augenblick lang, er erinnerte sich an die Augen der Frau kurz vor dem Einschlafen, wie hieß sie noch mal? Sónia, vielleicht Sónia, ganz bestimmt hieß sie Sónia, jedenfalls hatte sie behauptet, Sónia zu heißen, aber das sind immer erfundene Namen, nie die richtigen, er selbst hatte drei Namen, einen für jede Kreditkarte, einen für jede Stadt, in der er lebte, einen für jeden Augenblick, manchmal einen für jeden Tag, und damit würde früher oder später Schluss sein, aber daran konnte er im Moment nicht denken. All das war sowieso egal, zuletzt hatte er immer seinen eigenen Namen benutzt, in dieser Hinsicht hatte er es nie nötig gehabt zu lügen. Danach hatte Sónia, wie sie angeblich hieß, ihn gefragt »Wie hättest du's denn gern?« und sich im Bett umgedreht, und er hatte ihre weiße, allzu weiße Haut gesehen, das auf dem Bettlaken ausgebreitete Haar, und dachte, dass er Blondinen nicht mochte, Blondinen, wie es nur wenige in Bissau gab, falsche Blondinen mit allzu weißer Haut, Blondinen aus Bissau, wohin der Krieg niemals kommen sollte, »ganz ruhig«, wiederholte sie, »ganz ruhig«, er war nie ruhig, manchmal hatte er Angst, oft hatte er es eilig, aber ruhig war er nie.

Leise verließ er das Zimmer. Erst jetzt sah er auf die Uhr und stellte fest, dass es seine Lieblingszeit war, kurz vor drei Uhr morgens, vor zwei Stunden hatte er das Hotel betreten. Er ging die Treppe hinunter, zündete sich eine halb gerauchte Zigarette an und blickte zum Rezeptionisten hinüber. Er sah ihm direkt ins Gesicht. Der Mann hob den Blick von der Zeitung und winkte ihn zu sich heran.

»Bleibt die Dame noch?«

»Die Dame bleibt noch«, bestätigte er, die Zigarette in der Hand.

In einer halben Minute würde er die Wagentür öffnen, einsteigen und die Autobahn in Richtung Lissabon nehmen. Das Handy, er musste das Handy einschalten, der Mann hatte gesagt, er würde um drei anrufen, in zehn Minuten, um diese Zeit würde er, wenn alles gut ging, nach Lissabon hineinfahren. Er fuhr gern nachts, mit heruntergekurbelten Scheiben, warf die Zigarette aus dem Fenster, hörte Musik, durchquerte die um diese Zeit ausgestorbenen Dörfer. Es hatte ein bisschen gedauert, bis er sich an diese

Arbeit gewöhnt hatte, es war immer ein wenig schwierig, aber dieser Job war der letzte, dann würde er auswandern oder ein Restaurant eröffnen.

»Haben Sie die Sachen dabei?«, fragte der Mann. Es war Punkt drei Uhr, er liebte Pünktlichkeit.

»Ja.«

»Gut gemacht«, bemerkte der andere. »Fahren Sie nach Belém, direkt zum Turm von Belém. Wo sind Sie gerade?«

»In der Nähe. Ich bin in der Nähe.«

»Links neben dem Turm ist ein Ponton. Wissen Sie, wo das ist?«

»Ein Ponton auf der linken Seite, ich verstehe.«

»In einer Viertelstunde dort. Sie parken den Wagen in einer Viertelstunde dort. Haben Sie noch den gleichen Wagen?«

»Ja.«

»Gut. Sie parken den Wagen, steigen aus, gehen bis zum Ponton und nehmen das Päckchen mit. Zu dieser Zeit wird Ihr Handy klingeln. Tragen Sie es bei sich, vergessen Sie es nicht. Ich werde Sie von weitem beobachten, aber Sie werden nicht wissen, wo ich bin, nur, dass ich Sie beobachte.«

»Das gefällt mir nicht.«

»Es gibt Schlimmeres«, hörte er den anderen sagen.

Das stimmte. Kurz darauf war es schlimmer. Kurz darauf, als er direkt vor dem Turm von Belém aus dem Wagen stieg. Er ging ein paar Meter, blieb stehen, zündete sich eine neue Zigarette an, sah sich um, wo wohl der Mann steckte?, ging weiter. Das kleine Päckchen hatte er in der Hosentasche, ein kleines Päckchen von der Größe seines Handys, das in der Hemdtasche steckte. Er fühlte sich nicht gern überwacht, niemand mochte das, aber er betrat den Ponton und blieb stehen, als er am Ende angekommen war, direkt am Wasser. Er sah sich nach den parkenden Autos an der Promenade um, betrachtete die Brücke in der Ferne, die alte Brücke, die Lichter der Brücke, den unbeweglichen Christus, der zu einem rasanten Flug über die Brücke ansetzte, bevor er sich in den Tejo stürzte, und blickte dann wieder aufs Wasser, ob Sónia wohl schon aufgewacht war? Er achtete auf alle Bewegungen, sämtliche Geräusche.

»Sie sind schon da«, stellte die Stimme am Telefon fest, als er gleich beim ersten Klingeln dranging. »Haben Sie das Päckchen dabei?«

»Jawohl.«

»Halten Sie es in der anderen Hand, aber legen Sie nicht auf. Genau so. Strecken Sie die linke Hand aus. Werfen Sie es ins Wasser, weit nach draußen, aber ohne auszuholen. Das war's. Sie hätten nicht mit einer Nutte in dieses Hotel gehen sollen.«

»Woher wissen Sie denn das?«

»Nur so ein Eindruck von mir. Es gibt Schlimmeres.«

Er blieb einige Augenblicke stehen und starrte auf die Stelle, wo er das Päckchen hingeschleudert hatte. Er wusste, was es enthielt, und konnte sich nicht vorstellen, warum man es loswerden wollte. Aber das ging ihn nichts an. Ein Zeh ist ein Zeh, ein halb verwester großer Zeh, genauer gesagt, er wusste nicht genau, was Verwesung war, aber auf jeden Fall war es ein unnützer Zeh, und sein Besitzer würde ihn nicht vermissen, denn er war tot. Aber irgendwie weckte diese Stimme andere Erinnerungen in ihm, er wusste nicht welche, aber er kannte sie, und das fiel ihm im letzten Moment ein, bevor er auf den Rasen am Flussufer zurückkehrte und in seinen Hosentaschen nach den Wagenschlüsseln suchte.

JAIME RAMOS DACHTE AN DAS MEER vor Mexiko, an die Kanäle von Cancún, an die Fotos in Büchern, die er irgendwo gekauft hatte – um einer verbotenen Erinnerung willen, sei dazu gesagt –, wo er die Landkarte seiner Seitensprünge um neue Namen bereichert hatte: Puerto Madero am Pazifik, nahe der Grenze zu Guatemala; Chetumal an der Südgrenze von Yucatán; die Bucht von Campeche, das Meer vor Tabasco, die Strände von Veracruz, europäisch und musikalisch; die stillen Gezeiten des Mar de Cortez, mythisch und intellektuell; die Sandstrände des Golfstroms, die vom Auf und Ab lauer Gewässer angeschwemmten Braunalgen; die unbestimmte Melancholie, die ihn jedes Mal ergriff, wenn er an den Flughafen dachte, wo er sich einige Jahre zuvor von Victoria verabschiedet hatte, seinem letzten Abenteuer, bevor er endgültig zu altern begann. »Es gibt einen sehr großen, schönen Platz unterhalb der Kirche, den Zócalo, auf dem freitags und samstags abends Mariachis auftreten, verschiedene Gruppen, die gleichzeitig spielen, mal die eine, dann die andere, mit nicht mehr als sieben oder acht Musikern. Unter den Arkaden des Café del Jardín. Liebeslieder oder auch lustige Lieder. ›Mariachi loco‹ – du hast etwas von einem verrückten Mariachi an dir.«
An jenem Nachmittag hatte Jaime Ramos sich umgeblickt und erkannt, dass auch über sein Leben der Nachmittag hereingebrochen war, dass es endgültig Nachmittag

war und dass die Liebe Beweise und Schweigen verlangt, Schlachten und unerklärliche Leidenschaften. Und dass man alt wird, wenn man sich an einem Ort jünger fühlt, an den man nicht länger gehört, der in einem bereits unerreichbaren Abschnitt unseres Lebensweges liegt. Er stellte sich seinen Körper, den eines alten Narren, unter dem der etwa fünfunddreißigjährigen Victoria vor, und dieses Bild überlagerte nach und nach das Bild von Mexiko, von seinem Mexiko, und das Bild des Flugzeugs, wie es die dem Golf vorgelagerte Halbinsel überflog. »Un gringo viejo y solitario« – ein alter, einsamer Gringo. Ohne Pferd, ohne Pistole, ohne Kugeln, ohne Herz. Und er würde diese Stimme an jedem Ort der Welt wiedererkennen. »Ich werde immer fern von dir sein. Ich werde dir wichtiger sein, weil ich fern von dir bin. Und du wirst mich sehen wollen.« Und du wirst so stark sein müssen, wie es ein starker Mann eben sein muss. Das war sein Mexiko, vermischt mit Importbieren, billig gekauften Büchern, Zeitungsnachrichten, verborgenen Erdbeben, unerwarteten Wirbelstürmen und Rosas aufmerksamen Blicken, sobald Jaime Ramos Anzeichen von Ungeduld erkennen ließ, eine scharfe Antwort gab oder verstört wirkte.
Im Fernsehgerät war dieses Meer jedenfalls zu sehen. Wenn in Lissabon später Vormittag wäre, würde in Mexiko gerade der Tag anbrechen, das erste Licht im Innern des Meeres von den Fernsehkameras eingefangen, die diese Farben via Satellit von Kontinent zu Kontinent übertrugen – und er saß da und wartete auf diese Stunde.
»Haben Sie schon mal einen Sonnenaufgang am Golf miterlebt?«, hatte ihn der Mann gefragt.

»Ja.«
»Das ist aber ungewöhnlich, Mann. Wann denn?«
»Das geht Sie nichts an. Wann kann ich zum Pavillon kommen?«
»Um halb elf. Ist das für Sie in Ordnung? Vielleicht ein bisschen früh, oder?«
»Ich schlafe wenig. Um halb elf.«
Jaime Ramos dachte also an das Meer vor Mexiko. Die Fernsehgeräte im mexikanischen Pavillon zeigten selbst zu dieser frühen Stunde jenes Meer, aber Jaime Ramos, der an das Meer vor Mexiko dachte, hatte es nicht ganz so in Erinnerung, nicht diese Farbe, nicht die Temperatur, die sich aus den auf die Bildschirme übertragenen Bildern erahnen ließ. Sein Meer war anders, vor allem jetzt, da er in ihm die bunten Fische wie U-Boote hin- und herschießen sah, auf anderen Bildschirmen Schildkröten, die ruhig über weiße Sandstrände krochen, frei umhertreibende Braunalgen vor den Kameras, die via Satellit die Welt vom anderen Ende des Atlantiks herbeiholten, wie Artur Ulacia, mit vollständigem, offiziellem Namen Artur Ulacia Mendía, nicht müde wurde zu betonen, ja, sogar von der anderen Seite Amerikas, denn schließlich handelte es sich um den majestätischen, weiten Pazifik. Er war so majestätisch und weit, wie Jaime Ramos ihn bisher nur auf Fotos in Büchern und Zeitschriften gesehen hatte, die er eine oder zwei Wochen lang aufhob und dann ohne Bedauern ihrem Schicksal als schnell durchgelesenes und gleich darauf vergessenes Papier überließ – aber, das musste er anerkennen, der Pazifik war riesig.
»Waren Sie schon am Pazifik, Chef?«, hatte ihn Isaltino gefragt.

»Wer den Golfstrom am Spätnachmittag sieht, sieht darin sämtliche Meere, Isaltino.«

»Sie kommen auch ganz schön rum, Chef. Eines Tages werden Sie die ganze Welt kennen.«

»Nach Mexiko gibt es keine Welt mehr«, wiederholte er einen seiner Standardsätze.

Isaltino hatte nie verstanden, was sich in Mexiko zugetragen hatte, stellte aber fest, dass Jaime Ramos sich seit seiner Rückkehr von dieser Reise langsam verändert hatte, gedankenverloren am Fenster oder am Telefon stand, nachts allein blieb, schwer atmend und immer uninteressierter. Nur Jorge Alonso, der Besitzer seiner Bar in Foz, dem »Bonaparte«, hatte ihm eines Tages gesagt, dass man, wenn man einmal altert, für immer alt bleibt.

»Sie sind zu früh«, sagte Artur Ulacia, mit vollständigem und offiziellem Namen Artur Ulacia Mendía, *Doktor*, wie ihn die Angestellten im Pavillon manchmal nannten. Seine gebräunte Haut passte gut zu seinem cremefarbenen Anzug und dem weißen, blütenweißen, kragenlosen Hemd.

»Ich dachte immer, die Portugiesen und die Mexikaner seien sich sehr ähnlich, was die Uhrzeit betrifft, und man könne auf beiden Seiten immer mit Verspätung rechnen.«

»Eigentlich komme ich auch immer zu spät. Aber ich wollte das Meer im Fernsehen sehen.«

»Ein großartiges Erlebnis. Echte Bilder vom echten Meer via Satellit.«

»Der Geruch fehlt.«

»Gerüche sind nicht virtuell. Dieses Meer ist virtuell, das heißt, es ist realer als das Meer selbst, weil Sie es ansehen können, wann immer Sie wollen, zu jeder Tages- oder Nachtzeit. Wenigstens bis zum Ende der Expo. Aber kommen Sie, Herr ...«

»Jaime Ramos.«

»Ramos. *Kommissar* Ramos. Kommen Sie hierher, wir lassen uns mehr oder weniger vor Mérida nieder. Da ist das Meer schön ruhig, wenig Wellengang, fast lautlos. Das ist der Vorteil der virtuellen Realität: Wir verändern die Welt nach unserer Fasson, nach unserem Willen. Wenn Sie den Lärm nicht haben wollen, drücken Sie einfach auf einen Knopf. Sie verändern die Farbe. Sie fügen Bilder hinzu, fliegende Fische, Hammerhaie, Riesenschildkröten, gewaltige Rochen ...«

»Stichlinge.«

»Nein, Stichlinge nicht. Das lohnt sich nicht, die sind fast farblos, völlig uninteressant.«

»Der Stichling ist ein guter Speisefisch.«

»Das ist der Nachteil der virtuellen Realität, man kann sie nicht essen. Heute Abend spielt hier, genau an dieser Stelle, ein Boleroquartett. Es kommt aus Veracruz. Ich komme aus Guadalajara und mag die Musik von dort lieber. Jalisco, die Heimat der Musik. Aber die romantischen Boleros, die romantischsten, kommen aus Veracruz. Kennen Sie das Lied von Agustín Lara? ›Noches de Veracruz‹. Das macht sich gut vor diesem Meer.«

»Nachts ist das Meer aber nicht erleuchtet.«

»Wir fügen einfach Licht hinzu. Virtuelle Realität, Inspektor Ramos.«

Der Inspektor nickte zustimmend. Vor dem entsetzten Blick des Mexikaners zündete er mit einem Streichholz seine morgendliche Ilhéu an und deutete, ohne das bereits erloschene Holzstückchen loszulassen, auf den Bildschirm, auf dem zwei Fische um einen von Wasser überfluteten Felsen herumschwammen:

»Elena Carreter. Ihre Biologin.«

»Sie war nicht meine Biologin, Inspektor. Sie war eine mexikanische Biologin, die in Ihrem Land ermordet wurde. Ich hoffe, Sie haben Neuigkeiten für mich. Zumindest offiziell muss ich Neuigkeiten nach Hause schicken. Der Herr Botschafter steht in ständigem Kontakt zur Familie von Frau Doktor Carreter, und wir beide brauchen Neuigkeiten, müssen wissen, wie die Dinge vorangehen.«

»Ich weiß. Aber sie hat mir von Mérida erzählt, vom Meer von Campeche.«

»Wir sprechen oft und gern über unser Land. Wir haben Sehnsucht nach ihm.«

»Das passiert uns auch. Ich nehme an, das ist der Grund, warum sie nach dem Tod des in meinem Land ermordeten portugiesischen Biologen zurückbeordert wurde.«

»Wir haben sie nicht zurückbeordert, es war das Ministerium. Das heißt, das Außenministerium. Auswärtige Angelegenheiten, wie die Herren sagen. Wahrscheinlich war ihre Arbeit hier beendet, ihre Anwesenheit war nicht länger vonnöten. Schließlich kostet so was immer Geld.«

Jaime Ramos hielt Ausschau nach einem Aschenbecher. Die Fische waren vom Bildschirm verschwunden und hatten einem Schatten Platz gemacht, der das Heranrollen einer neuen, höheren Welle erahnen ließ. Dann erleuchtete für einen Sekundenbruchteil ein Lichtblitz den Felsen und ließ einige winzige Algen an seinem Grund erkennen.

»Das stimmt nicht. Wir haben die Berichte gelesen. Elena Carreter, Ihre Biologin, die in unserem Land ermordet wurde, wurde vom mexikanischen Pavillon, also von Ihnen, als unverzichtbare, unersetzliche Forscherin bezeichnet. Hier habe ich ein Papier. Sie haben einen Brief unterschrieben – es ist also offiziell, wenn Sie wissen, was ich meine –, in dem Sie um eine Unterkunft in jenem Gebäude baten, eben dem besten Gebäude, bis zum Ende der Expo. Bis Oktober. Für die Biologin Elena Carreter. Sechs Tage nach Ausstellungseröffnung wird ein portugiesischer Biologe im Ozeanarium der Expo ermordet. Am Spätnachmittag des darauf folgenden Tages beordert Mexiko Elena Carreter zurück. Beeindruckend. Zu schnell für portugiesisches Tempo.«

»Unter Zedillo ist tatsächlich vieles besser geworden. Aber es war nicht Mexiko. Es war das Außenministerium.«

»Und wenn es Hugo Sánchez gewesen wäre.«

»Wer ist Hugo Sánchez?«

»Ein Portugiese, der in Mexiko Fußball spielt.«

»Er war es nicht. Ich denke mal, Herr Sánchez hatte wohl mit der Angelegenheit nichts zu tun.«

»Kann schon sein, dass er sich für Biologie interessiert. Wie erklären Sie das?«

»Gar nicht. Es handelt sich um einen Zufall, weder einen glücklichen noch um einen unglücklichen.«

»Am Nachmittag des 24., zwei Tage nach Eröffnung der Expo, haben der portugiesische Biologe Paulo Costa, Sie, die Biologin Elena Carreter, ein amerikanischer Forscher, der im Ozeanarium arbeitet, und ein weiterer Portugiese, der hier nichts zur Sache tut, gemeinsam in einem Restaurant der Expo zu Abend gegessen, hier nebenan. Noch so ein Zufall.«

»Was Sie nicht alles herausfinden.«

»Virtuelle Realität, Senhor Ulacia.«
»In der virtuellen Realität wimmelt es nur so von Zufällen. Es sind mathematische Projektionen, parallele Welten.«
»Das wollte ich gerade sagen«, erwiderte Jaime Ramos und ließ die Asche seiner Ilhéu zu Boden fallen.

»WAS SIE NICHT ALLES WISSEN«, wiederholte der Mexikaner. »Wo wir zu Abend essen, mit wem wir zu Abend essen und wann. Die Bewegungen jedes Einzelnen. Scheint, als hätten Sie uns beschatten lassen.«
»Das ist unser Laster«, erwiderte Jaime Ramos. »Hier wie in Mexiko.«
»In Mexiko kann man die Polizei an der Nase herumführen.«
»Hier ist das nicht so einfach, aber durchaus möglich. Man muss nur an den richtigen Polizisten geraten oder den richtigen Moment erwischen.«
Artur Ulacia Mendía, Artur Ulacia, erhob sich schließlich, so, wie es in den Drehbüchern beschrieben wird, wenn jemand Zeit gewinnen will. Fehlt nur noch die Musik, dachte Jaime Ramos und sah auf die Monitore, wo sich bunte Schwärme aus Hunderten von Fischen im blauen Meerwasser tummelten. Er konnte das Licht außerhalb des Wassers erahnen, die Reflexe der Sonne, die wie eine weiß glühende Scheibe aufgegangen war und die Dunkelheit des Ozeans in ein Schauspiel verwandelt hatte, das es verdiente, beachtet, fotografiert und via Satellit von einem Kontinent zum anderen übertragen zu werden.
»Wo ist das denn?«, fragte er Artur Ulacia und wies mit der brennenden Ilhéu auf den linken Monitor.

»Pazifik. Das ist der Pazifik.«
»Sieht hübsch aus.«
»Er ist hübsch. Es ist der beste Pazifik der Welt, an der Küste von Oaxaca und ein bisschen weiter nach Norden rauf, Puerto Ángel, Puerto Escondido, ausgezeichnet zum Surfen und für Kurzurlaube. Länger als eine Woche ist anstrengend, weil alles voller Amerikaner ist.«
»Und was sind das für Fische?«
Artur Ulacia betrachtete das virtuelle Meer, als sehe er dort etwas anderes, und das war wohl auch der Fall, denn er beantwortete Jaime Ramos' Frage nicht. Stattdessen drehte er sich um, steckte die Hände in die Jackentaschen und öffnete den Mund, um etwas zu sagen. Das erste Wort blieb ihm im Hals stecken. Er hustete und setzte erneut an:
»Ich verstehe das nicht. Ich verstehe nicht, wieso es so wichtig ist, die beiden Todesfälle gemeinsam zu behandeln, den Ihres Ozeanologen zusammen mit dem von Frau Doktor Carreter. Die beiden kannten sich, das stimmt. Vielleicht kannten sie sich sogar schon länger, vor der Expo, bevor sie nach Lissabon kamen, jeder aus seiner Richtung. Aber nichts beweist uns, dass zwischen den beiden Todesfällen ein Zusammenhang besteht. Warum gehen Sie davon aus?«
»Ich habe die beiden nicht zusammengebracht. Der Tod hat sie zusammengebracht, Senhor Ulacia. Er besitzt diese seltsame Macht, der Tod, er schafft Begegnungen, Zusammenhänge, die nur durch den Tod erklärlich sind. Wenn sie noch am Leben wären, Ihre Ozeanologin und unser Mann, wären sie nichts weiter als zwei Forscher, die Dinge am Grunde des Meeres suchen und die Welt als riesiges

Aquarium betrachten. Und es genügt allein schon die Tatsache, dass sich die Todesfälle innerhalb von ein oder zwei Tagen in einem Umkreis von anderthalb Kilometern zugetragen haben, wenn mich nicht alles täuscht. Aber es gibt weitere Einzelheiten.«

Jaime Ramos erhob sich ebenfalls und trat auf Artur Ulacia zu. Er lehnte sich an die Säule, die einen der Monitore trug, den, der Bilder vom Golfstrom übertrug, wo das Licht heller war als am Pazifik und gerade erst der Morgen dämmerte. Letztlich gab es doch eine Filmmusik, dachte der Inspektor. Tatsächlich erklang aus den Monitoren ein anhaltender Ton, eine sanfte Melodie. Er wusste nicht, welche Musik es war, hörte nur ein Klavier heraus, weit weg wie aus dem entlegenen Winkel einer verlassenen Wohnung, fern und vage – und eine Woge anderer Töne, die ihn an ein Kammermusikquartett erinnerten, das manchmal das Klavier übertönte und manchmal leiser wurde, aber nie verstummte. Am Grunde des Felsens, den er kurz zuvor gesehen hatte, ließ sich jetzt die Bewegung von Algen erahnen, das Wogen durchscheinender Arme, Pflanzenfäden, die der Choreographie tiefer, farbiger Meeresströmungen folgten. Die Farbe beeindruckte ihn. Er war beeindruckt von der Bewegung des Wassers, als könne er sie wahrnehmen und ebenfalls in diese Choreographie einbeziehen. Von Zeit zu Zeit machte die Unterwasserkamera eine kleine, ruckartige Bewegung, wie um daran zu erinnern, dass auch sie Teil des Schauspiels und nicht einfach nur auf dem Meeresgrund vergessen worden war, an die Satelliten gekoppelt, die im Mai 1998 Mexiko und Lissabon miteinander verbanden.

»Aber ich habe sie nicht miteinander in Verbindung gebracht, Senhor Ulacia. Mexiko hat sie miteinander in Verbindung gebracht, indem es Elena Carreter gleich am Tag nach dem Tod des Mannes zurückbeordert hat.«

»Sie haben weitere Einzelheiten erwähnt.«

»Ja, das habe ich. Es gibt weitere Einzelheiten.«

Jaime Ramos blickte den Repräsentanten Mexikos auf der Expo direkt an.

»Dem Mann, der tot im Ozeanarium gefunden wurde, fehlte ein kleiner Teil seines Körpers. Als Körperteil ist er nicht weiter von Bedeutung, aber für uns ist es entscheidend: ein Zeh. Jeder kann ohne Zeh leben, selbst wenn es sich um den großen Zeh des rechten Fußes handelt, und ein Toter bleibt auch ohne den Zeh ein Toter, er vermisst ihn nicht. Aber dieser Zeh wurde mit einem Messer abgetrennt, einem Profimesser. Einem Spezialmesser, wie unser Labor herausgefunden hat. Die Kehle Ihrer Ozeanologin weist einen acht Zentimeter langen Schnitt auf. Auch hier war eine perfekte Klinge am Werk, es sah aus wie die Spur einer alten Narbe, ein Ritzer im Fleisch. Es war ein und dieselbe Klinge. Interessieren Sie sich für Messer?«

»Keineswegs.«

»Das dachte ich mir schon. Aber es war dasselbe Messer. Nehmen Sie einmal an, dass es sich um den gleichen Profikiller handelt. Denn ein Profi ist es ganz bestimmt. Niemand schneidet einen Zeh so ab. Wenn es sich um einen sexuellen Racheakt gehandelt hätte, hätte man ihm das Corpus Delicti abgeschnitten, das ist klar.«

Artur Ulacia schauderte, als er sich die Verstümmelung ausmalte, die der Polizist angedeutet hatte, hielt aber seinem Blick stand.

»Und dann gibt es noch andere Details. Die beiden, Ihre

Ozeanologin und unser Ozeanologe, haben sich, um es mal so auszudrücken, bestens verstanden. Sie haben miteinander geschlafen, wenn sich die Gelegenheit ergab. Sie haben vor der Expo miteinander geschlafen, vor etwa einem Jahr, während eines amerikanischen Kongresses, und danach in Mexiko, während einer anderen Biologentagung. Da sehen Sie, was diese Leute von der Uni so treiben.«

»Das interessiert uns nicht.«

»Aber mich interessiert es.«

»Jeder ist, wie er ist.«

»In der Tat. Und selbst Sie sind in die ganze Sache verwickelt. An dem Morgen, an dem unser Ozeanologe tot im Ozeanarium trieb, war im mexikanischen Pavillon der Teufel los. Kann sein, dass uns das Ganze nichts angeht, aber tatsächlich gingen beinahe alle Telefongespräche, die von diesem Pavillon aus geführt wurden, nach Mexiko. Mexiko City, DF. Folgende Nummern wurden angerufen: die mexikanische Botschaft, die Universität, an der die Ozeanologin arbeitete, das Ministerium für, lassen Sie mich mal sehen, *Auswärtige Angelegenheiten*, noch mal die Uni, noch mal, noch mal, und dann wieder das Ministerium. Das Flugticket, das wir in Elena Carreters Tasche gefunden haben, wurde von Ihrer Botschaft in Lissabon bezahlt, Senhor Ulacia. Ich weiß, dass dies eine Indiskretion ist, aber die Reisebüros unterliegen nicht der Schweigepflicht. Oder diplomatischer Geheimhaltung.«

»Wir hatten kein Geld flüssig. Es handelte sich um einen einfachen Flug.«

»Und warum haben Sie nicht einfach den Hin- und Rückflug via Amsterdam von Elena Carreter genutzt, der vor zwei Monaten in Mexiko gebucht wurde?«

»Ich habe keine Ahnung.«

»Es gibt einen Grund. Man hat sie nämlich am Spätnachmittag jenes Tages angerufen und ihr einen Umschlag mit einem Flugticket, US-Dollar und einem Fax überreicht, in dem stand, dass sie nach Mexiko zurückbeordert wurde. Es war alles in Elena Carreters Tasche neben der Wohnungstür. Nur dass sie das Flugzeug nach Amsterdam und den Weiterflug nach Mexiko, Mexiko DF, nicht erreicht hat. Damals habe ich das alles nicht verstanden, nicht einmal, nachdem sie ermordet worden war.«

Artur Ulacia strich sich mit der Hand über den Schnurrbart, ohne den Blick von den virtuellen Fischen zu wenden, die im virtuellen Meer von Veracruz gemeinsam zu einer Musik tanzten, die auf der Strecke zwischen Lissabon und dem Golf im Morgenlicht verstummt war.

»Ich habe dafür keinerlei Erklärung.«

»Vielleicht nicht. Aber Sie hatten Angst, Senhor Ulacia. Sie wussten, dass Bettgeschichten nicht mit Fragen der Diplomatie und Wissenschaft verquickt werden dürfen. Wenn Ihre Frau Doktor Carreter mit einem Biologen von den Azoren geschlafen hat, konnten Sie nichts dagegen unternehmen, es sei denn, Sie wären eifersüchtig gewesen. Aber das war nicht der Fall. Es ging nicht nur um eine Bettgeschichte, denn das hätte man leicht lösen können, zumal der Mann bereits tot war. Das Entscheidende ist, dass Sie mit den beiden ganz privat zu Abend gegessen haben – und mit zwei weiteren Männern, einem Amerikaner und einem Portugiesen. Interessieren Sie sich für Fische, Senhor Ulacia?«

»Sie sind nicht mein Fachgebiet.«

»Ich weiß, was Ihr Fachgebiet ist«, sagte Jaime Ramos und

zog ein Blatt Papier aus der Tasche. »Sie sind mexikanischer Staatsbeamter und haben ein Haus in Coyoacán. Sie sind seit drei Monaten in Portugal, sind verheiratet, haben zwei Kinder, haben vor sechs Jahren eine Zeit lang in Sevilla gelebt, und der Rest geht mich nichts an.«

»Und was haben die Fische damit zu tun?«

»Die Fische sind überall, Senhor Ulacia. Im Meer und außerhalb. Die Fische sind überall. Nehmen Sie nur mal Ihr Veracruz. Sehen Sie, dort ist der Pazifik. Und dort sind die virtuellen Fische des Pazifik. Nur Drachenköpfe habe ich noch nicht gesehen. Drachenköpfe leben am Meeresgrund, man kann sie mit dem Meeresboden verwechseln, sie sind hässlich wie die Nacht.«

»Drachenköpfe?«

»Was wissen Sie über Drachenköpfe?«

DREI LEICHEN WAREN IN SEINER ERINNERUNG VEREINT, aber nur eine von ihnen hatte eine Stimme, die Leiche Elena Carreters, der einzigen mexikanischen Ozeanologin, die er in seinem Leben kennen gelernt hatte, wenn auch nur flüchtig, kurzzeitig, für einige Momente, und die jetzt nur noch eine vage Erinnerung war, sich auf jenes Lichtfragment beschränkte, das er gerne wieder zusammengesetzt hätte, von dem er sich wünschte, er könne es wie einen Film ein ums andere Mal zurückspulen, wieder und wieder, bis sich jede einzelne Bewegung abgrenzen ließ. Er hatte es versucht: Isaltino de Jesus ging vor ihm her, zeigte ihm den Weg durch Korridore und über Treppen und kam schließlich vor einem Becken zum Stehen, in dem sich dem Betrachter Fische und Plastikalgen darboten; dann ein schwach erleuchteter Durchgang, ein offener, graublauer Raum, in dem sich eine Gruppe von Männern – und unter ihnen eine Frau, Elena Carreter – um einen auf dem Boden liegenden Körper scharte, die Leiche von Paulo Viveiros Costa, wie er später erfuhr. Und Elena Carreters Blick. Der Körper der Halbindianerin aus dem Süden, der schwarze Badeanzug, die nackten Füße, der nasse Boden, das lange, dunkle, feuchte Haar, die dunklen Augen. Und die Stimme von Isaltino de Jesus: »Dafür ist jetzt wirklich nicht der richtige Zeitpunkt, Chef.« Isaltino, die Stimme der Moral, die ihm zuraunte »Dafür ist jetzt wirklich nicht der richtige Zeitpunkt, Chef« und ihn von Elena Carreter ablenkte, auf den Körper des Mannes zeigte, den blassen, am Boden ausgestreckten Körper des Mannes, schutzlos wie ein zufälliger Zwischenfall im Leben des Ozeanariums, und dann dieses Detail, der Zeh.

Er hätte diesen Augenblick, in dem er Elena Carreters Blick einfing, gern in die Länge gezogen, als alle beiseite traten, um dem offenbar ungekämmten Mann in der Windjacke mit einem offenbar erloschenen Zigarillo, einer offenbar desinteressierten Stimme und offenbar zerstreutem Blick Platz zu machen, der ziellos zwischen den Bildern des Beckens herumlief, das offenbar das Meer rund um die Azoren darstellte, und den jemand mit Chef anredete, »da kommen die Leute, Chef«. »Inspektor Ramos«, fügte ein anderer hinzu. Ein Kopfnicken von Inspektor Ramos in Richtung eines neu hinzugekommenen Mannes, der neben dem Körper von Paulo Viveiros Costa niederkniete und versuchte, die Augenlider der Leiche auseinander zu ziehen.

»Wo hat sie hingesehen, Isaltino?«

»Wer sie?« Besorgt drehte Isaltino de Jesus sich um, eine nachlässig gefaltete Zeitung in der Hand.

»Die Mexikanerin.«

»Und darf man mal erfahren, woher ich das wissen soll, Chef?«

»In diesem verdammten Haus weiß niemand etwas, so ist das. Lass uns gehen, wir fahren nach Porto zurück, die können mich mal. Wann geht der nächste Zug?«

»Nach Porto geht alle zwei Stunden oder sogar jede Stunde ein Zug, aber Sie wissen doch, dass Sie nicht nach Porto zurückkönnen, Chef. Heute ist Donnerstag, Ihnen spukt noch die Mexikanerin im Kopf herum, aber da sind noch mehr Leute im Wartesaal. Es sind drei, ganz dicht nacheinander. Unterinspektor Meireles kommt demnächst zu einer Lagebesprechung. Deshalb können Sie nicht weg, und das wissen Sie.«

So höflich. Unterinspektor Meireles. Chef, Sie. Gesegnet sei Isaltino de Jesus aus Valongo. Wo hat sie hingesehen, Isaltino? Konzentrier dich, Isaltino.

»Als wir damals in der Nacht im Ozeanarium ankamen, waren eine Menge Leute dort, Isaltino. Vier Männer von der Expo, dazu noch zwei in Badehose und T-Shirt, außerdem sie. Sieben. Dann kamen wir. Warum sind wir überhaupt dort hingegangen?«

»Weil ich einen Anruf auf dem Handy hatte.«

»Und als der Arzt ankam, direkt nach uns? Wo hat sie hingesehen, Isaltino? Konzentrier dich, Isaltino.«

Der Polizeibeamte Isaltino de Jesus starrte zu Boden.

»Ich erinnere mich nicht mehr, Chef. Ich kann versuchen, ob ich draufkomme, aber im Moment erinnere ich mich nicht. Da waren so viele Leute, die ich nicht kannte, dazu das Licht, der Typ auf dem Boden ... Aber warum wollen Sie das überhaupt wissen, Chef?«

»Wegen ihrer Augen.«

Aber das war nicht der Grund. Es war eher eine ziellose, geheimnisvolle Intuition, die sich in jedem Teil des gewaltigen Puzzles, das Jaime Ramos zusammensetzte, andeutete. Er notierte Daten und Uhrzeiten auf einem weißen Blatt Papier, sammelte die Fotos von jedem Ort, der im Zusammenhang mit den Toten, seinen Toten, stand. Der azorische Biologe, die mexikanische Ozeanologin und schließlich jene Frau, die neben dem kirgisischen Pavillon gefunden worden war, zusammengekrümmt, mit aufgeknöpfter Hose und ohne Unterwäsche. Auf diesem Blatt hatte Jaime Ramos die Verbindungen zwischen Paulo Viveiros Costa und Elena Carreter aufgezeichnet und anschließend das Fehlen jeglicher offensichtlichen Verbindung zwischen Rosa de Almeida Mendes und den beiden anderen. Am Tag zuvor hatte er Isaltino de Jesus gebeten, Punkt für Punkt, Stunde für Stunde, wenn möglich Minute für Minute die Schritte von Rosa de Almeida Mendes an ihren letzten Tagen zu erkunden. Mehr noch: Er hatte ihn gebeten, alle vorhandenen Register der Personalabteilung der Expo aufzutreiben, in denen die Namen der drei verzeichnet waren. Ihm waren jene unzusammenhängenden Sätze des Pressesprechers der Expo in Erinnerung geblieben, der sich ihm zugewandt, den Krawattenknoten zurechtgerückt und unruhig auf die Uhr gesehen hatte, in der rechten Hand sein Handy, mit dem er aufs Pressezentrum direkt neben dem kirgisischen Stand und auf die umliegenden Gebäude deutete, den portugiesischen Pavillon, den Pavillon der Utopie, weiter hinten den Gare do Oriente und den Cabeço das Rolas, dessen Plateau das ganze Gelände beherrschte und dessen üppiges Grün wie ein Schatten über der futuristischen Pracht der Neubaublocks lag und von der Gefahr kündete, dass plötzlich alles zusammenstürzen könnte.

»Sie verstehen doch. Drei solcher Fälle können das Ende der Expo bedeuten. Am späten Vormittag werden wir eine Pressemitteilung herausgeben. Na ja, mittags wäre eigentlich besser, falls wir noch warten können. So um die Mittagszeit. Drei Tote, auf diese Weise ermordet, bringen uns ganz schön in die Bredouille. Was wird das für ein Gerede geben.«

Aber mittags hatte es keine offizielle Erklärung gegeben. Um halb zehn Uhr morgens trommelte Jaime Ramos mit dem rechten Zeigefinger auf die von der Personalabteilung zur Verfügung gestellten Papiere, in denen der Name Rosa de Almeida Mendes auftauchte, Landschaftsarchitektin, achtundzwanzig Jahre alt, geboren in Lissabon, wohnhaft in Évora, mit Passierschein für das gesamte Expogelände, eine der Leiterinnen der Gartenanlage auf dem Cabeço das Rolas und an diesem Morgen tot aufgefunden. Um zehn hatte Jaime Ramos bereits den Vertreter Kirgisiens auf der Expo entlassen, unter dem erstaunten Blick eines Dolmetschers, der gedacht hatte, dem Kriminalpolizeiinspektor seien seine Russischkenntnisse völlig egal, vor allem, als er sich, nachdem er ihn mit den Worten rausgeworfen hatte, er solle sich verpissen, dem Kirgisen auf portugiesisch zugewandt und ihm in lockerem Plauderton gesagt hatte »Ach verdammt, hau einfach ab«, was er nicht vergessen hatte, aber auf keinen Fall übersetzen würde. Fast unmittelbar darauf gab es dieses Problem

zwischen dem Kirgisen und einem Vertreter Tadschikistans – soweit der Inspektor verstanden hatte, hatte der Tadschike seinen Nachbarn beschuldigt, die Vorurteile aller Tadschiken gegenüber den Kirgisen und Kirgisien zu bestätigen, nämlich, dass sie überall nur Scherereien machten. Dann hatten sie sich einige Minuten lang vor den ungläubigen Blicken des Wachpersonals, das Zeuge des Schlagabtauschs geworden war, auf Russisch beschimpft. Um elf bat Inspektor Jaime Ramos den Abgesandten der Expoverwaltung, der zugleich Pressesprecher war, mit dem Leiter der Expo sprechen zu dürfen, den er einige Tage zuvor kennen gelernt hatte, aber der Herr war aufgrund einer wichtigen Sitzung verhindert und konnte sich nicht mit dem Polizisten treffen. Vielleicht am Nachmittag. Um halb zwölf stieg Minister António Costa aus einem Wagen, ohne zu warten, dass ihm jemand die Tür aufhielt, und betrat, gefolgt von zwei Assistenten, das Verwaltungsgebäude. Einer der beiden, der wohl für die Presse zuständig war, weil er mit allen bereits versammelten Journalisten sprach, blieb stehen und plauderte mit seinem Kollegen, dem Pressesprecher der Expo. Er fragte ihn, ob es stimme, dass die Leiche in eine Fahne des FC Benfica gewickelt gefunden worden war.
»Nein. Es war ein blaurotes Tuch. Sah eher aus wie die Fahne von Barcelona.«
»Schade. Barcelona ist ein großer Club. Ich mag Real Madrid lieber, aber was soll's.«
Der Pressesprecher der Expo beschuldigte den Mitarbeiter von Minister António Costa, Anhänger von Sporting zu sein, was ihm nicht recht erschien, da der Minister, soweit bekannt, Anhänger von Benfica war.

»Ein verfluchter Benfica-Fan, ein echter ›Lampião‹«, bestätigte der Assistent des Ministers mit erhobenem Zeigefinger.
Ein Reporter von TSP, der die Ankunft des Ministers auf der Expo filmte, wurde vom Studio unterbrochen. Es blendete die Erklärungen von Marcelo Rebelo de Sousa ein, der schon zum zweiten Mal in dieser Woche den Rücktritt des Generalkommissars der Expo forderte. Der Journalist lief zur Außentreppe und verkündete, er wolle eine Stellungnahme des Ministers, aber der Pressesprecher erklärte, António Costa sei seit dem letzten Spiel von Benfica heiser.
Jaime Ramos hatte fast alles beobachtet. Er saß auf der Motorhaube des Wagens, den Isaltino de Jesus vor dem Gebäude geparkt hatte. Um halb eins erhielt er den ersten Bericht seiner Männer. Einen mündlichen Bericht natürlich, der nicht viel ergab außer dem, was er selbst sich schon gedacht hatte, als sein Blick das erste Mal auf den vom Himmel herabhängenden grünen Schatten des Cabeço das Rolas gefallen war. In diesem Augenblick stellte er sich zum ersten Mal die Frage, wo Elena Carreter hingesehen hatte.
»Aufs Aquarium, Chef«, vernahm er schließlich die Stimme von Isaltino de Jesus, der den Blick vom Boden gehoben hatte. »Sie hat aufs Aquarium gestarrt.«
»Woher weißt du das?«
Der Polizist zuckte die Schultern, als könne er es nicht erklären, aber er schien zu erröten, während er nach Worten rang:
»Sehen Sie mal, Chef: Ich erinnere mich an sie, weil sie – nehmen Sie mir das nicht übel, Chef – also, weil sie einen

hübschen Hintern hatte. Einen hübschen, runden Hintern. Gut gebaut. Mir ist wieder eingefallen, dass ich sie von hinten gesehen habe, während ich mir die üblichen Notizen machte. Ich erinnere mich nur, sie von hinten gesehen zu haben, sie stand zum Aquarium gewandt. Das mag Ihnen vielleicht seltsam erscheinen, aber ich erinnere mich daran wegen ihres Hinterns.«

»Dafür war wirklich nicht der richtige Zeitpunkt, Isaltino«, mahnte ihn der Inspektor.

DAS WAR ES ALSO, DACHTE JAIME RAMOS, als er sich an jenen Morgen zurückerinnerte und dabei vor allem Isaltino de Jesus dankte, dem jener Blick wieder eingefallen war. Denn es gab Blicke, die er rasch und endgültig vergaß, wie ein schrilles Pfeifen, das einen aus dem Schlaf riss, oder eine Stimme, die einen zurück, immer weiter zurückzog, wie eine unzuverlässige, vage, unmögliche Erinnerung, die Fenster auf unsichtbare Straßen und Augenblicke aufstieß, die vor langer Zeit einmal mit einem Namen und einem Ort verbunden gewesen waren. Und dann gab es Blicke, die in die Netzhaut eingebrannt blieben, Blicke wie ein Wirbelsturm, der von Zeit zu Zeit wiederkehrt, um an jenen Augenblick zu erinnern, jenen exakten Augenblick, in dem er hätte aufmerksamer sein sollen und es nicht gewesen war.

Er konnte sich eine Welt ohne diese Schrecksekunden, diese Blicke, diese Lücken, diese Anreize seiner Erinnerung nicht vorstellen. Und er bereute, dass er jenen Augenblick nicht festgehalten hatte, den Blick von Elena Carreter, der auf dem sacht wogenden Wasser jenes Aqua-

riums ruhte, aus dem der leblose Körper von Paulo Viveiros Costa gezogen worden war.
Nur Isaltino de Jesus hatte stumm, mit auf den Boden des Büros geheftetem Blick, jene Stille rekonstruieren können, die Tage zuvor eingetreten war, wie in einem Film, Bruchstück für Bruchstück.
»Sie gelten als Zeugen und haben sich deshalb der Polizei zur Verfügung zu halten«, hatte Meireles gesagt.
Unterinspektor Meireles, hatte Isaltino de Jesus in seiner Rekonstruktion hinzugefügt, und erst da hatte Elena Carreter das Atrium des Atlantik verlassen und war die Außentreppe des Ozeanariums, zu der nur das Personal der Expo Zugang hatte, hinabgestiegen.
Aber alles war so schnell gegangen bei diesen Verhören, den Befragungen, die auf Papier, Tonbändern und Computerausdrucken festgehalten wurden, Autopsieberichte ergaben, die sich übereinander stapelten und unzähligen anderen glichen, dass Jaime Ramos von Anfang an das Gefühl hatte, irgendetwas sei ihm entgangen und habe sich unter die Schatten der Expo gemischt, jene Schatten, in deren Schutz zwei Tage später der Mord an Elena Carreter und drei Nächte danach der an Rosa de Almeida Mendes geschah. Dieselben Schatten, die zuvor den Mord an Paulo Viveiros Costa verhüllt hatten, der bereits tot war, als er im Wasser des Ozeanariums versenkt wurde, symbolisch verstümmelt durch die Amputation des großen Zehs von der Klinge eines Profis. Dies war das erste Verbindungsglied, der erste Zusammenhang zwischen dem Tod von Elena Carreter und dem des azorischen Biologen gewesen, die Tatsache, dass beide Male die gleiche Klinge verwendet worden war.

»Siebzehn Zentimeter, Inspektor. Da war ein Profi am Werk, aber das brauche ich Ihnen ja nicht extra zu sagen, das wussten Sie schon, oder?«

»Ich verstehe nicht viel von Messern.«

»Aber der Typ, der es benutzt hat, sehr wohl.«

»Die Typen, die Messer benutzen, morden doppelt. Erstens, weil sie töten, und dann, weil sie es mit einem Messer tun, in direktem Körperkontakt.«

»Und wie«, fügte der Gerichtsmediziner hinzu. »Und wie. Wem sagen Sie das. Was ich schon alles gesehen habe.«

Eine Woche nach den Ereignissen, die die Presse zu einem Angriff auf das Herz der Expo aufzubauschen versuchte, zu einem Einbruch der Barbarei in die zivilisierte, reine Welt der Wissenschaft, der in virtuellen Bildern dargestellten Ozeane, die alle Familien, die zu Besuch kamen, die Grausamkeiten der Welt vergessen und in den tiefen Wassern der Ozeanarien ein Bad der Stille nehmen lassen sollte, eine Woche danach also versuchte Jaime Ramos, die entscheidenden Minuten jedes einzelnen Ereignisses bis zur Ankunft des Ministers António Costa auf dem Expogelände zu rekonstruieren. Inzwischen hatte er einen Artikel von José Pacheco Pereira – der in letzter Zeit über Philosophie schrieb – über die Symbolik dieser Todesfälle gelesen; Francisco Moita Flores hatte seine Leser im »Diário de Notícias« über die einzelnen Schritte der polizeilichen Ermittlungen informiert; der »Público« hatte ein ausführliches Dossier über die Angelegenheit veröffentlicht; »24 Horas« kündigte Enthüllungen an; Vítor Cunha Rega ließ sich unbestimmt darüber aus, wie überraschend doch ein Verbrechen in diesem wissenschaftlichen Umfeld sei; der Fernsehsender SIC brachte Bilder vom Ozeanarium und dem kirgisischen Stand und versprach eine Reportage und eine Debatte mit Margarida Marante; der Polizeidirektor hatte an einer Pressekonferenz teilgenommen, während der er Fortschritte in den nächsten Stunden versprochen hatte. Aber die nächsten Stunden verstrichen, die nächsten Tage vergingen mit nutzloser Hin- und Herfahrerei zwischen der Expo und dem Polizeirevier.

Der Morgen, an dem die Leiche der Landschaftsarchitektin Rosa de Almeida Mendes zusammengekrümmt neben dem bescheidenen Stand Kirgisiens gefunden worden war, stellte somit einen entscheidenden Augenblick für die Nachforschungen dar. Jaime Ramos empfand eine seltsame Ruhe, eine Art Erleichterung dabei, dem zustimmen zu können, was António Costa sagte, als er die Besprechung mit den Leitern der Expo verließ, und was sein Pressesprecher für diejenigen Journalisten wiederholte, die der Rede des Ministers nicht zugehört hatten:

»Es handelt sich nicht um ein Problem der Expo'98. Die Häufung unglücklicher Umstände, die diese Woche der letzten Weltausstellung dieses Jahrhunderts geprägt haben, hat nichts mit der Expo an sich zu tun. Sollte irgendeine Verbindung zwischen diesen Ereignissen und der Expo oder den Ereignissen, die als Unglücksfälle betrachtet werden müssen, untereinander bestehen, so können dies nur die derzeit durchgeführten polizeilichen Ermittlungen ergeben. Wie immer warten wir in aller Ruhe das Ergebnis der Untersuchungen ab. So ist das nun mal in einer Demokratie.«

»Möchten Sie nichts zu den Erklärungen sagen, die der Vorsitzende der PSD im Fernsehen abgegeben hat, Herr Minister?«

»Nein, kein Kommentar. Herr Professor Marcelo Rebelo de Sousa hat die bedauerliche Angewohnheit, sich zu allen Themen zu äußern, über die er aus der Presse erfährt, und es wäre eine Übertreibung unsererseits, mit dieser wahnsinnigen Geschwindigkeit Schritt halten zu wollen.«
»Aber Herr Professor Marcelo hat den Rücktritt des Generalkommissars der Expo gefordert ...«
»Das hat überhaupt keine Bedeutung, wie Sie sehr wohl wissen. Außerdem fordert Herr Professor Marcelo ab und zu den Rücktritt von irgendjemandem. Sollte er eines Tages Premierminister werden, wird er ohne Minister regieren, nur um sie nicht entlassen zu müssen.«
»Die Überwachungssysteme der Expo haben versagt ...«
»Die Überwachungssysteme haben nichts mit der ganzen Sache zu tun. Aber ich kann Ihnen in aller Deutlichkeit versichern, dass diese Überwachungssysteme derzeit die polizeilichen Ermittlungen erleichtern.«
Schließlich lächelte der Minister, als wolle er sagen, »das war's«, drehte den Journalisten den Rücken zu und ging die Treppe zu seinem Auto hinab. Jaime Ramos hatte an der improvisierten Pressekonferenz teilgenommen, als sei er einer der Journalisten, oder mischte sich zumindest unter sie, spitzte die Ohren und rauchte die dritte Ilhéu des Tages.
»Hast du von Anfang an zugehört?«
Der Inspektor blickte zur Seite und sah ein Gesicht, das hinter einer dunklen Brille verborgen war. Die Frau wühlte wahllos in ihrer Tasche, auf der Suche nach etwas, das offensichtlich nicht da war.
»Hast du es gehört oder nicht?«
»Beinahe alles.«

»Hat der Typ was zu Marcelo gesagt?«
»Ein bisschen. So nebenbei.«
»Na, du bist aber unbekümmert. Für wen arbeitest du denn?«
»Ich arbeite gar nicht.«
»Scheiße, Mann, wahrscheinlich bist du vom ›Independente‹.«
Der Pressesprecher wandte sich von den Journalisten ab und hielt an der Promenade Ausschau nach seinem Auto, aber die Frau erblickte ihn von weitem. Sie lief zu ihm hin, und Jaime Ramos folgte ihr, als ginge er zufällig in die gleiche Richtung.
»Kommen Sie schon, ein Kommentar«, bat sie. »Eine Erklärung fürs Fernsehen.«
»Ich gebe nur Kommentare zur Lage von Sporting ab«, sagte der Pressesprecher entschlossen und hob seine Arme wie ein Torero angesichts des Stiers. Er hatte seinen Wagen gefunden, lächelte und ging zum Angriff über: »Warum sind Sie nie pünktlich?«
»Ich habe Marcelo zugehört.«
»Dann tun Sie das auch weiterhin. Der weiß doch alles. Er ist ein Fachmann für diese Angelegenheiten.«
»Aber es hat sich doch eine neue politische Situation ergeben, oder?«
»Blödsinn«, murmelte Jaime Ramos und ging an den beiden vorbei, auf den Wagen zu, in dem Isaltino de Jesus auf der anderen Straßenseite direkt unter einem Parkverbotsschild saß.

JAIME RAMOS WAR ALSO EIN SAMMLER, ein planloser, völlig undisziplinierter Sammler, der seine Beute dem Zufall überließ, wenn er auch nie den genauen Ort vergaß – in seiner Wohnung, seinem Büro oder seiner Erinnerung –, an dem er ein Stück Papier, einen einzelnen Gegenstand, der ihm später noch einmal nützlich sein könnte, einen Geruch, ein unbestimmtes Gefühl oder auch einfach nur ein Streichholz verstaut hatte. Auf jeden Fall war es ein trainiertes, ein wohl erzogenes Gedächtnis für den einsameren, unbekannteren Teil seiner Arbeit, weit entfernt vom Tageslicht und vom Lärm der anderen. Bereits vor langer Zeit hatte er gelernt, sich diese Augenblicke der Einsamkeit zu bewahren, normalerweise nachts, wenn er an seinem Lieblingsfenster saß, dem Fenster des Büros, das ihm bei der letzten, seiner endgültig letzten Beförderung zugeteilt worden war. Sobald die Nacht hereinbrach, öffnete er es halb, ohne konkreten Grund, vielleicht aber, weil durch den Spalt die Geräusche der Nacht hereindrangen, ein vorbeifahrender Wagen, die Stimmen von zwei Männern, die durch die Stadt streiften, die Müllabfuhr, ein Bus, der an der nahe gelegenen Haltestelle anfuhr, und die Gerüche, die er nicht einordnen konnte, weil er sich weigerte, dem Beginn der Jahreszeiten Beachtung zu schenken. Aber er liebte den Sommerregen, seine heißen, stickigen Düfte, die ihn an die Schlaflosigkeit vergangener Jahre erinnerten, die Wolken von Mücken, die die Lampe seines Büros umschwärmten. Er ließ sie herein, Jahr um Jahr, stand mit auf dem Rücken verschränkten Händen auf seinem Posten und beobachtete eine unsichtbare Uhr, deren Mechanismus, Geschwindigkeit, Rhythmen, Signale und Gefahren nur Inspektor Jaime Ramos kannte.

Dies war seine Zeit, seine Art sich einzugestehen, dass die Mücken Jahr um Jahr nachts in sein Büro kamen, mit kreisförmigen, aber mechanischen Bewegungen ins Ungewisse flatterten, sich dem blauen Licht seiner alten Lampe näherten, den Schreibtisch und seine Papiere umkreisten. Durch dieses Fenster drang die Stadt herein, seine Stadt, die Erinnerung an seine Stadt und seine Toten, die tiefsten Schatten der Straßen, die in seinem Gedächtnis gespeichert waren, weil er sie mit stets derselben Gleichgültigkeit durchstreifte. Und es drang eine von der Feuchtigkeit des Meeres geschwängerte Luft herein, in der sich die von Ribeira aufsteigenden Luftströme mit denen aus Leça vermischten, als könne er sie voneinander unterscheiden. Seine Stadt war diejenige, die sich auf einsamen Spaziergängen vor ihm erstreckte, von jenem einsamen Leuchtturm von Leça, genauer gesagt, von Boa Nova, dem romantischsten Ort von allen – den er deshalb tunlichst mied –, bis zu den Vierteln am Flussufer, das traurige Cantareira mit seinen alten Wäschegestellen, Afurada, das ihn an den Winter erinnerte, die Prozession, die sich sonntagmorgens von Boavista nach Foz hinunterzog, zum Passeio Alegre, dessen sündige Aura wohl nur durch seine magere erotische Phantasie zu rechtfertigen war, in seine einsame Rua Barão de Nova Sintra auf halbem Wege nach Campanhã, der Himmel über seiner Stadt, die alten Restaurants in seinem Viertel, die alten Kellner in den Cafés. Aber sein Gedächtnis war alt, wenn auch minutiös, genau wie die Stadt. Es hatte denselben dunklen Farbton wie die Regentage auf den kleinen Terrassen der Rua Bela, wie der kleine Kai von Cantareira gegenüber dem Vorgebirge der Ermida de São Miguel. Und es besaß die Stille seiner Lieblingsgärten, von denen keiner an den schattigen Garten von São Lázaro oder die Bäume am Largo do Viriato heranreichte. Und es war von einer traurigen Liebe zu der Stadt ergriffen, eine unglückliche Beziehung, geprägt von den Toten, die nachts eingesammelt wurden und fast immer bis zur Unkenntlichkeit verstümmelt waren. Wie es wohl jetzt gerade Rosa ging? Wie kam es, dass er sich von Zeit zu Zeit diese Frage stellte?

»So kommen Sie nicht weiter«, hatte ihm Isaltino de Jesus gesagt, bevor sie sich auf den Weg ins Hotel am Ende der Avenida Duque de Loulé machten. »Unterinspektor Meireles hat morgen eine Sitzung mit allen einberufen, mit der ganzen Abteilung. Um neun.«

Jaime Ramos notierte in seinem geistigen Notizbuch die Uhrzeit der Sitzung und wartete, bis Isaltino fast an der Tür war, dann sagte er ihm, bevor er auf den Gang hinaustrat:

»Bitte den Mann aus Mexiko für elf Uhr hierher. Und du wirst ebenfalls erscheinen. Sag Meireles, er soll um diese Zeit hier sein.«

»Sie sehen ihn doch morgen früh, Chef.«

»Ich möchte, dass er sich vorher ein paar Gedanken über die Sache macht. Er soll sich die ganze Nacht alles über Mexiko ansehen. Für uns arbeiten, anders ausgedrückt. Und noch was, Isaltino: Morgen kommt Unterinspektor Castanheira hier an. Du holst ihn am Flughafen ab und isst mit uns zu Abend. Und sei höflich bei Tisch.«

Isaltino nickte zustimmend, winkte aber nicht. Er blieb stehen und betrachtete Jaime Ramos, der dabei gewesen war, die oberste Schublade zu öffnen, nun aber mitten in der Bewegung innehielt.

»Was gibt es Neues über Mexiko, Chef?«
»Nichts. Es gibt immer noch nichts. Aber diese Typen können mir nicht einreden, dass sie nur Mariachis mitgebracht haben.«
»Mariachis?«
»Musik, Isaltino. Ein Orchester aus Leuten, die miteinander weinen, wenn auch mit unterschiedlichen Instrumenten.«
Erst jetzt, nachdem Isaltino für sich beschlossen hatte, dass es sich nicht lohnte, weiter nachzufragen, öffnete Jaime Ramos die Schublade und breitete den Inhalt einer Mappe auf seiner Schreibtischplatte aus.
Dies war seine persönliche Sammlung, und der Polizist betrachtete sie, als seien seine Augen die Pinzette eines Briefmarkensammlers. Ein unbenutztes Flugticket von Lissabon nach Mexiko DF via Amsterdam, ausgestellt auf den Namen Elena Díaz. Ein unbenutztes Flugticket von Lissabon nach Ponta Delgada, ausgestellt auf den Namen Paulo Costa, Paulo Viveiros Costa. Die Kopie eines gewissen Faxes, in dem Elena Carreter Díaz aufgefordert wurde, nach Mexiko zurückzukehren; weitere Anweisungen würde der Kommissar ihres Landes auf der Expo'98 erteilen. Eine E-Mail von der Akademie der Wissenschaften von Kalifornien, in dem die Existenz einer Studie von N. S. Eschmeyer über eine als »scorpaena azorica« benannte Spezies bestätigt wurde und darüber hinaus die entsprechende Signatur in der Bibliothek der Akademie sowie eine Internetadresse aufgeführt war, unter der man die Bibliografie einsehen konnte. Ein gerichtsmedizinischer Bericht über den Tod von Rosa de Almeida Mendes, fotokopiert aus dem Material, das Unterinspektor Luís

Meireles zu »Ermittlungszwecken« zur Verfügung gestellt worden war. Ein gerichtsmedizinischer Bericht über den Tod von Elena Carreter Díaz, ebenfalls aus dem Unterinspektor Luís Meireles zu »Ermittlungszwecken« überlassenen Material. Ein Foto von Elena Carreter, Biologin mexikanischer Staatsangehörigkeit, entnommen aus der allgemeinen Inventarliste des Expo-Appartements, das sie verlassen hatte. Ein Blatt mit einer exakten Zeichnung der Klinge, die zum Mord an Elena Carreter benutzt worden war. Eine Rechnung des Restaurants »A Marítima« in Xabregas über eine Mahlzeit von Paulo Viveiros Costa und Elena Carreter am Todestag des Ersteren und zwei Tage, bevor Letztere tot auf der Expo gefunden wurde. Ein Fax von Unterinspektor Filipe Castanheira aus Ponta Delgada mit Hinweisen zur akademischen Laufbahn von Paulo Viveiros Costa. Ein sechsfach gefalteter Plan der Expo'98. Die vollständige Liste der im Ozeanarium von Lissabon befindlichen Arten von Meerestieren. Die vollständige Liste der persönlichen Gegenstände, die in Paulo Viveiros Costas Reisesack gefunden worden waren. Eine Videokassette mit den Aufzeichnungen der Überwachungskameras der Expo aus der Nacht, in der die Leiche von Paulo Viveiros Costa gefunden worden war. Eine von der Architektin Rosa de Almeida Mendes handschriftlich erstellte Liste der botanischen Arten im Garten von Cabeço das Rolas, auf der eingetragen war, wann die Pflanzen umgetopft worden waren. Die Notizen von Isaltino de Jesus über die Befragung des gesamten mit der Wartung des Ozeanariums beschäftigten Personals. Die Bemerkungen, die sich auf das Verhalten von Elena Carreter und Paulo Viveiros Costa bezogen, waren unterstrichen. Ein Werbeblättchen einer Striptease- und Livesex-Bar, das Jaime Ramos zerknüllte und in den Papierkorb warf, weil es nichts mit dem Fall zu tun hatte. Isaltino hatte es ihm gegeben. Eine Stadt, vom Fenster, von diesem Fenster aus gesehen, ein schwerer, süßer, unruhiger, spannungsgeladener Duft. Eine in orangefarbenes Licht getauchte Stadt. Ein Telefon, das irgendwo in einem weit entfernten Büro klingelte. Schritte auf dem Flur. Zehn Uhr abends.

UM HALB ZWÖLF UHR NACHTS zündete Jaime Ramos seine Beldina wieder an und bewog sie zu einem letzten Opfer, als sei die Zigarre es müde, die Luft des Sitzungsraums zu atmen, oder habe es satt, geraucht zu werden. Dann legte er das Streichholz in den Plastikaschenbecher und blickte sein Gegenüber an. Er wusste, dass Meireles, wie er es vorhergesehen hatte, die ganze Nacht über Mexiko nachdenken und alles über Mexiko herausfinden würde. »Für uns arbeiten, anders ausgedrückt«, wie er zu Isaltino de Jesus gesagt hatte. Er hatte es nach dem ersten Blick auf den Unterinspektor gewusst, als dieser eintrat, vorsichtig Fuß vor Fuß setzend, und noch bevor er ihn einlud, ein Glas mit ihm trinken zu gehen.

»Also, so sieht's aus«, sagte Unterinspektor Meireles und ließ seinen Blick durch den Raum mit den vergilbten Wänden schweifen. »Benfica interessiert mich nicht mehr. Was auch immer mit Benfica passiert, es interessiert mich nicht mehr, denn jedes Mal, wenn wir die Chance haben, eine Meisterschaft zu gewinnen, taucht ein neuer Präsident auf. Dich interessiert Benfica sowieso nicht, aber wir müssen in dieser Geschichte richtig vorankommen. Für drei Uhr morgens hatte der Typ, der was mit der Architektin hatte, kein Alibi, und der Nachbar sagt, dass er sehr spät und betrunken nach Hause kam, so gegen fünf. Aber ich glaube, das ist normal. Der Nachbar meint, er käme immer besoffen nach Hause.«

»Weiß der Nachbar über das Leben aller anderen Bescheid?«

»Über die ganze Straße. Über das ganze Viertel. Lissabon war mal eine Großstadt, auch wenn es vielleicht nicht so aussieht. Heute lässt du am Ende deiner Straße einen Furz, und alle Welt weiß sofort davon. Und weißt du auch, warum? Weil jeder den anderen beobachtet. Jeden Tag bekommen wir anonyme Briefe, anonyme Anrufe, anonyme Beschwerden. Wenn genug Leute im Dienst sind, machen wir es wie ihr da oben: Jemand geht vorbei und sieht nach dem Rechten. Sind nicht genug Leute da, machen wir es wie sie, das heißt, wir rufen anonym bei den Zuhältern an. Wenn es tatsächlich etwas gibt, packen sie schließlich aus. Das klappt nicht immer, aber oft nützen sie uns. Die Wahrheit ist, dass wir nie genug Leute haben, um alles zu machen, was nötig ist. Hier wie dort.«

Meireles hielt inne und zeigte auf das kleine rotgoldene Abzeichen am Revers seiner braunen Wildlederjacke, auf dem ein Adler mit ausgebreiteten Flügeln seinen glänzenden Schnabel aufriss.

»Und weißt du, warum es immer mehr anonyme Anzeigen gibt?«

»Keine Ahnung«, murmelte Jaime Ramos und sah einer Rauchwolke nach, die sich von der Beldina gelöst hatte und in Richtung Decke schwebte. Die Beldinas verblüfften ihn immer mehr, und das war einer der Gründe, warum

er darauf wartete, dass Filipe Castanheira kam. Vielleicht brachte er ihm eine Kiste mit. Sicher brachte er ihm eine Kiste mit.
»Weil es«, fuhr Meireles fort, »immer mehr Verrückte gibt, Typen, die nachts nicht schlafen können und sich die Zeit damit vertreiben, andere zu beobachten. Alte Frauen, die am Fenster hängen und auf die Straße sehen. Alte Männer an den Straßenecken, die sehen wollen, was passiert. Und Leute, die furchtbare Angst davor haben, dass ihnen jemand etwas antun könnte. Typen, die neben Friedhöfen nächtigen, wo sie ihre Drogen verstecken. Neidische Nachbarn, Frauen, die sich an ihren Männern rächen wollen, und jede Menge anderer Leute, die uns nur Scherereien machen. Es fehlt nicht mehr viel und die bringen sich alle gegenseitig um. Entweder bringen sie sich gegenseitig um, oder sie krepieren einfach so.«
Jaime Ramos nickte zustimmend.
»An dem, was sie essen.«
Meireles kniff die Augen zusammen und legte die Zeitungen ab, die er in seiner einen Hand gehalten hatte, während er die andere auf der Suche nach einem Feuerzeug in die Hosentasche steckte. Dann setzte er sich, ohne den Blick von Jaime Ramos zu wenden.
Erst als er saß und die weiße Zigarilloschachtel mit den Romeo y Julieta geöffnet hatte, fuhr er fort:
»Ich habe dich nie so richtig verstanden. Du kommst wegen irgendeinem Scheiß, den du da oben gebaut hast, nach Lissabon. Das hat man mir zumindest erzählt, denn ansonsten gibt es keinen vernünftigen Grund, warum sich ein Typ aus Porto in diesem Raum einrichtet und hier herumhängt. Plötzlich gibt es diese drei Fälle auf der

Expo, und du bist mittendrin, nicht, dass du störst, aber du tauchst hier auf, als wäre es dein Revier, ohne Hilfe von oben und ohne Unterstützung von offizieller Seite. Du tauchst einfach auf.«

»Das ist so eine Macke von mir«, erklärte Inspektor Jaime Ramos.

»Aber du könntest ausspannen.«

»Kann ich nie. So ist das nun mal.«

Sie sahen einander direkt an, Meireles hatte seine Ellbogen auf die Platte des Schreibtischs gestützt, der Jaime Ramos überlassen worden war, den Zigarillo im Mundwinkel und das linke Auge wegen des Rauchs zusammengekniffen.

»Was willst du denn mit diesem Mist aus Mexiko?«

»Noch so eine Macke von mir. Ich kann die Mexikaner nicht ausstehen, ihre Mariachis, die Frisuren der Sänger und die Sombreros. Diese Frau wurde gegen ihren Willen zurückbeordert, ich weiß nicht, ob dir das aufgefallen ist. Irgendjemand hat verstanden, dass der Tod des Azorers Elena Carreter in Schwierigkeiten bringen würde. Die Ozeanologin. Und sie haben sie zurück nach Mexiko geschickt, bevor sich jemand ernsthaft mit ihr unterhalten konnte. Das hättest du sein können, aber du wolltest ja nicht. Wenn die gewusst hätten, dass ich sie in ihrer Wohnung besucht habe, hätten sie verstanden, dass wir die Fäden schon in der Hand hatten. Aber ich bin nicht offiziell dort gewesen, ich habe mich nie ausgewiesen. Ich bin nur leihweise hier. Und sie haben darauf bestanden: Komm zurück nach Mexiko, mach uns keinen Ärger.«

»Warum glaubst du das?«

»Weil es nicht anders sein kann.«

Meireles lächelte. Es war ein müdes Lächeln in einem

unausgeschlafenen, bleichen Gesicht. Das Lächeln eines Menschen, der ankommt, als der Zug längst abgefahren ist.

»Du hast keinerlei Beweise.«

»Doch. Die Unmengen an Anrufen und Faxen, die über die Botschaft zwischen der Expo und Mexiko hin und her gingen. Es kann nicht anders sein. Und es ist die einfachste Erklärung für die Abreise der Frau.«

»Es könnte Zufall gewesen sein.«

»Es gibt keine Zufälle, Freund Meireles. Taubenscheiße fällt nicht zufällig vom Himmel. Sie fällt herab, weil die Tauben auf den Dächern sitzen.«

»Das ist noch so ein Problem, die Tauben«, sagte der andere und fasste an das Abzeichen an seinem Revers. »Aber warum hat sie uns nichts gesagt, wenn sie etwas wusste?«

»Weil sie keinen Grund hatte, uns zu verraten, was sie dachte. Sie wusste nicht, dass es wichtig war. Die beiden kannten sich seit einigen Jahren oder vielleicht seit einem Jahr. Sie schliefen miteinander, man könnte sagen, sie bereicherten ihre wissenschaftliche Beziehung. Einer der Typen aus Mexiko, der von der Expo, zählte zwei und zwei zusammen, zog seine Schlüsse und kam dahinter. Artur Ulacia, Artur Ulacia Mendía mit vollständigem Namen. Der Kerl hat was von einem Senator. Inmitten dieser ganzen Ozeane versuchte er, die Wasser zu teilen: Meine Liebe, du gehst an deine Uni zurück. Und Elena Carreter glaubte, dass dies tatsächlich der Grund wäre.«

»Und das war es nicht?«

»Nein. Und hier komme ich nicht weiter. Aber ich sage, dass dies nicht der Grund war, weil das keinen Sinn ergäbe. Gevögelt wird überall, wo es Männer und Frauen

und eine Gelegenheit gibt. Unser Azorer hat die Gelegenheit genutzt, seiner Ehe den Todesstoß zu versetzen, auch wenn er gar nicht verheiratet war. Aber die Geschichte war schon älter: Die beiden haben sich schon vor einiger Zeit in Mexiko getroffen, sie haben auf demselben Gebiet geforscht, und er spielte gern Billard über drei Bande. Er, seine Freundin auf den Azoren, die er heiraten wollte, und eine Mexikanerin, mit der er sich über Fische unterhalten konnte. Wenn mich nicht alles täuscht, sind dies Fotokopien einiger Seiten aus dem Pass von Elena Carreter Díaz. Sieh mal: Einreisestempel nach Amerika am 18. August 1997. Wo? In Boston. Und wir haben Glück, großes Glück mit diesem anderen: Abgestempelt in Ponta Delgada am 20. August, zwei Tage später. Im Sommer gibt es viele Flüge von Boston nach Ponta Delgada. Gut, dass das jemandem aufgefallen ist, oder?«
»Sie war vielleicht im Urlaub dort.«
»War sie auch. Aber sie ist in keinem Hotel abgestiegen. Wir haben sämtliche Gästebücher aller Hotels der Insel überprüft. Und die wichtigsten Hotels in Angra, Horta und São Jorge. Nichts, Freund Meireles. Es gibt keinerlei Eintrag außer diesem hier, auf der Fotokopie. Amerikanischer Einreisestempel in Boston am 31. August, zehn Tage nach ihrer Ankunft auf den Azoren, wenn du verstehst, was ich meine. Und wieder ein Stempel aus Boston am 2. September, der ›Ausreise‹ bedeutet. In Mexiko werden die Pässe nicht gestempelt.«
»Sie hätte dort arbeiten können.«
»Im August? Da traust du den Leuten von der Uni aber zu viel zu. Niemand fährt im August zum Arbeiten auf die Azoren. Es ist sehr feucht, nachmittags ist es oft heiß,

schwül, und die Nächte sind sehr warm. Ja, sie war dort im Urlaub. Sie war eine Woche oder zehn Tage dort, in einem Häuschen in einem Dorf namens Faial da Terra, nahe Povoação. Zwischen Povoação und Nordeste, aber du kennst dich ja dort nicht aus. Isaltino hat den Pass im Häuschen des Wachpostens auf der Expo fotokopiert, während ihr nach dem Messerstecher gesucht habt. Er ist ein gewissenhafter Mensch, Isaltino. Legt Wert auf jedes Detail. Elena Carreter Díaz und Paulo Viveiros Costa waren also zu jener Zeit zusammen. Wenn wir das übersehen hätten, hätten wir eine echte Romanze verpasst.«

»Und warum nennst du die Leute immer bei ihrem vollständigen Namen?«

»Ich denke, das würde ihnen gefallen. Ein vollständiger Name ist doch gleich etwas ganz anderes«, sagte Jaime Ramos mit ernstem Gesicht und voller Sehnsucht nach Mexiko.

»DAS KOMMT MIR MERKWÜRDIG VOR«, hatte Meireles gesagt, mit dem Glas in der Hand und zu Filipe Castanheira gewandt. »Wenn die Dinge so liegen, wie ich denke, das heißt, wenn sie sich heimlich treffen wollten, sind sie wohl kaum Händchen haltend durch Ponta Delgada spaziert.«

»Natürlich nicht.«

Filipe Castanheira genoss die Rückkehr in die Stadt, in der er vor vielen Jahren gelebt hatte. Vor zehn Jahren? Vor zehn Jahren, dachte er, während das Flugzeug einen eigentümlichen Tanz über Lissabon aufführte, sich erst über die alte Brücke neigte und sich dann von links der neuen Brücke näherte, bis es die Piste erreichte und die Passagiere die Lichter der Expo sehen konnten, die Kuppeln der Pavillons, die von unsichtbaren Scheinwerfern erleuchteten Muscheln glichen, den Glanz der Docks, die Lichter der Schiffe, das, was früher eine Ansammlung von Müll und Containern gewesen war. Seit seinem letzten Besuch in Lissabon hatte er keine Sehnsucht nach der Stadt verspürt. Ein vages Gefühl von Verlust hatte Filipe Castanheira stets ergriffen, wenn er an Lissabon dachte, die Stadt, in der er jahrelang übernachtet, aber niemals Wurzeln geschlagen und keine Freundschaften geschlossen hatte, ja, aus der er nicht einmal die Erinnerung an irgendein Ereignis zurückbehalten hatte, das ihn dazu bewogen hätte, den Kopf zu wenden, zurückzublicken und es noch einmal zu durchleben. Im Sommer 1988 hatte er sich in Ponta Delgada niedergelassen und sich gesagt: »Das ist meine Stadt.« Seitdem war er nur als Besucher in Lissabon gewesen, als jemand, der den Flughafen kannte und wusste, welchen Weg er einschlagen musste. Natürlich hatte er seine ganz eigene Route, eine Reihe von Bars, Restaurants, Läden und Buchhandlungen, an die er von Zeit zu Zeit zurückdachte – aber diese Erinnerung beglückte ihn nicht und würde ihn nicht zur Rückkehr bewegen, und er war dankbar, dass Isabel São Miguel nicht verlassen wollte.

Beim ersten Abendessen mit Jaime Ramos, bei dem sie eigentlich zu zweit sein wollten, um ihr Wiedersehen zu genießen und sich zum ersten Mal wieder ausführlich zu unterhalten, waren dann allerdings Meireles und Isaltino de Jesus zugegen.

»Inspektor«, sagte Isaltino, der ihn am Flughafen abholte.

»Isaltino«, erwiderte er. Er erkannte den vorzeitig gealterten Mann wieder, der ihn als Inspektor ansprach, eine vorschnelle Beförderung. Er hatte ihn vor einigen Jahren in Porto kennen gelernt, als er und Jaime Ramos im Winter 1991 in einem ersten Fall im Fußballmilieu zusammenarbeiteten, und schon damals war Isaltino mit seinen dreißig Jahren ihm wie ein alter Mann erschienen, faltenlos, aber an verschiedenen Krankheiten leidend, über die er nicht gern sprach: ein Magengeschwür, eine chronische Erkältung, die ihn jeden Oktober heimsuchte und erst mit der ersten Aprilwärme verschwand. Er wirkte wie ein stiller, respektvoller Beobachter, ein ordnungsliebender Mann, dessen Disziplin im Widerspruch zu den Anforderungen seines Berufes stand.

»Gut, dass du da bist.«

Jaime Ramos begrüßte ihn immer auf dieselbe Weise und mit demselben Satz. Gut, dass du da bist. Erst später, beim Abendessen, übergab Filipe Castanheira Jaime Ramos das Päckchen mit den zwei üblichen Kisten Beldinas, dazu eine Kiste Ilhéus und eine Coroa Real. Meireles, der darauf bestanden hatte, früh schlafen zu gehen, war nur beim Abendessen dabei und ließ sich von Filipe einen Lebenslauf berichten, der ihn nie wirklich interessiert hatte, den von Paulo Viveiros Costa, und seine Begegnung mit Elena Carreter, zwei seiner Leichen.

Später saßen sich Jaime Ramos und Filipe Castanheira gegenüber und zündeten sich schweigend ihre Zigarren an. Das Kistchen bescheidener Beldinas, die Coronas von den Azoren, eingewickelt in ein Stück Papier mit schwarzem Grund, öffnete sich mit einem leisen Plopp, bereit für das erste Opfer.

»Dieses Jahr hat es zu viel geregnet. Die neuen Zigarren sind nicht besonders gut.«

»Wie ist das Haus in Faial da Terra?«, fragte Jaime Ramos.

»Klein. Zwei Zimmer, Küche, Bad, ein Obstgarten mit Zitronenbäumen, einem Orangenbaum, Bananenstauden, einem Mispelbaum und viel Schatten an sonnigen Tagen. Wenn ich es entdeckt hätte, hätte ich es im Sommer für dich und Rosa gemietet. Das Dorf ist auch klein. Die Zeitungen kommen mit zwei Tagen Verspätung an und nur, wenn man sie vorher bestellt. Es gibt zwei Gemischtwarenläden, zwei Cafés, die sich gegenseitig Konkurrenz machen. Und Häuser von Leuten aus Ponta Delgada, die am Wochenende vorbeikommen, um ihren Garten zu pflegen, zu lüften und im Hinterhof zu kochen. Aber das Beste am Haus ist das Bett, denn jedes Haus muss einen Mittelpunkt haben, und der Mittelpunkt dieses Hauses war das Bett, so breit wie der Strand von Água d'Alto. Und Rosa?«

»In Porto. Alles ist in Porto, nur ich bin hier. Aber ich verstehe das nicht. Was du Meireles erzählt hast, stimmt, und ich wusste es schon. Doch da ist noch etwas.«

»Ja, noch ein bisschen was. Die Freundin von dem Typen hat von der Affäre erfahren. Zwei Tage nachdem die Mexikanerin nach Boston abgereist ist, ist seine Freundin nach Ponta Delgada zurückgekehrt.«

»Sie hat alles herausgefunden, das ist es, was uns interessiert. Man kann eine Mexikanerin nicht lange verstecken«, murmelte Jaime Ramos.

»Da ist noch eine andere Kleinigkeit«, bemerkte Filipe Castanheira lächelnd und hob den Zeigefinger. »Ich wollte das erledigen, wie es sich gehört, aber dazu war keine Zeit, und ich habe keine offizielle Ermächtigung von euch, die Angelegenheit zu bearbeiten. Und deshalb habe ich einen Mann in Faial da Terra, der dieses Haus beobachtet. Eine Art Freund. Ich weiß aber schon, was dort los ist. Ich war dort. Als du mir die Geschichte mit den Stempeln in den Pässen erzählt hast, habe ich die Hotels überprüfen lassen, die Ausländerbehörde und eben dieses Haus. Und tatsächlich hat sich alles bestätigt. Aber da war noch etwas. Es war eine Eingebung: Dein Ozeanologe ist das letzte Mal nicht allein nach Mexiko gefahren. Er hat seine Verlobte mitgenommen, wie mein Chef sagen würde. ›Verlobte‹ ist ein Ausdruck, der in São Miguel noch benutzt wird, wenn auch mit leicht despektierlichem Unterton. Ich habe es an der Uni und bei den Eltern des Typen überprüft, und da habe ich dann ein Gruppenfoto entdeckt: Paulo Viveiros Costa, Sílvia Amaral, andere Leute und deine Elena Carreter. Und es hat sich alles bestätigt. Das heißt, die Mexikanerin war dort keine Unbekannte. Nur dass er und Sílvia Amaral letztes Jahr im Frühsommer Schluss gemacht haben, es gibt Leute, die behaupten, dass diese Reise aufs Festland eine Trauerreise war, wenn man das so nennen kann, denn Trauer steht dieser Frau nicht besonders gut an. Sie ist nicht ohne.«

»Ich verstehe. Wie auch immer.«

Eine handliche Frau, dachte Filipe Castanheira, eine handliche Frau, die aus Träumen verschwand und dann wie ein Albtraum wiederkehrte, die auf das Bett in Faial da Terra gestützten Hände, der Körper, der sich über Paulo Viveiros Costa auf und ab bewegte, die halb geschlossenen oder nur halb geöffneten Augen, der Gesang, eine eintönige Melodie in einer unbekannten, ungewöhnlichen Sprache wie eine Musik, die Erinnerungen an den Sommer des Vorjahres weckte, an das Licht in der lang gestreckten Bucht am Ende des Dorfes, wie ein Sturmwind, die langen, in die Laken verwickelten Beine von Sílvia Amaral, die freien Hände, die eine Choreographie erfanden, die über ihrem Kopf schwebte wie der zweite Haarschopf eines zweiten Körpers.

»Wie auch immer«, wiederholte Jaime Ramos und dachte, dass dies tatsächlich eine Sommergeschichte war und nicht eine Geschichte aus diesem Frühling, in dem die Toten vom Grund der Gewässer, der Meere, der Seen, der Flüsse, der stillen, künstlichen Dämme des Ozeanariums auftauchten, ein treibender Körper, der schließlich vor den Augen von Elena Carreter und nicht vor denen von Sílvia Amaral aus dem Wasser gezogen wurde.

»Und die andere tote Frau.«

»Das ist im Moment noch eine andere Geschichte.«

JA, JAIME RAMOS WUSSTE, dass das eine andere Geschichte war, und wenn er in den Gesprächen auf dem Flur den Namen Rosa de Almeida Mendes vernahm, in den Sitzungen der Arbeitsgruppen, den Verhören, den auf schweren Maschinen, deren Lärm ihn häufig nachmittags aufgeschreckt hatte, schlecht getippten Berichten – wenn er also den Namen Rosa de Almeida Mendes hörte, wusste er, dass er die Nachforschungen behinderte. Eine eindeutige Verzögerungstaktik. Von den drei Körpern, die auf dem Expogelände geborgen worden waren, war es die einsam in den farblosen Schlammresten liegende weibliche Leiche, die am ehesten das Bedürfnis in ihm weckte,

abzureisen, zu Fuß, immer zu Fuß das perfekte Straßennetz der Expo zu durchqueren, an einem sonnigen, heißen Nachmittag, dessen Hitze sich schon früh, im ersten Morgengrauen, bemerkbar macht, an den Muscheln der Gebäude vorbeizugehen, den verpflanzten Palmen, den schattigen Wänden, den weiten Pavillons, den bunten Flaggen, und den Gare do Oriente zu betreten, um nicht mehr ins Hotelzimmer zurückzukehren. Um nie mehr zurückzukehren. Und um zu wissen, dass er nie mehr zu jenem Morgenlicht im Spätmai zurückkehren würde, zur Stimme des Vertreters Kirgisiens, der sich kaum von seinem Schrecken erholt hatte, zur Sanftmut im Blick von Isaltino de Jesus, der ihn behandelte wie ein Kind, das seine Hausaufgaben machen muss, um sie anschließend in der Schule vorzuzeigen, das aber seine Hausaufgaben nicht machen will, weil es nicht vorhat, am nächsten Tag in die Schule zurückzukehren.
Aber dies sagte er nur im Stillen zu sich selbst, und außer ihm wusste nur Isaltino Bescheid, als könne dieser aus seinem Schweigen mehr herauslesen als den verständigen Blick des Polizisten, der vorsorglich versetzt worden war, weil er gern die Messerstecher von Famalicão zusammenschlug, die billige, gepanschte Drogen in der Umgebung von Santo Tirso, Felgueiras oder Guimarães verkauften. Er wusste, dass es eine andere Geschichte war, hatte es vom ersten Augenblick an gewusst, seit der ersten Seite des Berichts, in dem die Lissabonner Ärzte in ihrem eigentümlichen Stil das Wesentliche festgehalten hatten, das Wenige, was vom Leben einer Leiche übrig blieb, die Bahn der Kugel – des tödlichen Geschosses, hatte der Arzt hinzugefügt und ihn dabei mit fachmännischem Blick

angesehen –, die ungefähre Uhrzeit. Die Fachausdrücke faszinierten ihn nach wie vor, der Hinweis auf das schwer zu quantifizierende Hämomediastinum, die nicht-offene Fraktur des Manubriums im mittleren Drittel, den zerschmetterten Dornfortsatz von Th 8, die Perforation der Herzkammerscheidewand oder die Hemisektion des Rückenmarks.

»Sehen Sie«, versuchte ihm der Arzt zu erklären.

»Ich bin kein Literaturkritiker, aber das habe ich verstanden.«

Die beiden verstummten, und Inspektor Jaime Ramos dachte bei sich an den sonnigen Nachmittag, an dem er die Expo ihrem Schicksal überlassen würde, um seinem eigenen Schicksal folgen zu können, an dem er ins Hotel gehen, sein Gepäck holen, zum letzten Mal ein Taxi nehmen würde. Er sah den Arzt an und bat ihn, zwei Schritte zurückzutreten, sodass sie neben einer halb offenen Tür standen, die auf ein weiß gekacheltes Atrium hinausging.

»Sie trug keine Unterwäsche.«

»Sieht ganz so aus, als hätte sie noch mal gevögelt, bevor sie erschossen wurde.«

»Das ist vielleicht nicht der passende Ausdruck, aber es könnte stimmen.«

»Ich kenne die passenden Ausdrücke«, erinnerte ihn der Inspektor, der inzwischen in die Mitte des Raumes zurückgekehrt war und die Fotos, auf denen zu erkennen war, wie der Körper von Rosa de Almeida Mendes einmal ausgesehen haben mochte, von einer Hand in die andere gleiten ließ. »Aber das Entscheidende ist, Doktor, dass irgendjemand auf der Expo noch mal gevögelt hat, bevor er die Kleine getötet hat. Und in diesem Fall hängt das eine mit dem anderen zusammen. Wer das eine getan hat, hat gleich darauf auch das andere getan. Und ich wüsste zu gern, wer das war.«

»Da es so eilig ist, kann ich Ihnen einen mündlichen Bericht geben.«

»Damit ist mir schon gedient, wenn Sie innerhalb einer Woche den schriftlichen Teil erledigen.«

Der andere steckte die Hand in den Kittel und fischte ein Päckchen mit Mentholpastillen hervor. Er schob eine in den Mund und lächelte, während er die Brille absetzte und die Fotos an sich nahm, die der Polizist auf den Tisch gelegt hatte. Jaime Ramos war beeindruckt darüber, wie viel manche Leute gleichzeitig tun konnten.

»Angst vor der Konkurrenz?«

»Meine Arbeitsmethode.«

»Hoffen Sie etwa auf eine Medaille?«

»Nein. Aber ich möchte hier auf meine Weise vorgehen können. Es gibt schon genug Tote.«

»Jeden Tag tauchen mehr und mehr auf, Inspektor. Ich habe eine richtige Liste, länger als Ihre. Übrigens ist das leicht zu sehen: Spermareste, sogar auf der Wäsche, das heißt, auf der Hose. Fremde Schamhaare, wir werden schon sehen, von wem die stammen könnten. Es handelte sich um einen, sagen wir mal, normalen Geschlechtsverkehr, wenn Sie verstehen, was ich meine. Leichte Abschürfungen am Rücken und an den Knien, nichts Besonderes.«

»Wie lange vor ihrem Tod?«

»Das ist so schwer zu sagen.«

Aber er wühlte erneut in den Papieren und kaute auf der Mentholpastille in seinem Mund herum, bis sie sich völlig aufgelöst hatte.

»Wir müssen den gesamten Körper untersuchen, so ist das nun mal, vor allem, wenn Sie eine Spezialanalyse wollen.«

»Mir reicht das Wichtigste.«

»Es gibt Spermaspuren auf der Brust und an der rechten Hand. Das T-Shirt hat ebenfalls Flecken, aber das geht mich nichts an. Eine Narbe, etwa sechs Jahre alt, auf dem Oberschenkel. Das wird Ihnen nicht viel nutzen, aber Sie haben nach Sex gefragt, und ich habe Ihnen gesagt, was passiert ist. Der Rest kommt schriftlich. Sie haben anderthalb Tage Vorsprung, das ist schon etwas. Und Sie wissen auch schon, dass sich alles hier in der Nähe zugetragen hat, wahrscheinlich in dem Garten da oben. Das sieht man an der Erde.«

Das sieht man. Man sieht es, wenn man sich nur umschaut, und Jaime Ramos war wie ein gewöhnlicher Polizeibeamter vorgegangen. Gegen Ende der Nacht war er in den Garten von Cabeço das Rolas hinaufgestiegen und hatte darauf gewartet, dass die hellen Lichter jener Stadt mit ihren unwirklichen, gewaltigen Gebäuden einen Moment zur Ruhe kamen, damit er auf der Mauer Platz nehmen und geradeaus auf den Fluss blicken konnte. Es war ein Anblick wie jeder andere gegen drei Uhr morgens.

»Um diese Zeit ruht die Expo.«

Jaime Ramos stimmte zu und sah der Angestellten, die ihm über den Tisch hinweg einen Plan entgegenstreckte, in die Augen.

»Jetzt beginnt das große nächtliche Aufräumen«, fügte sie hinzu und zeigte auf die Straßen, wo die ersten Müllwagen auf das Gelände fuhren und den Abfall aufsammelten. Sie warfen bewegte Schatten, die sich mit präzisen Bewegungen rund um die am Flussufer gelegenen Restaurants verteilten, während andere, ihre Zwillingsbrüder, die weißen Pavillons umkreisten.

»Aber die Expo schläft nie. Es ist immer jemand unterwegs zu irgendeinem Schichtwechsel. Es darf keine Pause geben. Wenn am späten Vormittag die Journalisten eintreffen, muss alles vorbereitet sein. Die Besucher kommen noch früher, um zehn.«

»Und die Gärten, ist jemand für die Gärten zuständig?«

»Nachts? Wenn irgendwelche Aufräumarbeiten zu erledigen sind, ja, ansonsten nicht. Aber Sie haben ja schon die Nachtaufnahmen der Überwachungskameras gesehen. Das Video zerstreut alle Zweifel, oder? Es gibt eine Kamera hier«, und sie deutete auf einen Punkt auf dem Plan, »und eine weitere hier«, der Finger erhob sich vom vorherigen Punkt und ließ sich auf einem anderen nieder. »Und dann noch zwei hier. Damit ist praktisch das ganze Gelände erfasst.«

»Aber nicht der Garten.«

»Im Garten ist es ruhig. Im Garten sollte es ruhig sein. Man könnte sagen, dass die Videokameras für die bebauten Bereiche vorgesehen sind, die Durchgangsbereiche, wo es zu Diebstählen, Unfällen oder sogar Verkehrsproblemen kommen könnte.«

Nicht die Gärten. Rosa de Almeida Mendes war vor der Indiskretion des Überwachungssystems sicher, das genauestens überprüft worden war. Und wenn während der Nacht keine außergewöhnliche Bewegung in der Nähe der Pavillons aufgezeichnet worden war, unter denen sich der bescheidene Stand Kirgisiens befand, konnte eine Leiche an genau jener Stelle, an der sehr wohl alle Bewegungen auf Video aufgezeichnet wurden, nur abgelegt werden, wenn derjenige, der den Körper der Landschaftsarchitektin dorthin geschleppt hatte, nicht nur den Garten bestens kannte, sondern auch regelmäßig die Straßen rund um die Stände abging, die zum Pavillon der Utopie, zum Ozeanarium und von dort aus zum portugiesischen Pavillon oder zu dem Gebäude führten, in dem die Fernsehsender und die Presse untergebracht waren. Dieser Bau ragte wie ein Garant für Organisation und Methodik auf, war Vorbild für die gesamte Expo und Symbol für den neuen portugiesischen Geist, sauber, wissenschaftlich, weiß, mit Linien, die so klar definiert waren wie jener Nachmittag, den Jaime Ramos herbeisehnte und der ihm verkünden würde, dass es Zeit war, nach Hause zurückzukehren. Und genau betrachtet, dachte der Inspektor, war das oberste Stockwerk des Gebäudes der ideale Ort, um das gesamte Gelände zu überwachen, so wie die Presse die Welt überwachen würde, könnte sie am Fenster stehen.

AUF SEINEM WEG ZUM BAHNHOF hatte Jaime Ramos Straßen überquert, in denen erst kürzlich verpflanzte Bäume eine kritische Phase ihres Daseins als Zeugen der Expo durchlebten, unentschlossen, ob sie weiterexistieren oder unter der Sonne der letzten Tage und der Misshandlung durch den Staub eingehen sollten. Die Tatsache, dass das riesige Hotel und ein zukünftiges Einkaufszentrum still dalagen und für das Publikum bis zum Ende der Weltausstellung geschlossen waren, bedeutete an sich schon das Versprechen einer Zukunft in den nächsten Jahren – denn eines Tages würden sie ihre Pforten ja schließlich öffnen müssen. Er erfreute sich am Anblick von Rolltreppen, die außer Betrieb waren, und kaputten Türen in der Bahnhofshalle, an denen Schilder hingen, die um Entschuldigung für die Unannehmlichkeiten baten und versprachen, alles schnell, so schnell wie möglich zu beheben. Auch diese Türen werden sich öffnen, die Rolltreppen werden rollen, Millionen werden diese Treppen benutzen, dürstend nach Wissenschaft, nach virtuellen Ozeanen und den Beweisen für die Existenz eines nur allzu menschlichen Gottes, der über die Erhaltung des Lebens, der Jahreszeiten, des Himmels über der Wüste, des Straßenstaubs und des recycelten Mülls wacht, aus dem Papier, Plastik und wichtige Düngemittel gewonnen werden, denn in den Tiefen des Abfalls muss eine Verheißung von Leben und Wiedergewinnung schlummern, und die Ozeane werden sauber sein, in ihnen werden sich die Fische in blauen, kalten Gewässern tummeln, im warmen Wasser des tropischen Indischen Ozeans oder dem dunklen Wasser der fernen Arktis oder der abgelegenen Antarktis, wo das leise Geschnatter der Pinguine erklingt und die Rufe der Walrosse vor nahen Eisbergen, beinahe unsichtbaren Löchern im Eis und zum Himmel gerichteten, schneidenden Spiegeln warnen, die das graue Licht der südlichen Meere reflektieren.

Aber Jaime Ramos war nicht nach philosophischen Betrachtungen zumute. Das Ende seiner Verbannung rückte näher, und der Inspektor träumte von dem Tag, an dem er am Bahnhof von Campanhã aussteigen konnte, mit seinem Koffer und der Tasche voller Zeitungen. Dann würde er die Straße hinaufgehen, die zur nahe gelegenen Rua Barão de Nova Sintra führte, zu seiner Wohnung, die fast einen Monat lang verschlossen gewesen war, ein Monat, in dem er außerhalb genächtigt hatte, ein Monat im Mittelpunkt der Welt.

»Sie haben aber wirklich was gegen die Weltausstellung, Chef«, hatte Isaltino de Jesus gemurmelt, als er Jaime Ramos die kleine Mappe überreichte, in der dieser Papiere, unwichtige Unterlagen und die Zeitungen vom Vortag verwahrte. »Warum mögen Sie bloß die Expo nicht?«

»Es gibt fast nichts, was ich mag, Isaltino. Früher oder später wird dies einfach nur ein weiteres Stadtviertel von Lissabon sein. Das Einkaufszentrum wird eröffnet, und am Wochenende kommt alle Welt hierher, um das Ozeanarium und die Spiele im Pavillon oder die Ausstellungen auf dem Messegelände zu sehen. Das hier ist nur ein Stadtviertel, Isaltino, ein weiß gestrichenes Stadtviertel, das verdrecken wird. Und es wird ein ebenso dreckiges Viertel werden wie die anderen, voller Schlamm und Papiermüll auf dem Boden, mit Überfällen an den Straßenecken und Drogenabhängigen am Flussufer. Ich will hier weg, bevor das passiert. Bei uns gibt es wenigstens schon dreckige Viertel, Drogenabhängige und Überfälle an den Straßenecken. Da haben wir eine Menge gespart.«

»Ihnen geht's nicht gut, Chef.«

»Ich bin übermüdet. Schick mir den Typen nachts da rauf.«

»Nachts?«

»Nachts kann ich sie besser leiden«, entgegnete Jaime Ramos und dachte an das rechteckige, von Fernseh- und Radioübertragungswagen umgebene Gebäude, über dessen Eingang »Centro de Comunicação Social, Press Center, Centro de Prensa« stand.

Der Mann war verängstigt, das spürte Jaime Ramos vom ersten Augenblick an.

»Von hier ist der Cabeço das Rolas gut zu sehen. Er liegt gleich gegenüber.«

»Stimmt. Wir haben dort ein Tuch gefunden, das Ihnen gehört. Ein blaurotes Tuch, sieht aus wie die Fahne vom FC Barcelona. Na ja, eigentlich war es nicht dort.«

»Das Tuch? Es könnte meines sein. Aber es könnte auch fünfhundert anderen Journalisten gehören, die dort vorbeigehen.«

»Aber Sie sind von hier und arbeiten, wenn mich nicht alles täuscht, seit Januar in diesem Gebäude. Es ist wahrscheinlicher, dass das Tuch Ihnen gehört«, beharrte der Inspektor und deutete auf den Stapel blauroter Tücher im Schrank am Ende des Raumes. »Und Sie haben das tote Mädchen gekannt. Wir finden eben alles raus.«

»Ja, ich habe sie gekannt«, sagte der Mann, der ein Plastikkärtchen mit seinem Namen um den Hals hängen hatte. »Und wie kommt es, dass Sie alles herausfinden?«

»Weil auf der Expo ziemlich viel gevögelt wird und es immer jemanden gibt, der weiß, wer's mit wem treibt. Sie hatten was mit Rosa de Almeida Mendes, der Architektin.«

»Was soll das heißen, ich hatte was mit ihr … Das stimmt nicht. Ein Tag ist nicht das ganze Leben.«

»Schon möglich. In der Nacht, in der sie ermordet wurde, hatten Sie in diesem Raum Dienst.«

Manuel Luzes – das war der Name, der auf dem Schild stand – hob für einen Moment den Zeigefinger, als wolle er den Polizisten zum Schweigen bringen. Dann jedoch ließ er den Finger kraftlos wieder sinken und lockerte mit der anderen Hand den Knoten seiner Krawatte. Er sah den Mann mit der blauen Gabardinejacke an, der seine gerade erloschene Zigarre wieder anzündete, und nickte:

»Ich war die ganze Nacht hier. Ich habe ein Stück fertig gestellt.«

»Ein Stück?«

»Fürs Fernsehen. Eine Reportage über die Pinguine im Ozeanarium und die Fütterung der Robben. Sieben Kilo Fisch und Meeresfrüchte pro Tag. Was für ein Luxus. Aber ich verstehe nicht, was Sie meinen.«

»Ich meine, dass man von diesem Fenster, genau diesem hier, bei Tag und Nacht den besten Blick auf den Cabeço das Rolas hat. Wenn Sie hier sitzen und in diese Richtung schauen, sehen Sie genau die Stelle, wo sie ermordet worden sein könnte.«

»Ich war die ganze Nacht hier allein.«

»Das ist es ja«, zischte Jaime Ramos Manuel Luzes ins Ohr, »Sie waren allein. Und es sieht ganz so aus, als sei auch Rosa de Almeida Mendes in jener Nacht allein gewesen, ganz hier in der Nähe. Aber im Gegensatz zu ihr sind Sie morgens nach Hause gegangen und haben sich schlafen gelegt, nachdem Sie die Pinguine und die Robben erledigt hatten.«

»Das weiß ich alles. Aber was Sie da sagen, ist eine Anschuldigung.«

Jaime Ramos zündete seine Beldina erneut an. Er blies den ersten Rauch in Richtung der niedrigen Decke und streifte die verkohlte Spitze im Aschenbecher auf Manuel Luzes' Schreibtisch ab.

»Hören Sie mal. Alle Leute in diesem Teil des Raumes wussten, dass Sie und die Architektin eine Affäre hatten. Ich habe es erst heute Morgen erfahren und war nicht weiter verwundert.«

»Inspektor. Sie sind doch Inspektor, oder? Inspektor«, rief

sein Gegenüber und breitete die Arme aus, ergeben in sein Schicksal, beim Rest des Büros als der Mann bekannt zu sein, der etwas mit der Architektin hatte. »Ich leugne ja gar nicht, dass da was zwischen uns gelaufen ist. Es hätte genauso gut eine andere sein können, aber es war sie. Sie war hier, und ich war hier. Sie hat sich um die Bäume und die Gärten gekümmert, und ich habe die Bäume und die Gärten gefilmt, wir sind uns in den Restaurants in der Umgebung begegnet, als das alles hier noch voller Schlamm und schwarzer Bauarbeiter war. Es war eine langweilige Zeit. Überall Staub, und wir haben unsere Schreibtische aufgebaut, die Kabel verlegt, die Schubladen eingeräumt und so weiter. Das war's. Es war ganz nett, in all dem Chaos. Einmal ist es passiert. Und dann noch mal, und dann war es schon ein echtes Laster.«

»Ein Laster?»

»Eine Gewohnheit. Sehen Sie mal, im März zum Beispiel gab es nicht einen Tag, an dem es nicht passiert ist. Hier gab es viele Frauen, aber sie hatte so ein gewisses Etwas. Es hat ihr gefallen, sie ist mir sogar nachgelaufen.«

»Das können Sie mir später erzählen. Haben Sie sie umgebracht, ja oder nein?«

»Nein. Sie hat mich umgebracht. Jeden Tag, Inspektor. So einen März habe ich noch nie erlebt. Der Frühling kam früher.«

Mit einer Handbewegung brachte Jaime Ramos ihn zum Schweigen.

»Das können Sie mir später erzählen«, sagte er dann und wandte ihm den Rücken zu, weil er es nicht leiden konnte, wenn andere ihm über ihre Abenteuer berichteten, nachdem sie vorbei waren.

Erst jetzt bemerkte er den bärtigen, hemdsärmeligen Mann mit Brille, der direkt vor ihm stand und über seine Krawatte strich.

»Ich bitte vielmals um Entschuldigung«, sagte der Mann und streckte ihm ein ledernes Zigarrenetui entgegen. »Ich bin Azorer. Aus Terceira, aber jedenfalls Azorer, und ich habe gesehen, dass Sie eine Zigarre von den Azoren rauchen. Das ist eigentlich ganz unwichtig, aber mich hat das Heimweh gepackt, und das kommt selten vor. Hier haben Sie eine Montecristo. Nehmen Sie den Tausch an? Eine Montecristo für eine Beldina?«

Der Inspektor lächelte und steckte die Hand in die Tasche.

»Als ich meinen ersten Farbfernseher gekauft habe, waren Sie Nachrichtensprecher.«

»Damals habe ich noch keine Zigarren geraucht.«

»Aber jetzt sehen Sie besser aus«, sagte Jaime Ramos, nahm die Montecristo entgegen und überreichte dem Fernsehmann in einem Anflug von Großzügigkeit zwei Beldinas aus seinem Zigarrenetui.

»EHRLICH GESAGT HABE ICH SIE KENNEN GELERNT, weil sie unter den ganzen Leuten hier die einzige Raucherin war. Einmal habe ich sie um Feuer gebeten, und dann habe ich sie den ganzen restlichen Abend angesehen. Das war nämlich abends. Natürlich geht diese ganze Sache Sie nichts an, Inspektor, aber ich muss wirklich von Anfang an erzählen, und der Anfang war jener Abend zwischen all den Kisten, die wir ausgepackt haben. Das war im Februar, wenn mich nicht alles täuscht. Von Februar bis heute, ich könnte ein Buch über die ganze Geschichte schreiben.«

»Das ist nicht nötig.«
»Kommt drauf an, was für eine Art Literatur es wäre.«
»Ich habe schon genug zu lesen, das reicht für Sie und für mich.«
»Dann werden Sie wissen, dass mein Fall nicht neu ist. Überhaupt nicht. Im Gegenteil, es ist, als wäre es ein Roman oder einer von diesen amerikanischen Filmen, die immer im Fernsehen laufen. Wissen Sie, wie so ein Wahnsinn zustande kommt?«
»Keine Ahnung«, entgegnete Jaime Ramos. »Ich bin ein alter Mann, Senhor Luzes. Ich brauche weder Literatur noch Wahnsinn, um zu wissen, dass Sie sich mit einer Frau eingelassen haben, die Ihnen haushoch überlegen war. Und Sie waren mit der Situation komplett überfordert. Ich habe schon viele solcher Fälle gesehen, und erst dann habe ich in den Büchern darüber gelesen. Erst danach. Und einige von ihnen habe ich in keinem Buch gefunden, obwohl ich durchaus Bücher lese, wenn ich sie zu Weihnachten geschenkt bekomme.«
»Romane?«
»Ist für mich alles dasselbe, das ist mein Problem.«
Der Inspektor zeigte ihm eine Mappe aus vergilbtem Karton, die von ausgeleierten Gummibändern zusammengehalten wurde:
»Sie sind verheiratet, Senhor Luzes, und diese Dinge passieren nur verheirateten Männern. Sie sind zwanzig Jahre im Geschäft, das heißt, Sie arbeiten seit zwanzig Jahren beim Fernsehen, fast die ganze Zeit auf dem gleichen Posten, und Sie haben fast die ganze Zeit das Gleiche verdient. Sie übernehmen hier und da einen kleineren Job bei Firmen, die fürs Fernsehen arbeiten. Unter uns gesagt, ich

habe herausgefunden, dass Sie hier und da fremdgehen, wenn sich die Gelegenheit ergibt und das Wetter mitspielt. Ich sage das natürlich nur so dahin, denn mit dem Fall hat es ja eigentlich nichts zu tun. Wissen Sie, warum Sie auf der Expo sind?«

»Typen wie ich arbeiten nicht auf der Expo, weil sie besonders gut sind.«

»Wie sind denn Typen wie Sie?«

»Schlecht bezahlt, immer hinter ein paar Überstunden oder der Möglichkeit her, befördert zu werden.«

»Sie sprechen mir aus der Seele. Typen wie Sie stehen immer am Rand des Abgrunds.«

»Ich bin nicht hierher gekommen, um mir eine Gardinenpredigt anzuhören.«

»Alle kommen, Senhor Luzes. Früher oder später kommen alle. Wer hat nicht schon mal einen kleinen Ausrutscher gehabt? Wie zum Beispiel diese Fotos von Ihrer Architektenfreundin, die uns in die Hände gefallen sind.«

Der Polizist zog die Fotos aus der Mappe und hielt sie ihm hin, aber der andere stieß sie mit der rechten Hand beiseite:

»Ich kenne sie schon.«

»Das weiß ich. Haben Sie sie gemacht?«

»Ja.«

»Ausgezeichnete Arbeit. Für jemanden, der kein Profifotograf ist, ist das eine ausgezeichnete Arbeit.«

»Fotos sind ein Hobby von mir. Zum Spaß, nur zum Spaß.«

»Ich verstehe. Fotos in großem Stil.«

»Was haben Sie noch in Ihrer Mappe?«

»Nichts Besonderes. Dinge, die unser Hobby sind, Senhor

Luzes. Eine Videokassette aus dem Überwachungssystem der Expo, der Film stammt aus einer Kamera direkt vor Ihrem Fenster, da drüben im Pressegebäude. Ihre berufliche Laufbahn, strikt beruflich. Einige Informationen über Ihre berufliche Laufbahn außerhalb des Fernsehens. Einen Bankauszug von Ihrem Konto. Proben eines blauroten Tuchs.«

»Irgendein blaurotes Tuch. Es gibt viele blaurote Tücher.«

»Ich weiß. Aber keines wie dieses. Auf diesem sind Schlammflecken, ein Blutfleck und zwei oder drei Haare, die Ihrer Architektenfreundin gehören.«

»Sie sprechen von ihr, als würden wir ihr am Ende des Ganges über den Weg laufen, wenn wir hier rausgehen.«

»Sozusagen. Wenn wir hier rausgingen. Aber tatsächlich werden wir hier noch lange nicht rausgehen, und dieses blaurote Tuch, das der Fahne des FC Barcelona so ähnlich sieht, ist, wenn Sie erlauben, genau das Gleiche wie das hier auf den Fotos hinter Ihrer Freundin. Auf den Fotos, die Sie gemacht haben. In großem Stil, wenn Sie mir die Wiederholung gestatten.«

»Und wie sind Sie an die Fotos gekommen?«

»Auf dem einfachsten Weg, Senhor Luzes: Heute Nachmittag haben Sie fast den gesamten Inhalt Ihres Schreibtischs ausgeräumt. Mein Kollege Isaltino, der da drüben sitzt, hat das alles aus einigen Metern Entfernung beobachtet, allerdings von einem Bildschirm im anderen Gebäude aus. Direkt vor Ihrem Fenster befindet sich eine Kamera, das Einzige, was wir tun mussten, war, die Kamera auf Sie zu richten. Dann ist er selbst rübergekommen. Ich weiß, dass wir keine Erlaubnis Ihrerseits hatten, in Ihren persönlichen Sachen zu wühlen, aber es waren ja auch besondere

Umstände. Wie man auf dem Bildschirm sehen konnte, waren Sie besonders an diesem Päckchen interessiert, das Sie unter anderen Umschlägen, Videohüllen und so weiter aufbewahrten, ohne dass wir wussten, um was es sich handelt. Man könnte sagen, es gibt da wohl eine gewisse Vermengung Ihrer Arbeit mit Ihrem Vergnügen. Wenn Sie gestatten.«

Jaime Ramos öffnete eine Schublade und wandte zum ersten Mal den Blick von dem Mann, der ihm gegenübersaß. Er liebte diese Zigarren und entschied sich nur selten für sie: Die mexikanischen Coronas besaßen genau die richtige Länge, wenn man mitten im Gespräch war, weckten in ihm die Erinnerung an glückliche Augenblicke und brachten ihm sogar eine gewisse Ruhe, die im Gegensatz zu der mäßigen Qualität der Zigarren stand. Er zeigte nur selten die Schachtel mit den Te-Amo. Schamhaft versteckte er sie in den Schubladen, die er nur selten öffnete, unter nutzlosen Papieren, die er fast nie durchlas.

»Ich hätte sie glatt geheiratet«, sagte Manuel Luzes plötzlich.

»Sie sind doch schon verheiratet.«

»Ich hätte eben noch mal geheiratet.«

»Das dachte ich mir schon. Und warum hätten Sie sie geheiratet?«

»Genau genommen, weil mein Leben sich verändert hat, seit ich sie kannte. Sie hat mir Walt Whitman zu lesen gegeben. Verstehen Sie das?«

Jaime Ramos ließ die mexikanische Double Corona sinken, die er liebkost hatte, und sah seinem Gegenüber in die Augen, betrachtete seine kindische Abwesenheit, die auf dem Tisch liegenden Hände, wie ein Raubtier, das es überdrüssig ist, seine Beute zu belauern:

»Alles hat seine Grenzen«, seufzte er und fuhr dann mit harter Stimme fort: »Aber ich wusste gleich, dass Sie einer von denen sind. Sie hat Ihnen also diesen Typen zu lesen gegeben. Und Sie denken, das genügt.«

»Walt Whitman ist nicht irgendjemand.«

»Und wenn schon, ich kenne ihn nicht. Aber es gibt da etwas, was mich an Ihrer Romanze mit der Architektin noch viel mehr interessiert, Freund Luzes, auch wenn es mit der ganzen Angelegenheit eigentlich nichts zu tun hat. Zünden Sie sich ruhig eine Zigarette an und hören Sie mir zu: Im April hat eine Firma, für die Sie arbeiten, die Prevídeo, einen Vertrag mit einer anderen Firma unterzeichnet, die auf der Expo vertreten ist, eine Firma mit einem mexikanischen Namen, der auf ›mex‹ endet. Sagen wir mal, Promex. Diese Firma hat den Auftrag erteilt, den Meeresgrund zu filmen, falls die Satellitenübertragung im mexikanischen Pavillon ausfallen sollte. Anders ausgedrückt: Sie erhalten ständig Bilder vom Meeresgrund vor Mexiko, aber sollte etwas schief gehen, würden sie einfach eine von Prevídeo hergestellte Videokassette zeigen. Das war ein ausgesprochen attraktiver Vertrag, wenn Sie verstehen, was ich meine, denn diese mexikanische Firma war von der mexikanischen Regierung beauftragt worden, sie zahlte gut, und es bestand immerhin die Möglichkeit, dass auch Sie gut bezahlt würden, wenn Sie die Arbeit annähmen. Das Problem war nicht, an die Bilder zu kommen, das war einfach. Mir scheint, Freund Luzes, die Frage war vielmehr der, sagen wir mal, richtige Schnitt der Bilder. Ihre Firma nimmt also den Job an, stellt Ihnen einen Scheck aus, mit dem Ihr Jahresurlaub gesichert ist, und zwei Leute fliegen auf die Azoren, um dort den Meeresgrund zu filmen. Nun frage ich mich: Warum nur fliegen Sie zum Filmen auf die Azoren, wenn Sie doch Bilder aus Mexiko anbringen sollten? Und ich wage gar nicht zu fragen, warum ausgerechnet Sie auf die Azoren geflogen sind.«

Stille breitete sich aus in dem Raum, in dem sich Jaime Ramos, Manuel Luzes und zwei weitere Männer befanden, die im Halbdunkel neben dem Fenster saßen. Erst jetzt stand der Polizist auf, der nicht Isaltino des Jesus war. Er hatte die Hemdsärmel hochgekrempelt und hielt in der linken Hand einige Blätter, die er auf den Schreibtisch legte, an dem Jaime Ramos saß. Er zog ein Päckchen Zigaretten aus der Hosentasche, bot Manuel Luzes eine an, und dieser fragte:

»Além-Mar?«

»Além-Mar«, bestätigte der Mann, der alle anderen überragte. Er blieb stehen, sein Gesicht war außerhalb des Lichtkegels der Lampe, die genau so aussah wie alle Lampen in allen Behörden, die älter sind als zwanzig Jahre. »Taufrisch. In welchem Teil von São Miguel haben Sie denn gedreht?«

»An verschiedenen Stellen, aber hauptsächlich in Água d'Alto, Água de Pau und in Nordeste.«

»Und wer hat die Unterwasserkamera bedient?«

»Keiner von uns beiden. Wir sind draußen an den Bildschirmen geblieben. Es war ein Universitätsdozent von dort, aus Ponta Delgada. Er kannte sich aus, kannte die besten Stellen. Er hieß Paulo.«

»Paulo Viveiros Costa, jawohl. Haben Sie ihn danach noch mal gesehen?«

»Nein. Ich habe ihn nie wiedergesehen.«
»Und Sie werden ihn auch nicht wiedersehen. Er ist vor anderthalb Wochen im Ozeanarium ums Leben gekommen«, sagte Filipe Castanheira, beugte sich vor, stieß den Rauch der Além-Mar aus und sah Manuel Luzes an, als hätte er gerade erst den Raum betreten.

MANUEL LUZES KONNTE NICHT AHNEN, dass Filipe Castanheira diese Arbeit viel mehr liebte als Jaime Ramos. Es war eine minutiöse, zähe Arbeit, aber sie brachte Ergebnisse. An jenem Nachmittag, als er sicher war, dass Sílvia Amaral tatsächlich die Straße in Richtung Povoação eingeschlagen hatte und danach über Furnas nach Ponta Delgada gefahren war, parkte er den Wagen vor dem eingeschossigen Haus oberhalb des Dorfes, versteckt hinter dem Dickicht aus Sicheltannen, das es vor dem Abgrund schützte.
Es war eines jener Schlösser, die sich auch ohne Schlüssel leicht öffnen lassen, und Filipe Castanheira verstand es, mit einem Dietrich umzugehen, aber das war in diesem Fall gar nicht nötig, denn eines der rückwärtigen Fenster gab nach, als er mit der Schulter dagegendrückte. Wie oft hatte er das schon gemacht? Ein dunkler, kurzer Gang mündete in ein Delta aus vier Türen, die im Licht des Spätnachmittags erkennbar waren, jenem bleichen Licht gegen Ende des Tages, das den Tod all dessen beklagt, was nicht erledigt wurde; im Hintergrund die Geräusche des Dorfes, ein aus den Bergen zurückkehrender Traktor. Es war eine schmale Landstraße, die er seit langem kannte. Zum ersten Mal war er sie in einem lange zurückliegen-

den Sommer entlanggefahren, und er hätte sie jederzeit am Duft der Rosenbüsche und dem Ächzen der Bäume wiedererkannt.
Die vier Türen führten wohl ins Schlafzimmer, ins Wohnzimmer und in die Küche, und eine war natürlich der Ausgang. Neben der Küche würde eine kleine Speisekammer liegen, von der aus eine Tür auf den Hintergarten hinausführte, hinter dem sich ein kleiner, mit Zitronenbäumen (von der galizischen, runden, leicht orangefarbenen Sorte), Bananenstauden und Mispelbäumen bewachsener Hang erstreckte. Filipe Castanheira versuchte sich vorzustellen, in welcher Richtung das Schlafzimmer lag, und gelangte zu dem Schluss, dass es im rückwärtigen Teil des Hauses liegen musste. Es war ein kleines, enges Zimmer, das vom breiten, quadratischen Bett beherrscht wurde, auf dem jetzt nur eine Matratze und zwei Bettdecken lagen, Überreste, die von anderen Bildern zeugten, die sich, fast wie im Delirium, vor sein inneres Auge drängten. Die zusammengefalteten Decken lagen in der Mitte der Matratze. In zwei Reisesäcken und einem alten Koffer befand sich Wochenendkleidung, eine Pappschachtel enthielt vereinzelte Gegenstände, Bücher, Sommerromane, Kassetten – aber es war das riesige, quadratische Bett, das mehr als die oberflächliche Aufmerksamkeit des Polizisten in Anspruch nahm. Er würde einen Einbruch vortäuschen. Da war also das Bett, ein geschmackvoller Bereich, in dem das einsam am Waldrand gelegene Haus Erinnerungen an anonyme Begegnungen weckte, an Sílvia Amarals Gesicht, ihren handlichen Körper, die Feierlichkeit der fülligen Gestalt, die wie für dieses Haus geschaffen schien, das sie wie ein Treibhaus umfing. Und auch diese

Gestalt verdiente mehr als die routinemäßige Aufmerksamkeit eines Polizisten, der einen Verdächtigen einzuordnen versucht, und sehr viel mehr als die oberflächliche Aufmerksamkeit des auf die Beute fixierten Männchens, das zuletzt selbst von der Beute gefangen genommen wird. Filipe Castanheira setzte sich und stellte fest, dass die Matratze auf dem soliden, alten Bett, das das Zimmer bewohnte wie ein auf die Stille der Nacht harrender Geist, hart und gut war. Er stellte sich Paulo Viveiros Costa und Sílvia Amaral vor, wie sie an die Decke starrten, und legte sich aufs Bett, um die gealterten Holzbalken an der Decke zu betrachten und vielleicht ein anderes Bild zu sehen, das von Elena Carreter – die er nur von den Fotos kannte, die Jaime Ramos ihm geschickt hatte – und Paulo Viveiros Costa in jenen Augusttagen, in denen die offizielle Freundin des Biologen beschlossen hatte zu verreisen und sich aufs Festland begeben hatte, Tage der Stille und der Dunkelheit in diesem Haus, Abendessen an einem Holztisch im Hof im Schutz der Abenddämmerung, die sich über die Zweige der Bananenstauden senkte, traumhafte Tage.

Manuel Luzes ahnte also nicht, dass Filipe Castanheira diese Arbeit liebte, und im gelben Licht des Büros sahen ihn die drei Polizisten durch den Rauch von Jaime Ramos' Zigarre, der Zigarette des Unterinspektors und seiner eigenen Zigarette an.

»Deshalb werden Sie ihn nicht wiedersehen, Senhor Luzes«, wiederholte Jaime Ramos. »Sie besitzen eine merkwürdige Eigenschaft: Sie lernen jemanden kennen, und er stirbt. Ist Ihnen das schon früher passiert?«

»Nie.«

»Wollen wir hoffen, dass es nicht wieder passiert, denn drei Leute, die Sie dieses Jahr kennen gelernt haben, sind ums Leben gekommen. Hier gleich nebenan. Ein Biologe, eine Ozeanologin und eine Landschaftsarchitektin. Ordentliche Berufe. Zu Lande und zu Wasser.«

Manuel Luzes drückte seine Zigarette im Plastikaschenbecher aus, und der Mann, der ihm als Filipe Castanheira vorgestellt worden war, folgte seinem Beispiel, während er in einem kleinen Notizblock blätterte.

»Und wo ist das, was Sie auf dem Meeresgrund gefilmt haben?«

»Wir haben es nicht. Wir haben keine Kopien behalten, weil es vertraglich so vereinbart war. Wenn Sie es genau wissen wollen: Wir haben uns den Film nicht besonders aufmerksam angesehen. Wir waren zu dem Schluss gelangt, dass sie eigentlich gar kein Kamera- und Filmteam wollten. Die wollten bloß die Ausrüstung und wollten nicht, dass wir ins Meer gingen. Dieser Biologe hat die ganze Operation geleitet und ist mit einer kleinen Kamera getaucht.«

»Wo haben Sie sich denn am längsten aufgehalten?«

»In Nordeste. Wir sind eine sehr schmale Landstraße hinuntergefahren, haben den Jeep auf halber Strecke stehen lassen und sind den Rest zu Fuß gegangen. Vor allem am frühen Morgen, gleich nach Sonnenaufgang. In Água de Pau ebenfalls, und in der Nähe von Caloura.«

»Wem haben Sie die Kassetten übergeben?«

»Dem Azorer, diesem Paulo. Die Filme mussten nicht geschnitten werden, die Auftraggeber wollten sie so, wie sie waren. Das Licht war gut, das Wetter auch, und das Wasser war nicht sehr tief. Ganz so, wie der Kunde es wollte.

Der Azorer sollte die Kassetten später den Typen aus Mexiko übergeben. So war es gleich zu Beginn vereinbart worden.«

Filipe Castanheira blätterte in seinem Block, aber es war Jaime Ramos, der das Wort ergriff:

»Was Ihr Talent als Fotograf betrifft: Es gibt hier einige Fotos, die nicht zu der Reihe mit Ihrer Architektenfreundin gehören.«

»Die Fotos gehören mir.«

»Das werden sie auch, aber später«, erwiderte Jaime Ramos. »Machen Sie Fotos von allen Frauen, mit denen Sie was haben?«

»Mit dieser hatte ich nichts.«

Aber Filipe Castanheira stellte sich das geradezu unglaublich klare Wasser in Nordeste zwischen Ponta do Arnel und den Steilhängen hinter Ponta da Madrugada vor und den Taucheranzug von Paulo Viveiros Costa, wie er in der Sonne glänzte. Das Geräusch des ersten Tauchgangs, einige Armbewegungen, die Bewegungen eines Körpers, der zwischen den schwarzen Felsen in Meer verschwand. Dann tauchte Paulo Viveiros Costa wieder auf, nachdem er den Druckausgleich durchgeführt und die Luftschläuche überprüft hatte. Und schließlich verschwand er endgültig, sprang aus dem Boot ins Meer wie ein U-Boot mit Armen und Beinen, tauchte zwischen den Algen, immun gegen die Brandung, die gegen die kleine Sandzunge schlug. Und die ganzen zwanzig Minuten lang saß Manuel Luzes auf einem Felsen, rauchte und unterhielt sich. Jedes der Fotos, die Jaime Ramos ihm zeigte, weckte Erinnerungen an Bruchstücke jener zwanzig Minuten, eine zu tief ausgeschnittene weiße Bluse, die halb geschlossenen Augen der Frau, die schwarzen Haare, der Schatten der Sicheltannen und der Pinien, die Abzäunung oben am Steilhang, der blaue Himmel, die halb geschlossenen, schwarzen, abwesenden Augen. Und Filipe Castanheira stellte sich diesen Moment vor, den Mann, der fotografierte, an die Frau gelehnt, die fotografiert wurde, den zu tiefen Ausschnitt der weißen Bluse, so einfach das Ganze, so einfach vorzustellen, wenn es sich um einen Mann und eine Frau am Meer handelt, so einfach, so eindeutig, die Dimension eines solchen Körpers, handlich, der sich erhob und dann auf den Mann fiel wie ein Athlet, der rhythmische, genaue, vertraute Bewegungen ausführte.

»Natürlich hatten Sie etwas mit ihr«, murmelte er also. »Das sieht man doch.«

Manuel Luzes wand sich in seinem Stuhl und zuckte mit den Schultern.

»Das macht jetzt auch keinen Unterschied mehr. Oder?«

Filipe Castanheira stand auf, klappte seinen Notizblock zu und steckte ihn in die Jackentasche. Er zog eine Zigarette aus dem Päckchen Além-Mar, bot sie aber dem Fernsehmann nicht an. Stattdessen drehte er sich um und verließ den Raum. Der ältere Polizist erhob sich ebenfalls:

»Es ist schon sehr spät, Senhor Luzes«, er schüttelte die Asche der Zigarre ab, die ausgegangen war, während der Mann wie schlafend dagesessen hatte. »Sie sind ein echter Frauenheld. Haben Sie sich nie eine Krankheit eingefangen? Seien Sie vorsichtig, Freund Luzes. Das ist gefährlich, früher oder später altert man, und dann für immer.«

Und auch Jaime Ramos schien sich das Bild vorzustellen, in dem der Platz, den der vor Nordeste tauchende Paulo Viveiros Costa frei gelassen hatte, von Manuel Luzes und dem halb nackten Körper Sílvia Amarals eingenommen wurde, eine zufällige, unvermeidliche und völlig undramatische Wendung.

FILIPE CASTANHEIRA WUSSTE, dass Manuel Luzes etwas mit Sílvia Amaral zu tun gehabt hatte. Und er wusste, dass er ebenso etwas mit Rosa de Almeida Mendes zu tun gehabt hatte, denn er stellte auf den ersten Blick fest, dass er diese Art Wohnungen kannte, dass er schon oft dort gewesen war und dass diese Wohnungen stets den gleichen Eindruck auf ihn machten. Hatte man eine dieser Wohnungen betreten, war es so, als hätte man alle betreten. Sie waren von innen und von außen gleich, dasselbe Licht, dieselben Farben, dieselben Teppiche, dieselben Regale vor den Feuchtigkeitsflecken, die das schmutzige Weiß der Wände zerfraßen, die kalte Unordnung in der selten genutzten Küche, der langsame Aufzug, der ihn zum vierten Stock rechts brachte. Beim Betreten der Wohnung erwarteten einen noch mehr Feuchtigkeitsflecken, Bilder an den Wänden, einfache Drucke, ein Stapel Zeitschriften in einem vor langer Zeit gekauften Korb, ein besonderes Foto von ihm und ihr bei der lange zurückliegenden Hochzeit, die Beilagen des »Expresso« und ein Wäschekatalog, Geräusche aus den anderen Wohnungen, der Aufzug, der überall in der Wohnung zu hören war, wenn man das hier überhaupt als Wohnung bezeichnen konnte. Aber es war eine Wohnung, und die Frau hieß Nazaré, Nazaré Luzes, und er konnte ihr Alter überhaupt nicht einschätzen, irgendetwas zwischen vierzehn und vierzig, irgendetwas zwischen den auf den Boden gehefteten Augen, die

hinter den halb geschlossenen Lidern manchmal winzig wirkten.
»Ich habe Sie nicht richtig verstanden.«
Und Filipe wiederholte es. Er erzählte alles noch einmal, aber Nazaré Luzes öffnete die Augen nur langsam, ihr Blick löste sich von dem unsichtbaren Faden, mit dem er an den Boden geheftet war, richtete sich hinauf, schweifte über das gestreifte Sofa, den gläsernen Aschenbecher, das Foto der Schwiegereltern, dann das Foto eines lächelnden Kindes, das den Samstag bei den Eltern von Nazaré verbringt, den ausgeschalteten Fernseher, über das halb offene Fenster, die leicht gekippten Plastikjalousien, den Teppich, die Sofakissen, und blieb schließlich an den Büchern im Holzregal hängen, das die Feuchtigkeitsflecken verdeckte, die schon die schmutzig weiße Wand zerfressen hatten. Es herrschte Schweigen. Und Filipe Castanheira vernahm dieses Schweigen; es erschien ihm wie der Lärm eines stumm ausgefochtenen Krieges zwischen Nazaré Luzes und den beiden Männern, die geklingelt hatten, mit dem Aufzug heraufgekommen waren und einen Plastikausweis vorgezeigt hatten, Kriminalpolizei, gnädige Frau, wir haben ein paar Fragen. Jaime Ramos hatte sich sofort gesetzt, nachdem Nazaré Platz genommen hatte, sie strich sich mit ihren Händen einmal über ihre Jeans, dann noch einmal, und fingerte schließlich an den Knöpfen ihres Hemdes herum. Ihre Finger spielten mit dem obersten Knopf, am Ringfinger der linken Hand steckte, wie es sich gehörte, der Ehering, neben ihr stand ein Regal, in dem ausschließlich Videokassetten und Fotos eines Ehepaares mit einer langen Geschichte zu finden waren, was konnte sie schon sagen? Was konnte sie sagen, was die beiden nicht

längst vermuteten oder sogar wussten? Warum wären sie sonst gekommen? Ja, sagte sie schließlich, manchmal rufen diese Frauen hier an, zu jeder Tages- und Nachtzeit. Schlampen sind das, sagte sie schließlich, aber er hat mir versichert, das habe nichts zu bedeuten. Ehrlich gesagt war er schon immer so, er war fast nie zu Hause, immer trieb er sich herum, ging abends weg, kam erst spät zurück, manchmal sogar erst gegen Morgen, aber mehr sagte Nazaré nicht, ein Rest von Stolz hatte ihren Blick ergriffen, der nicht länger auf den Boden geheftet war und den beiden Männern nicht länger auswich. Der einen von beiden wirkte sowieso gleichgültig, der andere nahm die ganze Wohnung genau in Augenschein, dachte Nazaré und unterdrückte ein Schluchzen.
»Ihr Mann ist nicht das Problem«, unterbrach Jaime Ramos. »Wir wissen Bescheid.«
»Es ist wie eine Krankheit«, erklärte Nazaré.
»Genau.«
»Und er ist geheilt.«
»Früher oder später, gnädige Frau, geht das jedem so. Plötzlich ist man geheilt. Eines schönen Tages, vielleicht an einem Sonntag, das ist von Fall zu Fall verschieden, ist man plötzlich geheilt. Was verheimlicht er Ihnen?«
»Er verheimlicht mir diese Geschichten. Was hat er getan?«
»Was verheimlicht er?«
»Briefe, Anrufe, wohin er abends geht.«
Jaime Ramos zündete sich eine Ilhéu an, kaum dass sie die Wohnung verlassen hatten und die Aufzugstür sich öffnete. Als er dann später am Nachmittag an die Angelegenheit zurückdachte, während er darauf wartete, zu einem

Gespräch vorgelassen zu werden, erschien sie ihm wie ein Epilog für die ganze Geschichte, nachdem sie die Schritte von Manuel Luzes nachvollzogen und »a posteriori« überwacht und etwas über seine Affäre mit Rosa de Almeida Mendes herausgefunden hatten, die Einzige, die sie in diesem Fall interessierte. Und diesen Eindruck hatte er immer noch, als er nach einer halben Stunde Wartezeit zu dem Schluss gelangt war, dass der Mann offensichtlich ein hohes Tier war. In diesen Fällen gilt fast immer folgende Regel der Verhältnismäßigkeit: Die einfachen Angestellten in einfachen Firmen lassen nicht auf sich warten, sie betrachten jede Anfrage nach einem Gespräch als eine Ehre, beeilen sich, den Besucher zu empfangen, bieten ihm einen Kaffee an und entschuldigen sich für die Unordnung. Die hohen Tiere in den großen Unternehmen hingegen lassen den Besucher spüren, dass er lästig ist und sie, ganz gleich, um welche Tageszeit oder an welchem Wochentag, bei wichtigen Dingen stört – sie lassen die Verspätung entschuldigen. Deshalb wartete der Inspektor denn auch über die übliche halbe Stunde hinaus im sechsten Stock des Gebäudes, halb eingeschläfert von dem unbestimmten Licht des frühen Abends, prägte sich das Bild von sechs verschiedenen Angestellten ein, die über den kleinen Flur hin und her eilten, stand zweimal auf, um auf die Außenterrasse zu gehen, von der man einen Blick auf die Vasco-da-Gama-Brücke und den dichten Nebel hatte, der das andere Ufer verschluckte, und fast das gesamte Expogelände überblicken konnte, die Menge, die für die letzten Besuche den Gang mit den Pavillons entlanghastete, die bunten Fahnen über den weißen Gebäuden, die noch leuchteten, aber schon der Bedrohung durch Staub,

Zeit und den Regen, der sich seit dem Morgen ankündigte, entgegensahen. Man sah den Fluss, gelblich und blau, die ersten Lichter der Alleen entlang seiner Ufer. Am Himmel die Kondensstreifen von Flugzeugen. Die Wipfel der Palmen, die zu wachsen versuchten. Die Schwebebahnen, die die Gebäude zu streifen schienen. Und man hörte ein gewaltiges, unbestimmtes Hintergrundgeräusch, das über dem riesigen Viertel lag, diesem weißen, hoffnungsvollen Fleck. In diesem Moment bat eine siebte Angestellte mit einem noch müderen Gesichtsausdruck als die anderen ihn einzutreten, durch die Tür, hinter der das hohe Tier ihn erwartete. Er saß da, als habe er nie etwas anderes getan. Als Jaime Ramos ihn so sah, tat es ihm Leid, dass der Mann einen Augenblick lang aufstehen musste, so sehr schien es diesen zu betrüben, sich von seinem Stuhl erheben zu müssen.

»Nun gut«, empfing er ihn, wobei er unsichtbare Notizen auf einem irgendwo auf seinem Schreibtisch verborgenen Schreibblock studierte. »Ich weiß nicht, womit ich Ihnen noch dienlich sein kann. Wir haben bisher alle Erklärungen gegeben und alle Anfragen beantwortet. Wie Sie wissen, ist unsere Zeit auf die Minute verplant.«

»Ich brauche nicht lange.«

»Ich bin nur der Koordinator für diesen Bereich. Personal, Verfahrensweisen, technische und menschliche Belange also. Ich weiß nicht, ob ich Ihnen von Nutzen sein kann, aber wir haben zehn Minuten Zeit.«

»Wir haben ein Problem. Wir. Nehmen wir mal an, ich suche eine Videokassette.«

»Das ist nicht unser Fachgebiet.«

»Ich weiß. Technische und menschliche Belange, na großartig. Ich rede hier von technischen Belangen. Stellen wir uns einmal vor, von einem Stand der Expo wäre eine Videokassette verschwunden. Eines jener Videos, die zu jeder Stunde, ich meine, ständig, vorgeführt werden.«

Jaime Ramos stellte fest, dass die Augen seines Gegenübers sich zu zwei Schlitzen verengt hatten und auf irgendeinen Punkt der Ausstellung gerichtet waren.

»So was gibt es überall.«

»Ich weiß. Ich habe es gesehen. Aber es gibt ein Video, das mich besonders interessiert.«

»Fragen Sie am Stand danach.«

»Das kann ich nicht. Es handelt sich um den Stand von Mexiko.«

»Ich verstehe Sie nicht. Sie sagen doch, das Video sei verschwunden.«

»Genau. Niemand weiß etwas davon, so ist das.«

»Und was habe ich damit zu schaffen? Ich dachte, Sie sind der Polizist von uns beiden.«

»Aber da gibt es noch ein Problem«, murmelte Jaime Ramos zu den halb geschlossenen Augen des hohen Tiers hinüber. »Der mexikanische Stand, der mexikanische Kommissar, die Verantwortlichen für den audiovisuellen Bereich, alle behaupten übereinstimmend, dieses Video habe nie existiert. Wir hingegen wissen, dass es sehr wohl existiert hat. Wir wissen, wer es gefilmt hat, was auf dieser Kassette zu sehen ist. Und wir wissen, dass sie aus dem Verkehr gezogen wurde.«

»Und was kann ich tun?«

»Sie können sagen, dass sie verschwunden ist. Sie können uns damit beauftragen, sie zu suchen. Damit die Polizei sie suchen kann.«

Der andere öffnete eine Schublade und schloss sie gleich wieder. Er steckte seine Hand in die Jackentasche, die an einem Kleiderständer hinter ihm hing, und zog sie schulterzuckend leer wieder zurück:

»Haben Sie Zigaretten?«

»Zigarren.«

»Mann, Sie sind ja genau wie dieser Polizist aus dieser uralten Fernsehserie. Columbo.«

»Sozusagen ein Verwandter von mir.«

»Ihnen fehlt bloß noch der Trenchcoat«, er deutete auf die Jacke des Inspektors. »Wenn ich Sie recht verstanden habe, geht es um Folgendes: Sie möchten bei den Mexikanern einen Aufstand machen wegen eines Videos, das keiner gesehen hat. Das entbehrt nicht einer gewissen Komik, und unter uns gesagt, ich sage nicht, dass das nicht möglich wäre. Ich frage mich bloß, ob das den Gerüchten über die Verbrechen ein Ende setzt.«

»In gewisser Hinsicht wird das Durcheinander dadurch noch größer werden.«

»Ich kann erst tun, worum Sie mich bitten, nachdem ich mit dem Leiter der Expo gesprochen habe.«

»Und können Sie das nicht gleich tun?«

»Jetzt? Ausgeschlossen. Der Leiter der Expo ist mit den Gästelisten für verschiedene Einweihungsfeiern beschäftigt. Er besteht immer darauf, ein Dutzend Namen zu streichen, er ist ausgesprochen sorgfältig bei der Wahl seiner Feinde, seit er ein Magengeschwür hat. Aber hinterher rede ich mit ihm, noch heute Abend.«

SPÄTER SOLLTE ER SICH AN JENE HAND ERINNERN, die aussah, als bewege sie sich von selbst, als existiere sie unabhängig von Artur Ulacia Mendías elegantem, sonnengebräuntem Körper. Tatsächlich erweckte diese Hand den Anschein, als wisse sie nicht, ob sie sich senken oder heben solle, um seinem Blick zu folgen, der ebenfalls die Papiere hinauf- und hinunterglitt, die Inspektor Ramos ihm zeigte. Auf jeden Fall musste sie sich entscheiden, denn sie konnte nicht einfach auf Schulterhöhe in der Luft hängen bleiben, wo sie vom Satz des portugiesischen Polizisten überrascht worden war:

»Es gab also ein Video, das von Ihrer Ausstellung verschwunden ist.«

Da die Hand sich nicht entscheiden konnte, antwortete Artur Ulacia langsam; es war deutlich, dass er Zeit gewinnen wollte:

»Wir haben nicht bemerkt, dass etwas fehlt.«

»Das kommt manchmal vor, Senhor Ulacia. Dinge verschwinden aus unserer Wohnung, und wir bemerken es nicht einmal. Eines schönen Tages dann entdecken wir den leeren Platz. Wir werfen eine Zeitung, ein Buch oder ein Kleidungsstück fort, nur weil wir zerstreut sind. Und eines Tages fehlt es uns dann. Denken Sie daran, was ich Ihnen gesagt habe.«

»Ein Kleidungsstück wirft man nicht so leicht fort.«

»Mag sein. Aber man kann nie wissen, was wir in unserer Zerstreutheit anstellen. Mit einem Video kann das schon mal vorkommen. Es ist schließlich ziemlich klein, und kennt man eins, kennt man alle. Das ist nicht wie bei den Mariachis.«

»Was haben denn die Mariachis damit zu tun?«
»Die klaut niemand.«
»Aber Videos sind nicht unser Ressort.«
»Auch das stimmt. Aber das Video, von dem ich spreche, ist sehr wohl Ihr Ressort. Es ist von Ihrem Stand.«
»Von diesem Stand?«
»Von eben diesem hier«, bestätigte der Polizist und unterstrich seine Worte mit einer Geste, die die Monitore mit einschloss, auf denen die Bilder vom Golf von Mexiko nach Lissabon übertragen wurden, von den Wellen des Pazifik vor Tapachula zwischen Chiapas und Guatemala, der aschfarbenen Sonne von Puerto Vallarta, den bunten Buchten von Baja California mit ihren Sandzungen, vom bei Veracruz angeschwemmten Seetang aus der Mitte des Ozeans, den Schatten von Campeche und Mérida, dem durchsichtigen Wasser an den von der Sonne Mexikos verwöhnten Tourismusstränden.
Artur Ulacias Hand kam schließlich auf dem Tresen am Eingang des Stands zur Ruhe, neben den Broschüren, die verteilt werden sollten, sobald die Expo an diesem Morgen ihre Pforten öffnete.
»Hören Sie mal, Senhor Ramos, ein Video? Dass ich nicht lache.«
»Hier steht's. Ein Video ist verschwunden. Die Expo meldet, dass ihr ein Video abhanden gekommen ist. Und ich muss ermitteln.«
»Und ich dachte, Sie wären von der Mordkommission. Sie waren doch hier und haben Fragen über Frau Doktor Carreter gestellt.«
»Es kommt alle Tage vor, dass jemand strafversetzt wird. Oder ermordet. Und es gibt Diebstähle. Jetzt bin ich für

die Diebstähle zuständig. Mich interessiert das Video, so ist das nun mal.«

»Wie auch immer, die Information, die Sie erhalten haben, ist falsch. Hier ist nichts verschwunden, nicht mal ein Streichholz, nichts. Der Wachdienst der Expo hat ausgezeichnete Arbeit geleistet. Ich wünschte, in meinem Land würde das auch so funktionieren.«

Jaime Ramos tat so, als wolle er sich seine Ilhéu anzünden, da es noch zu früh war, eine Beldina zu opfern, aber als er die Zigarrenkiste aus der Innentasche seiner Jacke gezogen hatte, hielt er inne. Er sprach erst weiter, nachdem er sich geräuspert und sich vergewissert hatte, dass sich niemand im Vorraum befand.

»Senhor Ulacia, ich habe keine Zeit für Plaudereien. Lassen Sie diesen Mist. Haben Sie das Video eingesteckt? Wenn Sie es waren: Wo ist es? Und wenn es irgendwo anders ist, warum war es so wichtig, dass jemand es von hier wegnehmen musste? Lassen Sie uns dieses Gespräch noch einmal ganz von vorn anfangen. Tun Sie einfach so, als wäre ich gerade erst hereingekommen.«

Artur Ulacia knöpfte den obersten Knopf seines kragenlosen Hemdes auf und blickte sich um, um sich zu vergewissern, dass sie allein waren, so als ob Jaime Ramos tatsächlich eben erst hereingekommen wäre und die erste Frage gestellt hätte.

»Ich habe kein Video weggenommen. Können Sie mir etwas über das Video sagen?«

»Natürlich. Ein mexikanisches Meeresforschungsinstitut, das zu einer Universität gehört, hat einen Film über den Meeresgrund in Auftrag gegeben. Jemand sollte den Meeresboden filmen. Nichts weiter. Der Auftrag erging im

April dieses Jahres an eine portugiesische Firma, es war ein Eilauftrag. Die beauftragte portugiesische Firma war eine Art Kleinbetrieb, der für das hiesige Fernsehen, die RTP, kleinere Arbeiten durchführt. Der Film wurde auf den Azoren gedreht, Senhor Ulacia, aber das dürfte Ihnen ja bekannt sein. Schließlich haben Sie ihn bezahlt, das heißt, Sie haben die Ausstellung des Schecks angewiesen. Ich habe die entsprechenden Unterlagen gesehen. Und ich habe noch was gesehen. Einen Bericht darüber, dass dieser Film Szenen enthalten muss, die man auf einem dieser Monitore hier zeigen kann, falls die Satellitenübertragung ausfällt. Dieser Bericht war von Ihnen und einer Universität Ihres Landes abgesegnet. Unterzeichnet hat ihn Elena Carreter Díaz. Elena Carreter. Das Video wurde gedreht. Aber Sie wissen nicht, wo es ist.«

»Im Großen und Ganzen stimmt das. Ich weiß es nicht. Aber ich kann Ihnen die gleiche Frage stellen. Was ist an diesem Video, dass Sie so scharf drauf sind?«

»Mein lieber Freund Ulacia. Erinnern Sie sich an den Typen im Trenchcoat, diesen Polizisten aus dem Fernsehen?«

»Columbo.«

»Richtig. Er war derjenige, der die Fragen stellte. Ich bin derjenige, der hier die Fragen stellt. So heißt es in den Filmen. Nun stellen Sie sich vor, wir wären in einem Film. Stellen Sie sich vor, Sie befinden sich in der Situation, dass Sie etwas zu verbergen haben.«

»Und wenn ich etwas über das Video wüsste?«

»Würden Sie es mich wissen lassen, sobald Sie können. Also schnellstens.«

Artur Ulacia nickte, wie um zu zeigen, dass er verstanden hatte, während seine Hand erneut in Bewegung geriet und

einen Moment lang über seinem glatten schwarzen Haar schwebte, um dann darüber zu streichen wie über das seidige Fell eines Tieres, das im Begriff ist einzuschlafen.
»Ich verstehe überhaupt nicht, was hier vor sich geht, Senhor Ramos. Ich bin nur ein Beamter der mexikanischen Regierung, der versucht, seine Arbeit zu tun. Es ist nicht meine Schuld, dass Frau Doktor Carreter in Portugal Scherereien gemacht hat, und ich kann auch nichts dafür, dass es die Expo gibt und dass nur über das Meer geredet wird. Versuchen Sie doch mal, den ganzen Tag hier zu verbringen, in diesem Raum mit den Bildschirmen. Meer, Meer und nochmals Meer. Ich möchte nach Hause zurück, nach Coyocán, zu meinen Bäumen, und ich will, dass die Expo vorbei ist. Das ist mein Leben. Ja, das Video, von dem Sie reden, hat existiert. Es war in diesem Pavillon, aber es wurde nie gezeigt, weil es nicht nötig war. Die Satellitenübertragung hat bestens funktioniert, eigentlich kaum zu glauben, wenn man bedenkt, dass die Anlage von Mexikanern installiert wurde. Aber sie funktioniert ebenso gut wie unser Meer, besser gesagt, unsere Meere, denn es sind mehrere. Die Karibik, die Sargassosee, der Golf, der Pazifik, die Kalifornische See und so weiter.«
»Wer hat dieses Video?«
»Ich nehme an, Senhor Ramos, dass dieses Video bei der Polizei ist, bei Ihrer Polizei, denn es müsste bei den Sachen von Frau Doktor Carreter gewesen sein, in dem Reisesack, den sie für ihre Rückreise gepackt hat. Tatsächlich war es ihr Video. Mich persönlich interessieren diese Geschichten nicht, und ich habe keine Ahnung, was an diesem Video so interessant sein soll. Wenn ich das Meer sehen will, das mich interessiert, sehe ich mir die Videos von

›National Geographic‹ an, das sind gute Filme, ich kaufe sie für meine Kinder. Aber ob es sich um das Meer rund um die Azoren oder um das Tote Meer gehandelt hat, interessiert mich nicht. Ich habe den Film nie gesehen. Frau Doktor Carreter hat ihn immer gut verwahrt. So gut, dass anscheinend niemand etwas darüber weiß. Aber er ist bezahlt, vollständig bezahlt. Es stimmt, ich habe den Scheck weitergegeben, zusammen mit einem Papier der Universität, dass alles in Ordnung ist. Ich bin nur ein einfacher Beamter.«

»Rufen Sie mich an, wenn Sie etwas erfahren«, sagte Jaime Ramos und wandte ihm den Rücken zu. Auch er war nur ein einfacher Beamter, weiter nichts, ein eifriger Beamter, ein Beamter auf der Suche nach verlorenen Bildern, nach einem verschwundenen Film. Daran dachte er, als er auf der Allee der Ozeane zwischen zwei Lastwagen hindurchging, die sich wieder einmal auf ihrem Rückweg zum Ausgang der Expo verspätet hatten, nachdem sie Getränke ausgeladen hatten. Aber noch war es erst halb zehn, und der Tag würde erst in einer halben Stunde beginnen, wenn die Tore der Expo sich öffneten wie schon in den vergangenen zwei Wochen. Er wusste, dass sein Tag länger sein würde als sonst, länger als die Stunden, die ihm für seinen straff organisierten Arbeitsplan zur Verfügung standen, den ihm Isaltino de Jesus in solchen Fällen erstellte. Jetzt dies, und dann das, hörte er ihn sagen. Wir gehen hierhin, und dann gehen wir dorthin. Und Jaime Ramos ging und machte, denn in seinem Kopf hatte er schon den Plan für einen Epilog und auch für die Müdigkeit, die ihn von einem Punkt der Geschichte, die er sich ausgedacht hatte, zum nächsten führte, wie ein Puzzle, dessen Teile lautlose Tänze aufführten, bis sie sich zu einem Körper zusammenfügten, der alle Teile besaß, die man von einem Körper erwarten durfte. Einem erklärbaren Körper. Einem Körper, geschaffen, um erklärt zu werden, wem auch immer.

»Nach Benfica, Chef?«

»Genau. Nach Benfica.«

Und der Wagen fuhr an. Isaltino zeigte den Passierschein, der es ihm gestattete, ganz ordnungsgemäß unter allen Parkverbotsschildern innerhalb des Expogeländes zu parken – und Jaime Ramos zündete sich endlich seine morgendliche Ilhéu an.

»Es ist noch Morgen, Chef.«

»In dieser Stadt ist es niemals Morgen, Isaltino. Es herrscht immer Abenddämmerung«, entgegnete er und verwahrte in seiner Erinnerung den Glanz des Tejo zwischen den Gebäuden und dem dichten Nebel am gegenüberliegenden Ufer, das unsichtbar blieb, nur zu erahnen war.

ALLES BEGANN MIT EIN PAAR FARBIGEN STREIFEN, die den Anfang des Films ankündigten, des echten Films, von dem dieser hier nur eine Kopie für die Vorführung auf den Bildschirmen des mexikanischen Stands war. Und plötzlich schien es so, als ob einer der Streifen aus dieser Gruppe, der blaue, den gesamten Bildschirm überschwemmte und ihn in ein riesiges, weites Aquarium mit blauem oder durchsichtigem Wasser verwandelte, Wellen aus einem Licht, wie Jaime Ramos es nie zuvor gesehen hatte, wogend und tief, das plötzlich zu einem fernen Grün wurde, in dem sich Schatten von Fischen, Wolken

aus Sand, die schwarzen Umrisse von Felsen und flüchtige Sonnenstrahlen zwischen Algenarmen abzeichneten. Der Inspektor rauchte seine Ilhéu auf dem bunt gefleckten Sofa, die Beine wie zur Rast nach einer langen Wanderung ausgestreckt, und als die Bilder des Films ihn zu Sandbänken entführten, die in der gewaltigen Einsamkeit des Meeres in zig Metern Tiefe verlassen ruhten, legte er einfach nur den Kopf weiter zurück, als bereite er sich darauf vor, ein Bild wiederzuerkennen, das er aus anderen, ähnlichen Filmen kannte oder sich sogar notiert hatte.
Jaime Ramos war als Erster eingetreten, nachdem Isaltino de Jesus ihm die Wohnungstür aufgeschlossen hatte, aber das überraschte ihn nicht. Isaltino war dazu erzogen worden, stets als Zweiter einzutreten, nachdem er selbst die Tür geöffnet hatte. Wahrscheinlich war es immer so, dachte der Inspektor. Er schloss die Wohnungstür auf und ließ seine Frau eintreten. Jaime Ramos erinnerte sich an Isaltinos Frau, klein wie ein Bonsai, lächelnd und blond; sie trug Blusen mit weißem Kragen und aufgedruckten Blättern, trat vor Isaltino ein, der ihr aufmerksam die Türen öffnete und den Weg freigab, sich bückte und wenn nötig den Kopf neigte. Und Luisinha ging durch die Tür, wobei sie ihre Schultern hob und senkte.
»Entschuldigen Sie bitte, Chef, die Wohnung ist sehr klein.«
Das war sie gar nicht. Es war das Haus einer kinderreichen Familie, ein Haus, an dem herumgeflickt und angestückelt worden war. Isaltino war hier nach seiner Hochzeit eingezogen, denn er war der Letzte der Geschwister, der geheiratet hatte, und hatte deshalb das Haus samt Mutter und Obstgarten übernommen. Der Garten lag hinter dem

Haus und war sehr breit, aber zu kurz, um das riesige Haus ganz zu umschließen, das schon im Zentrum von Valongo gelegen hatte, als Valongo noch ein Dorf war, Jaime Ramos Isaltino noch nicht kannte und Isaltinos Vater den Familiensitz geerbt hatte.
In weniger als einer Minute erinnerte sich Jaime Ramos an jenen Sonntag, an dem Isaltino ihn in sein Haus in Valongo eingeladen hatte, mehr oder weniger die Zeit, die es brauchte, um den Rollladen hochzuziehen, sodass sie das Wohnzimmer von Rosa de Almeida Mendes sehen konnten.
»Entschuldigen Sie bitte, Chef, die Wohnung ist sehr klein«, murmelte Isaltino de Jesus also und trat beiseite, um den Inspektor vorbeizulassen.
»Was haben sie mitgenommen, Meireles und die anderen? Vor allem die anderen.«
»Ich glaube, so gut wie nichts. Sie haben die Wohnung einen Nachmittag lang abgeriegelt, das heißt, ein Kollege kam her und saß hier auf dem Sofa rum. Sie haben die Familie gebeten, ohne ihre Erlaubnis nichts mitzunehmen. Jemand aus der Familie ist zum Putzen gekommen, eine Frau, aber sonst niemand. Der Rest der Familie lebt in Évora. Sie hat diese Wohnung im Dezember gemietet, über eine Agentur, hat einhunderttausend Escudos pro Monat gezahlt, und Sie wissen ja, Chef, das hat sich gelohnt. Wegen des Amüsements.«
»Amüsement?«
»Um es mal so zu sagen, Chef.«
»Ich verstehe. Um tun und lassen zu können, was sie wollte.«
Jaime Ramos war mitten im Wohnzimmer stehen geblie-

ben, die Hände auf dem Rücken verschränkt, und begann, die Möbel zu inspizieren, angefangen mit dem billigen Sofa über die Drucke an den Wänden, die auf dem Boden verstreuten CDs, einen Teppich, auf dem neben dem Sofa ein Beistelltisch stand, bis hin zu dem Regal, in dem die Bücher wild durcheinander lagen, und den wahllos aufgehängten Fotos.

»Worauf achtest du bei einer Wohnung, Isaltino? Ich meine, bei einer Wohnung wie dieser?«

»Bei einer Wohnung wie dieser kommt es drauf an, was man sucht.«

»Nein. Du suchst nichts in einer Wohnung. Jeder Mensch hat seine eigene Art, seine Sachen zu verstauen, sie zu verstecken. Was ist wohl im Kühlschrank?«

»Ich achte immer darauf, ob sie groß oder klein ist. Diese hier ist klein.«

»Nein, Isaltino. Wenn man eine Wohnung betritt, sieht man, ob ihre Bewohner sie nur als Durchgangsstation betrachten oder bis an ihr Lebensende in ihr wohnen bleiben werden. Man fängt bei der Küche an, geht durch das Wohnzimmer und dann ins Schlafzimmer. Wir betrachten die Fenster und gehen ins nächste Zimmer. Diese Küche hier riecht kaum. Es gibt Leute, die sich nur zu Hause fühlen, wenn es nach Suppe riecht. Und es gibt Leute, bei denen riecht es nicht, sie leben draußen, in Gesellschaft anderer Leute. Diese Fotos hängen hier nur, um zu verdecken, dass die Wand einen neuen Anstrich braucht. Eine Wohnung, Isaltino, ist das Beste und das Schlechteste, was ein Leben zu bieten hat. Normalerweise das Beste, aber nicht immer. Dies hier ist keine Wohnung.«

»Ihr Vertrag wäre im September abgelaufen.«

»Und unserer läuft vorher ab, nächste Woche. Uns bleiben noch sechs Tage, und das war's. Wir haben eine Stunde, um eine Kassette mit einem Scheißfilm zu finden, und ich glaube, sie ist hier.«

»Hier neben dem Fernseher ist der Videorekorder. Aber Kassetten sind keine da.«

»Sie sollte sie nicht ansehen, sie sollte sie aufbewahren.«

»Und warum glauben Sie, dass sie hier ist, Chef?«

»Weil ich hierher gekommen bin, um sie zu sehen, Isaltino. Diese Frau ist tot, und dafür gibt es einen Grund. Überleg nur mal: Wenn die Mexikaner die Kassette tatsächlich hätten, hätten sie sie schon herausgerückt, weil es ihnen schnurzpiepegal ist, ob es sich um einen Film über Fische oder einen Porno handelt. Wer auch immer diese Kassette hat, ist in Schwierigkeiten, und ich glaube nicht, dass derjenige, der den Film gedreht hat, nicht auch eine Kopie gemacht hat. Die Mexikaner haben eine Million zweihunderttausend Escudos brutto für den Film bezahlt, aber ich glaube, die haben nichts mehr damit zu tun. Der Typ vom Fernsehen hat kapiert, dass an dem Film etwas Besonderes war, sonst hätte er ihn behalten. Wem könnte er ihn wohl gegeben haben?«

»Seiner Frau.«

»Nein. Mit seiner Frau hat er praktisch nichts zu schaffen, und es wäre nahe liegend gewesen, seine Wohnung zu durchsuchen. Nein. Er hat jemanden gebeten, ihn für ihn aufzubewahren. Wahrscheinlich jemanden, mit dem er im Bett war. Diese Frau.«

»Woher wissen Sie das?«

»Ich weiß es nicht. Aber wem hätte er ihn sonst geben sollen?«

»Da gibt es eine Menge Leute.«
»Aber diese Leute kennen wir nicht. Wir haben nur diese Frau, diese Wohnung und dieses Zimmer, die Küche, die kleine Speisekammer, das Wohnzimmer und nicht viel mehr.«
Als die Kassette dann tatsächlich in dem Bücherstapel neben dem Bett im Schlafzimmer von Rosa de Almeida Mendes auftauchte, direkt neben dem Bett, einer mit einem weißen Laken überzogenen Matratze und einer blau, weiß und gelb gestreiften Bettdecke, direkt neben jenem improvisierten Bett, murmelte Isaltino Jaime Ramos bloß zu: »Das ist sie«, jene schwarze Plastikhülle mit einem Aufkleber des Herstellers, Prevídeo, und einer ebenfalls schwarzen Kassette darin.
»Aber hier war sie nicht versteckt, Chef.«
»Aber keiner wusste, wo sie war. Das wusste nur eine Person«, sagte Jaime Ramos und zündete sich seine zweite Ilhéu mit einem Streichholz an, das er danach in eine verlassene Vase mit einer allmählich verdörrenden Pflanze legte. »Genauer gesagt, zwei. Aber keine von ihnen hatte den Schlüssel zu dieser Wohnung. Und jetzt müssen wir nur noch sehen, was darauf ist.«
Aber Jaime Ramos hatte es schon geahnt. Seit Tagen hatte er es schon geahnt, dieses Blau, die Farbe der Einsamkeit des Meeres, das seine Schatten verschluckte, seine Besucher, seine Toten. Und er stellte sich vor, wie die Farben des Films, den sie in der Wohnung von Rosa de Almeida Mendes gesucht hatten, ihn immer weiter in die Tiefe zogen, auf der Suche nach düsteren, unbekannten Ungeheuern, von schwebenden Teilchen umgebenen Braunalgen oder gewöhnlichen Algen, dann und wann vorbeiziehen-

den Fischschwärmen, dem schwarzen Sand von São Miguel, der in den gewaltigen Atemzügen schwebte, die aus den Tiefen des Ozeans kamen, wo selbst die große Lunge der Welt, unterseeisch und intakt, nicht verhindern konnte, dass er vor seinem geistigen Auge nichts anderes sah als den Körper von Paulo Viveiros Costa, der das Wasser durchpflügte, verborgen unter der Oberfläche, wo Manuel Luzes seine Rückkehr erwartete. Weder jener Fisch, hinter dem der Biologe von den Azoren her war, noch jene schattenhafte Spezies, deren Spur die Kamera verfolgte, konnten ihn von dem wahren Film ablenken, der in seinem Kopf ablief wie in einem Kino.

»HEUTZUTAGE IST DIE SEELE DAS EINZIGE, was sich nicht wiedergewinnen lässt, Chef. Alles andere ist aufgezeichnet, wie ich Ihnen schon gesagt habe. Das Hotel war das Tivoli, daran besteht kein Zweifel, hier ist die Nummer, sehen Sie, sie ist hier auf der Anzeige.«
Jaime Ramos beäugte argwöhnisch das kleine schwarze Mobiltelefon, das ihm Isaltino de Jesus hinstreckte und auf dem eine Telefonnummer bewies, dass er die Wahrheit sagte.
»Das ist alles super gemacht, Chef. Ich rede gar nicht von den Personalausweisen, den Geheimnummern bei der Bank, der Sozialversicherung, den Geldkarten, den automatischen Abbuchungen der Mautgebühr, den Kreditkarten und so weiter. Auch die Handys gehören dazu. Egal, wohin man geht, man hinterlässt eine Spur, man hinterlässt immer eine Unterschrift. Wenn jemand über die Autobahn gefahren ist, wissen wir sofort, um wie viel Uhr

das war. Nur wenn jemand bar bezahlt, ist nichts zu machen, aber heutzutage zahlt ja niemand mehr bar. Wenn man irgendwo auf der Straße Geld abhebt: das Gleiche. Ich glaube, Chef, Sie sind der Einzige, der noch mit Geld im Portemonnaie herumläuft. Mit den Handys ist es dasselbe, denn wenn uns jemand anruft, zack, erscheint sofort die Nummer. Und genau das ist hier passiert.«

Das Gerät, das Rosa de Almeida Mendes gehört hatte, lag auf der schmutzigen Platte des Schreibtischs, den Inspektor Jaime Ramos vorübergehend innehatte, aber dieser weigerte sich, es anzufassen, und Isaltino de Jesus konnte es ihm nicht verdenken. Der Inspektor mochte nun mal keine Telefone, er hatte sie noch nie gemocht, und sogar das Diensttelefon wurde – ein wenig gegen die zwischen beiden getroffene Abmachung – von Isaltino benutzt.

»Die Seele hat damit nichts zu tun.«

»Das bestreite ich ja gar nicht, das war nur so dahingesagt, Chef. Aber es stimmt trotzdem: Jeder hätte rausfinden können, was wir rausgefunden haben.«

»Und wie hast du es gemacht?«

»Ich habe Telecel gebeten, mir das hier einzuschalten. Immerhin ermitteln wir ja in einem Mordfall, nicht wahr? Aus irgendeinem Grund sterben die Leute schließlich, und wenn sie erst mal tot sind, kann es ihnen ja egal sein, dass wir ihr Telefon benutzen. Also, zuerst gibt es eine PIN.«

»Eine Ping«, bestätigte der Inspektor.

»Einen Code«, erklärte Isaltino und griff nach dem Apparat. »Eine Codenummer. Jedes Mobiltelefon verfügt über einen Code. Man kann das Telefon nicht einschalten, wenn man den Code nicht kennt, deshalb musste Telecel das machen. Als das Telefon eingeschaltet war, habe ich mir die Nachrichten angesehen, wie ich Ihnen ja schon erklärt habe, Chef. Und da hatten wir Glück. Sechs gespeicherte Nachrichten, fünf von dieser Frau und eine von einem Amerikaner, von dem Amerikaner. Es war ganz einfach rauszufinden, dass die Nachrichten von dieser Frau von den Azoren kamen, aber das Beste waren die Telefonnummern, die sie hinterlassen hat. Drei von den Azoren – hier sind sie, sehen Sie die Nummer, null, neun, sechs, das ist eindeutig Ponta Delgada. Und zwei aus Lissabon: null, eins. Und dann dieser Amerikaner, ebenfalls aus Lissabon, null, eins, und danach die eigentliche Telefonnummer, ziemlich sicher von einem Hotel, habe ich mir gedacht, wegen der beiden Nummern am Ende, null, null. Und so war's auch. Hotel Tivoli, da hinten an der Avenida.«

»Und wie hast du den Namen des Engländers herausgefunden?«

»Amerikaner.«

»Wie auch immer. Wir wollen nicht kleinlich sein.«

»Wie Sie meinen, Chef. Den Namen haben sie mir im Hotel gegeben. Wie ich Ihnen schon gesagt habe, es wird alles überwacht. Michael Rickey, Zimmer 2032. Der Anruf wurde dort am Morgen des 29. um halb elf aufgezeichnet. Das heißt: an dem Vormittag, an dem die Frau hier tot aufgefunden wurde. Mal sehen. Der Mann sagt nur, er würde sich wieder melden. Auf Englisch und alles.«

»Halb elf morgens?«

»Um zehn Uhr vierunddreißig, wenn Sie's genau wissen wollen. Steht alles im Anrufverzeichnis des Hotels. Zimmer 2032, 29. Mai, zehn Uhr vierunddreißig. Ein Haufen Anrufe. Sechs Anrufe auf der Expo, jeder ungefähr eine

Minute lang, und ein längerer nach Amerika, ich habe die da drinnen schon gebeten, die Nummer zu identifizieren. Aber dieser eine Anruf ist hier. Deshalb sage ich Ihnen, Chef: Die Seele ist heutzutage das Einzige, was man nicht wiedergewinnen kann. Alles andere, wirklich alles sonst, ist klar. Zu irgendwas muss die Polizei ja gut sein.«

»Was haben wir über den Engländer in Erfahrung bringen können?«

»Wenig. Den Namen, und das ist schon eine Menge in der kurzen Zeit. Im Hotelverzeichnis hat er als Beruf Professor angegeben. Das könnte stimmen. Eine der Telefonistinnen erinnert sich, dass jemand angerufen und nach Professor Rickey gefragt hat. Im Übrigen ist es mir egal, Chef, wenn Sie ihn als Engländer bezeichnen, solange das in keinem Papier auftaucht, denn der Mann war wirklich Amerikaner. Ein waschechter. Steht im Pass und alles.«

Jaime Ramos öffnete die Schublade des Schreibtischs, und erst hinterher fiel ihm ein, dass weder Schublade noch Schreibtisch eigentlich ihm gehörten und dass dieses Büro ihm nur für die Dauer seines Aufenthalts in Lissabon zur Verfügung gestellt worden war. Es war reine Gewohnheit: Er öffnete die Schublade auf der Suche nach einer Zigarre, während er seine Gedanken ordnete. Oft rauchte er die Zigarre gar nicht, aber dieser kurze Augenblick genügte ihm vollkommen, um eine Entscheidung zu treffen und sie bekannt zu geben. So zog er schließlich eine Beldina aus der Innentasche seiner Jacke, während Isaltino endlich Platz nahm, nachdem er das schwarze Handy in die Papiertüte zurückgelegt hatte, in der es aufbewahrt und an Meireles ausgehändigt werden musste.

»Was sagt Meireles zu der ganzen Sache?«

»Unterinspektor Meireles telefoniert noch mit Amerika, aber er wird jeden Augenblick hier hereinschneien. Er sagt, dass wir ihm etwas verheimlichen. Was ja auch stimmt.«

»Wir sind ihm nur anderthalb Tage voraus.«

»Sie wissen doch, wie das ist, Chef, mit den Empfindlichkeiten. Marotten. Wir waren in der Wohnung dieser Frau, ohne ihm Bescheid zu sagen, ich war im Hotel, ohne ihm etwas zu sagen. Sie haben dieses Fax auf die Azoren geschickt, ohne ihm etwas zu sagen.«

»Wir haben halt auch unsere Marotten, Isaltino«, lächelte der Inspektor. »Er telefoniert also mit Amerika.«

»Und mit den Azoren wegen einer Vorladung. Er wollte die Frau noch heute hier haben, aber Unterinspektor Castanheira hat versprochen, sich um den Fall zu kümmern.«

»Bitte Meireles um ein Gespräch. Sag, dass ich ihn auf ein Wort sehen will.«

»Und wie mache ich das?«

»Du gehst hin und sagst ihm: Inspektor Ramos möchte Sie auf ein Wort sehen. Dann sieht er dich an, schickt dich zum Teufel, und du gehst langsam über den Korridor hinaus, kaufst mir die Zeitung und bringst auch gleich Streichhölzer mit.«

»Wenn Sie das so sagen, klingt es ganz einfach. Und die Zeitung?«

»Irgendeine, Isaltino. Aber da ist noch was: Wenn du draußen bist, rufst du diesen Typen von der Ausländerbehörde an, diesen Freund von dir. Wenn er noch lebt. Hat er immer noch Angst um seine Prostata?«

»Das ist auch so eine Marotte. Man weiß schon, dass sich Raul Pinto alle sechs Monate seine Prostata untersuchen lässt. Jetzt beschwert er sich, dass er Probleme beim Pinkeln hat, aber Sie wissen ja, Chef, dass er sich deshalb hat zur Ausländerbehörde versetzen lassen. Die haben dort bessere Klos.«

»Wenn er nichts dafür haben will, soll er dir die Passagierlisten aus diesen Tagen geben. Du solltest herausfinden, in welchem Flugzeug diese Frau gesessen hat. Sílvia Amaral, wenn mich nicht alles täuscht. Du weißt schon, die Filmkünstlerin. Das nächste Mal kannst du ihm irgendwas zahlen, aber diese Information ist gratis. Zu irgendwas muss es ja gut sein, dass er dort ist. Und lass dir Zeit, ich habe noch genug Streichhölzer für eine weitere Zigarre.«

Jaime Ramos ließ fünf Minuten der Stille verstreichen, die er sich selbst auferlegt hatte, bevor er losging, um Meireles zu suchen. Das erste Stück Asche der Beldina war von selbst in den Plastikaschenbecher gefallen, und deshalb konnte sie ihn auf der Reise über den Korridor bis hin zu Meireles' Büro begleiten. Es war ein langer, kalter Korridor, aber der Inspektor kannte ihn schon von vorherigen Besuchen, und jedes Mal, wenn er ihn entlangging, dachte er, mit was für einer beinahe mechanischen Natürlichkeit die Beamten sich doch in jener Schwindel erregenden Vergangenheit bewegten, die typisch für die Polizei, für den Hass auf die Polizei und die Einsamkeit der Polizei war. Er kannte auch die Holzbänke, die auf allen Polizeirevieren gleich waren, massive, dunkle Wartesaalbänke, von der Zeit verschlissen und von den Taschenmessern aller bei Razzien Festgenommenen mit Schnitzereien verziert. Da gab es Leute ohne Papiere, Nutten mit Papieren, aber ohne ausreichenden Schutz, Stufen, die in das Fegefeuer der Zellen für eine nicht nur vorläufige Haft hinabführten, alte, aber noch funktionstüchtige Schreibmaschinen, das gewellte Glas an den Türen der einzelnen Abteilungen, vorgeladene und eingeschüchterte Bürger, die Aussagen zu machen hatten, junge athletische Polizisten, die allmählich alte athletische Polizisten ersetzten, die befördert worden waren und in die Provinz zurückkehren oder noch einmal heiraten wollten, Telefongeklingel, das Summen der Sprechfunkgeräte, lose Computerkabel in den Ecken der Büros, irgendjemand, der immer auf der Kante eines Schreibtisches saß, jemand, der über Rückenschmerzen an der Stelle klagte, an der das stets gefüllte Pistolenhalfter saß, und vor allem dieses nur selten durchbrochene Halbdunkel, das wie ein Nebelfleck wirkte.

»Ich möchte wissen, was dieser Amerikaner hier zu suchen hat«, sagte Meireles und deutete auf ein Blatt Papier.

»Ich dachte, das wüsstest du.«

Meireles nahm das Blatt und ging zwei Schritte auf Jaime Ramos zu:

»Ich mag deine Zigarren nicht besonders, aber jetzt hätte ich doch gern eine. Sind sie gut?«

»Beldina von den Azoren. Und was haben die Amis gesagt?«

»Sie haben uns eine komplette Biographie dieses Typen geschickt. Als ich um ein paar weitere Informationen gebeten habe, haben sie mir das hier geschickt. Du kannst doch Englisch, oder? ›This information is classified.‹«

»DER AMI, DEN IHR ENTDECKT HABT, arbeitet in einem Labor, das seinerseits unter anderem für amerikanische Universitäten und für die Marine arbeitet. Die amerikanische Marine. Was das Labor liefert oder verkauft, ist anscheinend geheim. Auf jeden Fall heißt es Scinventory.«

»Und wo liegt es?«

»In Kalifornien. Hier ist die Adresse. In der Nähe von Los Angeles«, erklärte Meireles. »Der Name Michael Rickey klingt wie ein Deckname, ist aber echt.«

»Wann ist er in Portugal angekommen?«

»Am 16. Mai, einem Samstag, frühmorgens. Bei der Expo weiß man nichts über ihn, nur, dass er eine Eintrittskarte gekauft hat wie alle anderen Leute, eine Wochenkarte. Die Hotelreservierung ist vor langer Zeit erfolgt, aber das Hotel hat nur die Angaben des Reisebüros.«

»Und auf welchem Gebiet arbeitet dieses Labor?«

»Scinventory? Biotechnik, Umwelttechnik. Am amerikanischen Stand auf der Expo kannten sie es auch nicht.«

Jaime Ramos hatte endlich die Beldina aus der Zigarrenkiste geholt, und Meireles balancierte sie auf seiner Handfläche und rollte sie mit dem Daumen hin und her.

»Warum rauchst du die?«

»Eine Marotte. Und im Hotel, was hast du im Hotel erfahren?«

»Nichts. Er hat am Nachmittag des 29. im Hotel ausgecheckt, hat alles bezahlt und gefragt, ob er einen Koffer dalassen könne. Er wolle ein bisschen im Land herumreisen, nach Porto fahren und so, und würde ihn später abholen. Aber das stimmt nicht. Wenn so ein Typ herumreist, egal ob im Norden oder im Süden, dann mietet er sich ein Auto. Es gibt mindestens zehn verschiedene Autoverleiher an zehn verschiedenen Orten: Avis, Europcar, Hertz und so weiter. Nichts. Das Hotel hat für niemanden namens Rickey irgendwas reserviert. Es gibt auch keine

Flugbuchung. Aus Portugal ist in letzter Zeit kein Rickey ausgereist. Die Buchung für den Rückflug nach Los Angeles über London und New York haben wir hier: 11. Juni, also in drei Tagen, denn heute ist der achte. Im Koffer, den er dagelassen hat, haben wir Wäsche und amerikanische Präservative gefunden – anscheinend hatte er kein Vertrauen zu unseren. Wenn er tatsächlich nach Norden oder Süden gefahren ist, hatte er dort offensichtlich nicht vor, einen draufzumachen. Dann ist da noch eine dieser kleinen Reisebibeln, ein Fotoapparat ohne Fotos, eine Karte von Portugal und ein Taschenwörterbuch. Englisch-Portugiesisch. Das ist unser Schicksal: Alle Welt kommt hierher, und ausgerechnet dieser Rickey wollte mit der Architektin sprechen. Was hat eine Landschaftsarchitektin mit diesem Typen zu schaffen?«

»Die Architektin hatte nichts mit dem Typen zu schaffen«, erklärte Jaime Ramos. »Wir geben uns immer mit Leuten ab, mit denen wir eigentlich nichts zu schaffen haben, die aber vielleicht etwas haben könnten, das wir brauchen. Einen Film. Aber ich glaube, die beiden kannten sich nicht.«

»Woher willst du das wissen?«

»Wegen der Nachricht, die er auf ihrem Handy hinterlassen hat. Ich heiße Rickey und bin jetzt in Lissabon. Ich muss Sie sprechen, ich rufe später wieder an. Aber er hat nicht mehr angerufen und auch keine Telefonnummer hinterlassen. Wir haben die Telefonnummer herausgefunden.«

»Und warum denkst du, dass er hinter dem Film her war, wenn er die Architektin nicht kannte?«

»Weil es uns in den Kram passt, Freund Meireles. Wenn

die Dinge nicht zusammenpassen, richten wir es so ein, dass einige Dinge einen Zusammenhang ergeben. Jemand hat ihm von dem Film erzählt. Das können drei Personen gewesen sein: Elena Carreter, ermordet am 27. Mai, Paulo Viveiros Costa, ermordet in der Nacht vom 24., und Rosa de Almeida Mendes, ermordet am 29.«

»Welchen von den dreien hat Rickey umgebracht?«

»Die Architektin kann es nicht gewesen sein. Er hat sie am Vormittag des 29. angerufen. Die Frau wurde im Morgengrauen tot auf dem Expogelände gefunden. Er wusste also nicht, was geschehen war.«

»Er hätte so tun können, als wisse er es nicht.«

»Das hätte er nicht gewagt. Die beiden anderen, ja, die hätte er erledigen können. Aber nein. Überleg mal: Ein Ingenieur oder Biologe oder Wissenschaftler an einem amerikanischen Labor, ein erstklassiges Hotel im Zentrum von Lissabon, Telefonate mit Gott und der Welt. Das passt nicht zusammen. Auch nicht mit dem Messer, mit dem der Job erledigt wurde. Irgendetwas hat diesen Rickey erschreckt, Freund Meireles. Aus irgendeinem Grund ist er untergetaucht. Entweder hat er sich unbemerkt aus Portugal abgesetzt, was möglich wäre, oder er springt hier noch irgendwo herum.«

»Auf der Suche nach dem Film.«

»Auf der Suche nach irgendetwas. Es könnte der Film sein. Aber nicht wegen der Frau, die darauf zu sehen ist. Aus irgendeinem anderen Grund, und eben diesen Grund kennen wir nicht, denn auf dem Film, den wir gefunden haben, ist nichts weiter zu sehen außer dem Meeresgrund, einer Frau, die nicht dort sein sollte, und ganz gewöhnlichen Wellen. Was die Fische betrifft, so hat sich das Per-

sonal des Ozeanariums den Film schon angesehen. Nichts, was man nicht auch samstagmorgens auf dem Markt von Espinho finden könnte, soweit ich weiß. Nur eins steht fest: Der Mann hat kalte Füße gekriegt, und wir kommen nicht viel weiter, wenn wir ihn nicht finden.«
Meireles streifte die Asche von seiner Beldina ab und setzte sich. Er betrachtete die Zigarre.
»Nur wenn es einen anderen Film gibt.«
»Das könnte sein. Es wäre gut, wenn es so wäre. Aber für mich ist es am besten, wenn das Ganze schnell vorüber ist.«
»Erst im September, wenn die Expo zu Ende ist.«
»Wer weiß, vielleicht endet die Expo nie. Und sei es auch nur, weil sie so vielen Leuten Arbeit gibt«, sagte der Inspektor, erhob sich und zog seine Jacke an. »Ich geh schlafen.«
Er versuchte zu schlafen, jedenfalls bis zu dem späten, unerwarteten Anruf von Rosa gegen zwei Uhr früh. Tatsächlich hatten sie seit vier Tagen nicht mehr miteinander gesprochen, und Jaime Ramos hätte den Anruf erwarten oder ihm sogar zuvorkommen können. Er tat weder das eine noch das andere. Als er das Summen des Telefons hörte, sah er zuerst auf die Uhr, die er nie ablegte, und griff erst dann zu dem grauen Apparat auf dem Nachttisch.
»Und, ist sie schön, die Expo?«
Rosa. Nach den ersten Sätzen Rosas Fragen. Ist sie schön, die Expo? Hast du dein grünes Hemd schon getragen?
»Wann kommst du zurück?«
»Irgendwann in den nächsten Tagen. Bevor die Expo zu Ende ist. Noch eine Woche.«
»Ist sie schön, die Expo?«

»Ich habe nicht viel gesehen. Aber es sind viele Leute da, es ist wie zu São João, nur ist das hier nicht Porto.«
Als er auflegte, spürte er für einen Augenblick, dass es in seinem Leben zu viele Leerstellen gab, Dinge, die er allmählich vergaß, Tischmanieren, Gesprächsfloskeln, Dinge, die man so sagt. Aber er dachte nur für kurze Augenblicke an diese Leerstellen, das Schweigen am Telefon. Er könnte allein nach Mexiko gehen, ganz allein, alles, was ihn hätte halten können, waren Gegenstände, die er mitnehmen konnte. Niemals eine Wohnung zum Beispiel, ein Wagen, nur Erinnerungen, die mit dem Alter allmählich verblassten. Wahrscheinlich wurde auch das Gedächtnis irgendwann einmal müde. Wie viele Männer hast du im Laufe deines Lebens getötet? Einige, ich weiß nicht, wie viele. Es war fast immer Nacht, wenn ich mich verteidigen musste, wenn ich im niedrigen Gestrüpp das Feuer eröffnen musste, der Körper verschmilzt vollkommen mit dem Boden, während die Explosionen die Baumkronen erleuchteten, als fielen sie vom Himmel. Die Straße von Bissau nach Bafatá war gesäumt von diesen Bäumen und diesem Boden. Einige habe ich also getötet. Nach dem Schusswechsel herrschte einen Augenblick lang Stille, gerade lang genug, um sich den Schweiß abzuwischen, wenn man das tat, kurz darauf ertönte das Zirpen der Grillen in der Ferne, das Stöhnen der Verwundeten, der Motor eines Jeeps, die üblichen Geräusche nach jedem Hinterhalt, nach jedem Angriff, nach jeder Nacht. Einige habe ich also getötet. An wie viele erinnerst du dich genau? Vielleicht an fünf oder sechs, mehr nicht. Später vergisst man sie, die Zahlen drehen sich im Kreis, verschwimmen, sie werden immer undeutlicher, je mehr die Blitze den Bo-

den und das Gras erhellen, und dann ist da dieser Geruch, dieser Rauch, der Zeigefinger betätigt nicht länger den Abzug, aber irgendwas hält einen an der Waffe fest. Und hättest du sterben können? Natürlich hätte ich das, aber man zieht nicht in den Krieg, um zu sterben. Ich ziehe nicht in den Krieg, um zu sterben. Dann klingelt eines Tages das Telefon mitten in der Nacht, wenn man gerade kurz vorm Einschlafen ist, und man erkennt die Stimme am anderen Ende der Leitung. Hast du Familie? So was Ähnliches. Ein halbes Dutzend Bücher, viele Schallplatten, eine Frau, die im Stockwerk über mir wohnt und manchmal mit mir schläft, eine andere, die eines Abends, als wir beide ziemlich viel getrunken hatten, beschloss, mich ins Leben zurückzurufen, und die weit weg ist und die ich nie wiedersehen werde, eine stetig wachsende Sammlung von Bierflaschen, zwei Angelruten, ein Drittel des Hauses, in dem ich geboren bin und von dem aus man weit in der Ferne den Fluss sehen kann. Mehr noch als die Schallplatten die Lieder von einigen Schallplatten. Alte Sachen, die Sachen eines alten Mannes.

Nach einer Stunde, als er spürte, dass er in dieser Nacht sowieso nicht mehr würde schlafen können, stand Jaime Ramos auf und setzte sich auf das Sofa vor dem Fenster. Als das Telefon kurz darauf wieder ertönte, wunderte Jaime Ramos sich nicht, als sei es ganz normal, dass in Lissabon jede Nacht das Telefon klingelte.

»Chef, entschuldigen Sie, dass ich Sie um diese Zeit störe. Aber Raul, Raul Pinto, der von der Ausländerbehörde, hat uns per Fax ein paar Unterlagen geschickt, und ich dachte, Sie wollten sie vielleicht sehen.«

»Isaltino. Ich hoffe, es ist was Wichtiges.«

»Das ist es. Auf der Liste, die Raul mir geschickt hat – und wir haben versprochen, nicht zu fragen, wie er an diese Liste gekommen ist – taucht der Name Sílvia Amaral auf. Von Lissabon nach Ponta Delgada am 29. Mai, der Flug um achtzehn Uhr dreißig. Sie war also in dieser Zeit hier. Ich habe ihn schon gebeten herauszufinden, wann sie von den Azoren gekommen ist.«

»Isaltino, schenk dem Typen eine Eintrittskarte für das Pokalfinale. Mit Reise und allem. Das hat er sich verdient.«

»Das Finale war schon, Chef. Aber er ist sowieso Boavista-Fan. Wer hätte das gedacht.«

»DAS SIND DIE INFORMATIONEN, die wir haben«, schloss Meireles respektvoll und sah zu dem Mann hinüber, der in der Ecke des Raumes auf einem Sofa Platz genommen hatte, dessen Grau Ton in Ton mit den übrigen Farben war.

»Die Idee mit dem Film war tatsächlich entscheidend, und wir danken Ihnen, dass Sie die Polizei unterstützt haben. Uns. Dass Sie gesagt haben, der Film sei verschwunden, hat den Ausschlag gegeben. Man könnte sagen, dass die Angelegenheit nicht vorangekommen wäre, wenn Sie nicht Anzeige erstattet hätten, und deshalb sind wir hier. Um Ihnen zu danken.«

»Wir sitzen alle im gleichen Boot. Fahren auf dem gleichen Ozean, wenn Sie mir den für die Expo so passenden Ausdruck gestatten.«

Der Leiter der Expo betrachtete lächelnd die beiden Polizisten, die ihn gleich morgens, noch vor Beginn seines Arbeitstages, im Vorzimmer seines Büros abgepasst hatten.

»Darf ich Ihnen einen Kaffee anbieten? Feiern wir das

Ganze mit einem Kaffee, einem Getränk, das die Zivilisationen einander näher gebracht und die Kontinente vereint hat. Zwischen den Kontinenten liegen die Ozeane. Immer die Ozeane. Der Kaffee verdiente eine Würdigung.«

»Vielleicht auf einer anderen Weltausstellung«, murmelte Jaime Ramos mehr zu sich selbst als an den Leiter der Expo gewandt.

»Das ist eine Idee. Sponsoren dafür dürften nicht fehlen. Heutzutage finden sich Sponsoren für alles. Die Literatur im Zeichen des Kaffees. Der Kaffee im Zeichen des Zusammentreffens der Zivilisationen, des Dialogs zwischen den Zivilisationen. Zweifellos. Und die Musik im Zeichen der Schlaflosigkeit, die der Kaffee hervorruft, der uns zum nächtlichen Wachen, zum Träumen bewegt. Das ist doch eine Idee. Schade, dass wir nicht darauf gekommen sind.«

Und immer noch lächelnd überraschte er die beiden Polizisten mit dem Eintritt einer Sekretärin, die ein Tablett mit Kaffeetassen trug.

»Bitte sehr. Zucker? Zucker wäre auch so ein Thema für eine Ausstellung, da stimmen Sie mir sicher zu. Allerdings würde es schwierig, wenn der Herr Kommissar darauf bestehen würde, dass alles portugiesisch sein müsste. Der Zucker bringt uns nach Amerika, so wie der Kaffee uns nach Amerika und Afrika bringt. Und dann würde der Herr Kommissar darauf bestehen, den Kaffeepavillon Fernão Lopes oder den Zuckerpavillon Fernão Mendes Pinto zu nennen. Das würde den Sponsoren gar nicht schmecken. Aber es gäbe da auch noch den Gewürzzyklus, den Reigen der Geschmäcker. Sagen wir, es gäbe einen Stand für Safran, einen für Paprika und so weiter. ›And so on.‹ Kardamom, Pfeffer, was auch immer. Hauptsache, es finden sich Sponsoren.«

»In der Tat«, schaltete sich Jaime Ramos mit einem Blick auf die Sekretärin des Redners ein, die wiederum den Schöpfer dieses improvisierten Vortrags anlächelte und seine Inspiration bewunderte. Eine Minute lang herrschte Schweigen, während die Sekretärin den Raum verließ und den Parfümduft mit sich nahm, den sie hereingetragen hatte, sowie eine Mappe, die sie vom Tisch in der Mitte des Raumes genommen hatte.

»Auf jeden Fall ist es wichtig«, hob der Leiter der Expo wieder an, wobei er die Untertasse in der einen und die Tasse in der anderen Hand hielt, »dass diese Unannehmlichkeiten ein Ende haben. Diese Scherereien mit einem Mord auf der Expo. Meine Herren, wie Sie zweifellos wissen, handelt es sich hier um ein Unternehmen von nationaler Bedeutung. Dieses Unternehmen ist die Expo, und nichts darf sie beeinträchtigen, weder ein Mord noch zwei, und erst recht nicht drei Morde, wie es hier der Fall zu sein scheint. Drei solche Morde wären natürlich ein gefundenes Fressen für jeden Romanschreiber, aber hier geht es nun einmal um die Expo. Die Informationen, die Sie mir gegeben haben, sind außerordentlich hilfreich, und ich denke, wir können bekannt geben, dass alles geklärt ist, wie der Inspektor gesagt hat.«

»Unterinspektor«, verbesserte Meireles.

»Wie Sie wollen. Die Hauptsache ist, dass die Expo nicht mehr mit diesen Morden in Zusammenhang gebracht wird. Vielleicht durch eine diskrete Pressekonferenz. Oder vielleicht könnten wir die Information sogar einer Zeitung zuspielen? Wir rufen die Jungs vom ›Público‹ an,

zum Beispiel, oder vom ›Expresso‹, und sagen ihnen, was wir sagen können: Es war Mord aus Eifersucht, begangen von einer Frau an einer anderen. Eine Frau, die eine andere umbringt, das sind mehr oder weniger alle Zutaten, die es für eine Titelgeschichte braucht. Die Journalisten werden sich darauf stürzen. Wir rufen die Presse zusammen, Sie, meine Herren, teilen mit, was Sie mitzuteilen haben, und das Thema ist erledigt. Schließlich haben wir ja alle auch noch was anderes zu tun. Solange die Zeitungen nur ein Thema haben, könnten wir auch alle Fische im Ozeanarium töten, und keiner würde es merken. Nicht einmal die Fische.«
Jaime Ramos stellte seine Tasse ab und schlug die Beine auseinander. Er öffnete die Kiste mit den lhéus und nahm einen Zigarillo heraus, den er zwischen den Fingern rollte, als suche er nach einer unerwarteten Substanz. Dann unterbrach er die Prüfung, der er die Zigarillos mit ihrem viel zu trockenen Tabak immer unterzog, und deutete mit der Ilhéu auf die umliegenden Gebäude.
»Meinetwegen geht das in Ordnung. Sie informieren die Presse über Ihre Kanäle und deuten an, dass wir die Hauptverdächtige für den Mord an der Architektin bereits verhaftet haben. An der Landschaftsarchitektin. Das stimmt ja schließlich auch. Wir haben eine Frau unter Mordverdacht festgenommen. Aber trotzdem bleiben immer noch zwei Verbrechen ungeklärt.«
»Darauf würde selbst ein portugiesischer Schriftsteller kommen. Aber man kann ja andeuten, dass zwischen den Fällen ein Zusammenhang besteht. Das heißt: Die einen sind Komplizen der anderen.«
»Und es wird weiter ermittelt.«

»Sie nehmen mir die Worte aus dem Mund.«
»Das geht aber nicht.«
»Wieso soll das nicht gehen?«
»Den Mord an einer Mitarbeiterin der Expo auf dem Expogelände kann Ihnen niemand mehr streitig machen. Es gibt da eine Frau, die aus einem Motiv mordet, das nichts mit der Expo zu tun hat. Aber da sind noch die zwei vorhergehenden Verbrechen, zwei Tote, die uns weiterhin beunruhigen. Ich schätze meine Toten sehr, Senhor doutor. Die Expo braucht diese Toten nicht, aber ich lebe von ihnen. Ohne dass mich jemand dazu aufgefordert hätte. Irgendeiner muss sich auch weiterhin dafür interessieren, was den beiden toten Ozeanologen auf der Expo zugestoßen ist. Der Mord auf der Expo, wie Sie es genannt haben, beschäftigt die Zeitungen auch weiterhin.«
»Es ist kein großer Roman«, sagte der Leiter der Expo.
»Vielleicht nicht. Ich beschwere mich nicht. Aber die Expo, Sie und Ihre Angestellten, wissen nicht, womit diese Scinventory sich beschäftigt, Sie kennen keinen Amerikaner namens Rickey und wollen nichts von Elena Carreter wissen.«
»Die Expo ist nicht der richtige Ort für einen Kriminalroman, Herr Inspektor. Sie taugt nicht dafür. Hier gibt es alles, das ist wahr. Musik, Theater, Ozeane, Leute, viele Leute aus aller Welt. Aber das ist nicht die Art von Buch, die uns in den Kram passt. Wir haben, ehrlich gesagt, etwas Besseres verdient. Was Sie hier um sich herum sehen, ist die größte Stadt Portugals, der beste Teil der besten Stadt Portugals.«
»Man weiß nie. Hier wird auch nur mit Wasser gekocht«, entgegnete Jaime Ramos, stand auf und betrachtete über-

rascht die brennende Ilhéu, die zwischen seinen Fingern aufgetaucht war.
Später, noch vor dem Mittagessen, dachte Jaime Ramos an die grau-weißen Farbtöne, an das Licht, das durch die beinahe unsichtbaren Jalousien dieses Gebäudes fiel, von dem aus die ganze Expo kontrolliert wurde, alle Pavillons, alle Bewegungen auf einem riesigen Bildschirm versammelt waren, in demselben gleichmäßigen Rhythmus wie die künstlichen Wellen des Ozeanariums. Dies war der Geist des besten Teils der besten Stadt Portugals. Und in diesem weißen, sanft aschgrau getönten Geist, elegant, wissenschaftlich, ruhig wie die Musik, die im Büro des Leiters der Expo zu hören war, trieben noch immer zwei Leichen ohne sichtbare Erklärung, befleckten weiterhin diese Farben und diese Ruhe.
»Nein, Isaltino«, sagte Jaime Ramos also. »Wenn man eine Wohnung betritt, sieht man, ob ihre Bewohner sie nur als Durchgangsstation betrachten oder bis an ihr Lebensende in ihr wohnen bleiben werden, aber man sieht nicht, ob sie traurig sind oder nicht. Traurigkeit ist etwas anderes und hat damit nichts zu tun. Sie ist wie eine Krankheit, ja, eine Art Krankheit. Es gibt Ärzte dafür. Spul den Film zurück, ich mag es nicht, wenn du den Philosophen raushängen lässt.«
»Noch mal?«
»Noch mal. Stell dir vor, Isaltino, du bist eine Frau und wirst auf so einem Film festgehalten. Als Halbnackter und so.«
»Halbnackte«, verbesserte ihn Isaltino.
»Richtig. Halbnackte. Dann fällt der Film der Geliebten deines Verlobten in die Hände, und die beiden sehen den

Film an, ein, zwei Mal, sie reden darüber, und er sagt, dass ihm das Ganze inzwischen egal ist. Anschließend sieht dein Liebhaber sich den Film noch mit seiner Geliebten an. Und dann bringt jemand die Geliebte deines Liebhabers um. Was denkst du?«

Armer Isaltino, dachte Jaime Ramos in dem Moment, in dem er ihm die Frage stellte, als er ihn da so sitzen sah, wie er die Bilder der an einen Baum gelehnten Sílvia Amaral betrachtete, der Zoom bringt ihre weiße Haut besser zur Geltung, durch das Hemd schimmert noch mehr Haut durch, man hört das Meer rauschen, in der Ferne fährt ein Auto vorbei, Jaime Ramos denkt an die Kurven dieser Landstraßen zwischen Nordeste und Povoação, vor allem an die Schatten der Sicheltannen, vor allem an Isaltino de Jesus.

»Was denkst du dann?«

»Nehmen wir mal an – eine Annahme, auf die nur Sie kommen können, Chef –, ich wäre diese Frau, dann würde ich vielleicht an meine Mutter denken und daran, was sie wohl dazu sagen würde. Was sie von mir denken würde.«

»Was würde die Geliebte deines Liebhabers sagen?«

»Dass ich eine Schlampe bin.«

Jaime Ramos drehte seine geöffneten Handflächen nach oben und tat – was sehr selten geschah –, als wolle er applaudieren.

»Und wenn Sie nichts dagegen haben, dass ich mich in die Lage der Schlampe versetze: An ihrer Stelle könnte ich zwei Dinge tun. Entweder würde ich den Film finden oder das Ganze einfach vergessen und mir die Geschichte aus dem Kopf schlagen. Aber da gibt es noch ein Problem: die Azoren. Sie kennen die ganze Welt, Chef, aber dort ist wohl alles wirklich furchtbar klein, ein solcher Film in den Händen des Liebhabers, wenigstens dieses Liebhabers, wäre ein echtes Problem, denn er wäre in der Lage, noch eine Kopie zu machen, und wenn schon eine, warum nicht auch zwei und mehr. Wer Krimis liest, glaubt, dass wir uns irren, denn es muss ja immer ein Motiv geben, ein mehr oder weniger schlüssiges Motiv, um jemanden umzubringen und damit die Dinge so laufen, wie Sie und ich denken, dass sie gelaufen sein könnten. Ich habe viel über die ganze Angelegenheit nachgedacht, während Sie mich darum gebeten haben zurückzuspulen. Ich weiß nicht, ob Sie nur die Frau besser sehen wollten oder ob Sie noch einen anderen Grund haben. Mir kommt es so vor, als gäbe es noch einen weiteren Grund, und der ist, dass wir keinerlei Erklärung haben und niemand uns die Erklärung abnehmen wird, die wir haben. Wir können jemanden umbringen, weil er uns bei einem Geschäft betrogen hat, weil er uns Schaden zugefügt oder uns gekränkt hat, oder sogar im Streit um eine Geliebte. Aber hier trifft nichts davon zu, und jede Möglichkeit, die Ihnen durch den Kopf geht, Chef, hat mehr gegen sich als für sich. Im Grunde genommen sind alle Erklärungen, die wir haben, miteinander verquickt, und wir drehen uns im Kreis. Ich mag diese Frau nicht, die auf dem Film. Aber die Frau, die in dieser Wohnung gewohnt hat, war traurig, und dies war für sie nur eine Durchgangsstation. Dummerweise hatte sie den falschen Film. Und deshalb hat die Azorerin sie umgebracht.«

WIND. BRISE. LÜFTCHEN. HAUCH. Er hatte sich noch nicht entschließen können, was man empfand, wenn man am Wasser entlangging, nachdem man den Lärm des Amphitheaters am Dock hinter sich gelassen und dem riesigen Pavillon den Rücken gekehrt hatte. Man wendet sich also nach rechts, geht den Ponton entlang, der auf den Wassern des Tejo treibt, vor dem Ozeanarium und unter der Linie des Sessellifts, der um diese Zeit nicht in Betrieb ist, vorbei an Gebäuden, die aus der Ferne gräulich und still erscheinen, am Theater, den hohlen Rändern des portugiesischen Pavillons, dem Pavillon der Zukunft und, noch weiter entfernt, ganz hinten, dem Hügel von Cabeço das Rolas, der wie eine in einen kleinen Wald aus grünen Wipfeln eingesponnene Pyramide wirkt – alles zusammen bildet einen Komplex, der durch Fäden, scheinbar unsichtbare Wege, zusammengehalten wird, kommunizierende Röhren einer in sich geschlossenen Stadt, die von hier aus gesehen nur durch die Lichterkette der Vasco-da-Gama-Brücke mit dem Rest der Welt verbunden ist. Sie spannt sich über die Wasser des Flusses, und ihre beiden metallenen Flügel durchbrechen den dichten Nebel und ragen aus dem Halbdunkel der von der permanenten Helligkeit der Expo getönten Nacht hervor.

Wind. Brise. Lüftchen. Hauch. Er hatte noch keine Skala für dieses Gefühl gefunden, war jedoch andererseits in der Lage, eine Geographie seiner Toten zu erstellen, die wie ein Dreieck auf dem Gelände angeordnet waren, selbst vom Ponton aus betrachtet, neben der schmalen Lücke, durch die kleine Schiffe vom Fluss hereinkommen und bis zum Ozeanarium vorfahren konnten, wenn sie denn wollten. Und auch die metallene, kalte Silhouette des

Ozeanariums am Flussufer glich einer Pyramide, einer Art Altar, errichtet zu Ehren des Meeres, seines Leuchtens, seines Lebens, seiner Toten und seiner Einsamkeit.
Die Weltausstellung hatte ihre Pforten geschlossen und eine kleine Menge anonymer Gestalten entlassen, die die Stufen zum Gare do Oriente hinaufgestiegen oder in einer Prozession von den am Flussufer gelegenen Restaurants zu den umliegenden Parkplätzen gezogen waren. Er hatte beobachtet, wie die Lastwagen von allen Seiten herbeikamen, um ihre Fracht abzuliefern oder den Abfall einzusammeln, und dabei jenen Lärm verbreiteten, der eine Woche zuvor wahrscheinlich das Geräusch eines Schusses am Cabeço das Rolas übertönt hatte. Dann hatte Sílvia Amaral den Körper von Rosa de Almeida Mendes zu dem weißen Jeep geschleift, den die Landschaftsarchitektin normalerweise benutzte, und war zu den Pavillons hinuntergefahren. Sie hatte das Auto abgestellt, die Heckklappe des Land Rovers geöffnet und die Leiche herausfallen lassen, auf die Seite, sodass das Gesicht im Schlamm der letzten Regenfälle landete, der jedoch nicht den erschrockenen, überraschten oder sarkastischen Gesichtsausdruck von Rosa de Almeida Mendes angesichts des kleinen Revolvers in der Faust der anderen hatte verdecken können.
Jaime Ramos blieb in der Mitte des Pontons stehen, der zu dem kleinen Jachthafen am anderen Ende der Pavillons führte, und ging ein paar Meter zurück, bis er vor dem Ozeanarium stand, das wie ein dunkler Altar vor dem Fluss aufragte. Er sah es das erste Mal von dieser Stelle aus, und es erschien ihm wie eine riesige Fabrik unwirklicher Ozeane, deren Wasser sich miteinander vermischten, bis sie nicht mehr voneinander zu unterscheiden waren, der

Indische Ozean schwemmte seine Algen bis hin zu den schwarzen Felsen des Atlantiks, die Fische wechselten die Meere, die Tiefen, ihre Nahrung, den Breitengrad, die Temperatur. Und als der einsame, reglose Körper von Paulo Viveiros Costa wieder vor seinem inneren Auge auftauchte, verstand er, dass dies der richtige Ort war, um den Ozeanologen seiner letzten Leidenschaft zu opfern, allen Meeren, allen Arten, allen Wassern, den wogenden grauen Gewässern der Azoren und den warmen, stillen, durchsichtig-blauen Gewässern des Golfs von Mexiko. Er stellte sich vor, wie jemand diesen Bereich schwarzen Wassers betrat, vielleicht um diese Uhrzeit, wenn die Lieferwagen die Einfahrten zum Expogelände blockieren, und einen Körper hinter sich herzog, an dessen rechtem Fuß schon der große Zeh fehlte, ein überflüssiger Zeh, den niemals das Wasser des Atlantiks berühren würde, nicht einmal dasjenige dieses virtuellen Atlantiks im Inneren des Ozeanariums, des Opferaltars.

Erst jetzt kehrte er auf dem gleichen Weg zum Wagen zurück, wo Isaltino de Jesus auf ihn wartete, die Hände in den Hosentaschen, an das übliche Halteverbotsschild gelehnt.

»Ein Glück, dass Sie zurück sind, Chef.«

»Ich komme immer zurück, Isaltino.«

»Das meine ich nicht. Wir haben einen Anruf von den Azoren erhalten«, sagte der Polizist und deutete auf das Handy, das auf der Ablage des Wagens lag. »Es gibt Neuigkeiten. Sie haben einen Unbekannten identifiziert, der tot aufgefunden wurde. Ehrlich gesagt, wurde der Typ schon vor einer Woche tot aufgefunden, aber nicht identifiziert. Bis ein Hotel die Polizei informiert hat, weil ein Gast von ihnen nicht aufgetaucht ist. Michael Rickey.«

»Der Amerikaner.«
»Der Amerikaner, Chef. Sie faxen uns demnächst einen Bericht. In Ihr Hotel. Es war Inspektor Castanheira. Wenn Sie hier nichts weiter zu erledigen haben, Chef, setze ich Sie im Hotel ab.«
»Ich komme nicht mehr hierher zurück, Isaltino. Fahren wir.«
Jaime Ramos wusste, was Isaltino in diesem Augenblick dachte: dass er doch würde zurückkommen müssen, und sei es auch nur, um es Rosa zu zeigen. Vielleicht würde er zurückkommen müssen. Aber er würde tagsüber zurückkommen, nachmittags, in der Hitze. Er würde als Besucher kommen, der zwischen den Ständen umherschlendern wollte, murrend wie alle Besucher. Und der Rückweg zum Hotel kam ihm vor wie eine Ewigkeit, mit zu viel Gerüttel und zu vielen roten Ampeln – weil er das Fax von Filipe schon in seinen Händen sah, in dem stand, dass Michael Rickey am selben Tag in Ponta Delgada angekommen war, an dem er sein Hotel in Lissabon verlassen hatte. Im Fax stand auch der Name des Hotels in Ponta Delgada, in dem Rickey abgestiegen war, das Hotel »Atlântico«. Es stand darin, dass der Amerikaner von Porto und nicht von Lissabon aus geflogen war. Und dass vor neun Tagen, vor genau neun Tagen, ein bis heute nicht identifizierter Körper in einer Tabakfabrik in Maia gefunden worden war, in einer seit langem nicht mehr benutzten Kiste zum Befeuchten von Tabak für filterlose Zigaretten. Und dass der Körper vollständig bekleidet gefunden worden war, in Anzug und Krawatte, den Kopf leicht nach rechts geneigt.
Jaime Ramos kannte den Ort von einem Urlaub in Porto Formoso her. Er erinnerte sich an das dunkle Steingebäude

der Tabakfabrik von Maia, an die Plantage am Meer, an die Sonne, die sich auf der anderen Seite der Insel verbarg. Darum holte er im Atrium des Hotels, noch im Stehen und bevor er das Fax zu Ende gelesen hatte, eine Beldina aus der Zigarrenkiste, die Rosa ihm geschenkt hatte, als er nach Lissabon gefahren war. Er entzündete sie langsam, im Gedenken an die verschwundene Fabrik in Maia, aber auch, um zu unterstreichen, dass sie endlich den Amerikaner gefunden hatten, der ebenfalls mit Rosa de Almeida Mendes hatte sprechen wollen.

DIE HOSEN WAREN IN EINEM noch übleren Zustand als der Rest der Kleidung, die jetzt in durchsichtigen, hermetisch verschlossenen Plastiksäcken steckte, auf die jemand Etiketten aufklebte. Jaime Ramos fand es unnötig, die feuchten Lumpen, an deren Stoff Schlamm und Flechten wie ein formloser, unregelmäßiger Flaum klebten, so sorgfältig zu verschließen. Erst am späten Vormittag fanden sie die Schuhe, ziemlich genau in der Mitte der künstlichen Bucht – am rechten Schuh fehlte der Schnürsenkel, was jedoch niemanden interessierte –, aber trotzdem gelang es ihnen nicht, alle Kleidungsstücke aufzutreiben, die Paulo Viveiros Costa an jenem Tag getragen hatte, und das, was sie fanden, taugte laut Aussage des Technikers des Instituts wenig für irgendwelche Analysen, nicht einmal die Papiere, die sie, aufgelöst und in eine graue Masse verwandelt, in einer Hosentasche entdeckt hatten.
»Es ist Kleidung, zweifellos, das garantiere ich Ihnen«, sagte der Techniker betrübt. »Aber es fehlt der Tote darin. Sie können ruhig schon hochgehen, ich analysiere

es Ihnen auf jeden Fall, aber nach einer Woche in dieser Brühe ist das Wichtigste verschwunden. Ich werde Öl, Schlamm und Scheiße finden. Das ist es, was in diesem Wasser so herumschwimmt. Aber es besteht kein Zweifel daran, dass die Kleidergröße stimmt. Trotzdem: Ohne die entsprechende Leiche sind das für mich nichts weiter als feuchte Fetzen.«

Jaime Ramos nahm die Schnur zur Hand, mit der die Kleidung an einem Stein festgebunden gewesen war, den sie vom Grunde der Tejo-Einbuchtung direkt vor dem Ozeanarium geborgen hatten.

»Und das hier?«

»Genau das Gleiche, Inspektor. Das ist zu nichts zu gebrauchen, nicht mal als Andenken, aber die Herren heben ja gerne alles auf.«

Meireles hatte es endlich satt, auf dem Ponton zu sitzen und das Schwanken zu ertragen, das die Taucher verursachten, die in regelmäßigen Abständen auf den Grund des Flusses hinab- und wieder auftauchten. Sie hatten Strahler dabei, in deren Licht die schlammigen Halbschatten allmählich sichtbar wurden wie in einem Fotolabor.

»Und wie bist du darauf gekommen?«

»Worauf?«

»Verdammt noch mal. Warum war die Kleidung hier?«

»Weil er nicht da oben umgebracht worden ist. Laut Bericht hat er zwei bis vier Stunden im Wasser gelegen, aber auf keinen Fall im Wasser des Ozeanariums. Das haben wir alle übersehen. Keiner von uns hat sich in der Umgebung des Ozeanariums umgesehen, wir haben es für eine Insel inmitten der Gebäude gehalten, aber nein: Es ist tatsächlich eine Insel, eine richtige Insel, von Wasser umgeben. Man kommt nur über die Brücke herein. Oder über das Wasser. Er hat also zwei bis vier Stunden im Wasser gelegen, aber nicht da drinnen. Dort hätte ihn irgendjemand ziemlich schnell entdeckt, und das sollte nicht passieren. Laut den Ärzten wären vier Stunden ideal, es können aber auch nur zwei gewesen sein. Sagen wir zwei. Wir waren um drei Uhr dort. Er hätte also seit ein Uhr morgens da sein müssen, und das ist unmöglich. Er lag im Wasser, aber nicht dort, denn das Wasser des Ozeanariums war sehr sauber. Nein, er hat eine ganze Weile in diesem Wasser hier gelegen, zwei oder drei Stunden, seit die Lichter auf der Rückseite aus waren. Dann hat ihn jemand in einem Sack die Stufen heraufgetragen. Als sie ihn im Atlantik abgelegt haben, war der rechte Zeh schon völlig ausgeblutet, weil er bereits tot war. Gestern ist mir dann aufgefallen, dass man, wenn man will, von hier aus zum Ozeanarium gelangen kann, entweder mit einem Boot oder schwimmend, wenn man tauchen kann und daran gewöhnt ist, Lasten zu transportieren. Es konnte nur von hier aus gewesen sein, und zwar um die Zeit, wenn alle ihr letztes Bier trinken und im Restaurant ihre Rechnungen bezahlen, wenn die Konzerte zu Ende gehen. Um diese Zeit, so gegen halb eins, eins in der Nacht, herrscht ein allgemeines Durcheinander.«

»Und wer war's?«

»Wer ihn umgebracht hat, weiß ich nicht. Aber derjenige, der ihn da hochgebracht hat, kann nur jemand von der Expo gewesen sein. Nur jemand von der Expo.«

»Da hast du aber Glück gehabt mit den Scheißklamotten.«

»Hier war ein Messerstecher am Werk, und das gefällt mir nicht«, sagte er. »Im Grunde haben wir hier einen Biologen von den Azoren, der sich für Drachenköpfe interessiert, eine mexikanische Ozeanologin, die sich bestens mit Gastronomie auskennt, und eine nymphomanische Landschaftsarchitektin.«

Jaime Ramos wusste, dass es in diesem Fall so etwas wie Glück nicht gab, höchstens Verhängnis. Das Verhängnis, das Paulo Viveiros Costa getötet und verhindert hatte, dass er den Rückflug nach Ponta Delgada antreten konnte. Das Verhängnis, das aus den Wassern des Ozeanariums aufstieg, aus dem fernen Lärm der Autos, die über die Brücke fuhren, aus den Stimmen der Taucher. Und eine plötzliche Stille. Dann vernahm er Musik, ein ganz leichtes Geräusch wie der Wind in den Zweigen unsichtbarer Bäume. Die waren inzwischen auf dem Expogelände eingegangen, die Hitze und die Verpflanzung hatten sie verdorren lassen.

»Das wirft kein besonders gutes Licht auf die Expo«, hatte der Leiter später gesagt. »Bringen Sie mir diese Angelegenheit in Ordnung, Inspektor. Mit dieser Weltausstellung wollten wir an die Ozeane erinnern, sie feiern. Diese Gebäude sind eine unschätzbare Investition, die das Antlitz einer ganzen Stadt verwandelt hat. Es ist eine neue Stadt, voller Kultur, Veranstaltungen, Konsum, voll vom Modernsten, das das Leben heute zu bieten hat. Wenn Sie weiterhin in diesem Tempo Leichen ausgraben, werden wir Sie schließlich ins Programm aufnehmen müssen. Kommen Sie zur Expo und seien Sie bei der Suche nach einer neuen Leiche dabei. Klingt gut, finde ich. Und Sie?«

»Ich finde das auch, aber diese Verbrechen gehören zum Modernsten, was es gibt. Ein Mann und eine Frau lernen sich in Mexiko oder in den Vereinigten Staaten auf einem

Kongress kennen, auf dem neue Arten erforscht werden. Er sucht einen Fisch. Eine neue Spezies. Sie glaubt, dass dieser Fisch existiert. Wie Sie ganz richtig gesagt haben, feiern sie die Ozeane. Wir haben die Begegnungen der beiden in den letzten zwei Jahren aufgezeichnet. Drei Mal in den Vereinigten Staaten, zwei Mal in Mexiko, zwei Mal auf den Azoren und danach auf der Expo. Sie wissen ja, wie die Welt ist. Kann schon sein, dass es ausgesprochen seltene Fische gibt, aber als Polizist weiß man auch, dass Männer und Frauen nicht nur hinter Fischen her sind. Sie feiern die Ozeane.«

»Das erscheint mir aber eine schlechte Metapher«, murmelte der Leiter der Expo.

»Ich bin kein Literaturkritiker. Aber man könnte es wohl so sagen, denn es war das Meer, das sie zusammengebracht hat. Ihr Meer und mein Meer.«

»Sie behaupten also, irgend so ein Fisch hätte sie umgebracht. Wir haben hier Fische aller Arten, aber der, hinter dem die beiden her waren, ist hier nicht verzeichnet. Ich habe mich bereits informiert. Der azorische Drachenkopf existiert streng genommen gar nicht. Wenn es ihn gäbe, wüssten wir das. In diesem Bereich entgeht uns nichts.«

»Und dann ist da noch dieser Amerikaner«, unterbrach Meireles.

»Und dann ist da noch dieser Amerikaner«, bestätigte der Leiter der Expo und stand auf. »Aber die Amerikaner sind überall, sie kommen aus allen Ecken herbei, wie die Pilger. Man erzählt ihnen irgendwas, was mit Esoterik zu tun hat, und gleich kommen sie angelaufen. Das Geheimnis von Fátima, fliegende Untertassen, Gespräche mit dem Jenseits, und schon sind sie da. Ich habe nur Angst davor, dass die SIC auf die Geschichte aufmerksam wird, denn sie würde eine gute Sendung abgeben. Der Fisch. Der Kern des Geheimnisses ist der Fisch, der Fisch von den Azoren, der Kern der Poesie. Folgen wir also dem Kern. Heute ist der georgische Nationalfeiertag, ich muss Georgien empfangen. Erwarten Sie irgendein Verbrechen für den georgischen Nationalfeiertag?«

»Keine Ahnung. Aber Verbrechen sind wie Amerikaner. Man kann nie wissen.«

DER PROFESSOR EMPFING IHN ERST SPÄT am Vormittag, ließ ihn aber eine Stunde lang in dem kleinen grauen Innenhof warten. In dieser Stunde zündete Filipe Castanheira sich zwei Zigaretten aus dem Päckchen Além-Mar an und stand dreimal auf, um die Angestellte, die an einem Schreibtisch mit einer grünlichen Platte saß, zu fragen, ob der Professor überhaupt an der Universität sei. Dreimal markierte die Angestellte mit ihrem Zeigefinger gleichgültig die Seite eines Romans von Danielle Steel und murmelte dabei jedes Mal, vielleicht sei er an der Universität, zweimal fragte sie ihn nach seinem Namen. Beim dritten Mal nannte Filipe Castanheira seinen Namen ungefragt, um sie bei ihrer Lektüre von Danielle Steel nicht zu unterbrechen, als eine Tür am Ende des Korridors aufging, der grau melierte Kopf eines Mannes erschien und eine Stimme, die offensichtlich zu dem Kopf gehörte, nach ihm rief. Seine zerknitterten khakifarbenen Hosen ließen ihn älter erscheinen.

»Kommen Sie. Ich weiß schon, dass es drei Morde sind und nicht nur einer. Das hat der Expo gerade noch gefehlt.

Schade, dass das Ganze nicht an der Universität passiert ist, dann wären die Fälle vielleicht einfacher zu lösen, jedenfalls, was die Motive anbelangt. Aber es gäbe mehr Tote. Nehmen Sie zum Beispiel die geisteswissenschaftliche Fakultät, da wäre gleich ein Massenmörder am Werk gewesen. In den Geisteswissenschaften wird offenbar mehr gemordet, eine berufsbedingte Schwäche.«

Sie gingen den Korridor entlang und durch eine Tür auf einen Platz hinaus, auf dem zwei Wagen geparkt waren. An einem von ihnen, einem älteren Jeep, waren alle vier Reifen platt, und der Professor deutete auf ihn:

»Das ist Paulos Wagen. Er ist oft hier gewesen und hat auf diesen Stufen gesessen. Es war ein perfekter Schlupfwinkel, auch wenn er direkt hinter den Büros der Professoren lag.«

»Ich war an allen Stellen der Insel, an denen er getaucht ist. Das sind auch gute Verstecke.«

»Und haben Sie den ›scorpaena azorica‹ entdeckt? Das wäre eine echte Neuigkeit.«

»Keine Spur.«

Der Professor lächelte, und Filipe Castanheira entdeckte an dem Hochschulmann eine dunkle Traurigkeit, die er bisher noch nicht bemerkt hatte. Er kannte Blicke wie diesen, erlebte sie mindestens einmal täglich bei José Silveira Enes, und er erkannte auch dieses beobachtende Lächeln. So lächelte Enes, wenn er den Polizisten zusah, wie sie einen Fall bearbeiteten, Stück um Stück, Verhör um Verhör, Fragen um Fragen, Faxe, Aufnahmen und Anrufe zusammentrugen. Als ob er durch einen Zaubertrick das Problem lösen, eine Spur aufzeigen könnte, wenn er nur wollte. Filipe wartete bis zum Abend, bevor er das gelbliche Büro von José Silveira Enes betrat und sich auf die Fensterbrüstung setzte, mit dem Rücken zur Uferstraße von Ponta Delgada, um diesen Trick zu beobachten. Er war kein Meisterstück und besaß auch nicht den stillen Glanz eines Taschenspielers, er war nichts weiter als eine durch das Alter seines Chefs erhöhte Aufmerksamkeit, eine durch viele Jahre der Polizeiarbeit geschärfte Intuition.

»Haben Sie seinen Computer gesehen?«, fuhr der Professor fort.

»Ja. Wissen Sie, was darauf war?«

»Mehr oder weniger. Ich bin nur ein alter Professor, der in den Straßen von Ponta Delgada gegrüßt wird und an der Universität geduldet ist. Früher oder später gibt es dann ein Abschiedsessen, und man überreicht mir einen goldenen Füllfederhalter mit Gravur, eine gebundene Ausgabe der ›Revista de Estudos Açorianos‹, eine Medaille der Afonso-Chaves-Gesellschaft und einen Rentnerausweis. Und man wird mir sagen, dass ich jederzeit willkommen bin, wenn ich vorbeischauen will. Aber bemitleiden Sie mich nicht zu sehr. Jetzt interessiere ich mich eher für Physik, für Vulkanologie und für die Geologie der Ozeane. Der Rest ist Schaum. Das Wichtigste ist der Unterschied zwischen dem Festland und den Ozeanen, Granit und Basalt, die Unterbrechungen und Ablagerungen, die Fortpflanzung der Schallwellen, all das. Sie interessiert das natürlich nicht. Aber sicher wissen Sie, dass man endlich das Meer entdeckt hat und dass die Ozeane über bedeutendere Ressourcen verfügen als das Festland. Paulo wusste das schon lange, schon seit er sehr jung war.«

»Und sein Computer?«

»Auf dem Computer waren die letzten Erkundigungen

gespeichert, die er eingeholt hat. Die üblichen für einen Wissenschaftler. Er war Wissenschaftler, und darum wollte er niemals weg von den Azoren. Hier hatte er das Gefühl, in der Mitte der Welt zu sein. Er hatte die Intuition eines Geologen.«

»Und Scinventory?«

»Ah. Auf die stößt man schnell. Die Links seiner letzten Erkundigungen haben ihn zu Scinventory geführt, so, wie seine Forschungen ihn selbst zur Universität und von dort zu dem Haus in Faial da Terra geführt haben. Eines führt zum anderen. Die Meere können die tödlichsten Waffen hervorbringen, wenn es uns gelingt, die Elemente auf dem Meeresgrund zu isolieren. Im Vergleich dazu war der ›scorpaena azorica‹ ein Witz.«

»Glaubte er an den ›scorpaena azorica‹ oder nicht?«

»Ja. Es war ein alter Traum von ihm, sich mit einer Spezies zu beschäftigen, die alles Böse der Natur, alle bisher unbekannten Möglichkeiten dieses Bösen in sich barg. Also entwickelte er eine Hypothese über die Existenz dieses Drachenkopfs, aber das ist für Ihren Fall nicht weiter von Interesse. Eine Hypothese über die Existenz des Bösen. Und der tote Amerikaner, den Sie in Maia gefunden haben?«

»Der ist einfach tot. Wie haben Sie von dem Fall erfahren?«

»So wie Paulo zu Scinventory gelangt ist, einer Firma, die ozeanologische und biologische Versuche durchführt, ist Scinventory hierher gelangt. Sie sind dem Link in umgekehrter Richtung gefolgt, sozusagen als Trittbrettfahrer. Tatsächlich hat er sie um Informationen über Erfahrungen gebeten, die sie vor Jahren mit Braunalgen auf den Formigas-Inseln gesammelt hatten. Es gibt da ein altes, vor langer Zeit gesunkenes Schiff, auf dem meterlange, seltene Algen gewachsen sind. Es war einer der Orte, die Paulo erforscht hat, weiter nichts.«

»Und die Mexikanerin?«

»Eine hübsche Frau. Ich habe sie vor etwa einem Jahr kennen gelernt, als sie mit Paulo hier war. Er hätte mich damals fragen können, ich hätte das für ihn in Ordnung bringen können. Aber ich weiß nichts weiter über sie, als dass sie eine von Paulos Frauen war. Wenn einer von ihnen starb, musste der andere das gleiche Schicksal erleiden, denn sie forschten über das gleiche Thema. Sie war aber vorher schon mal hier gewesen, im Frühsommer '88 zu einem Workshop über Malakologie. Versuchen Sie nicht zu verstehen, was das ist, obwohl ich der Ansicht bin, die Malakologie – die Weichtierkunde – sollte auf den Azoren zu den Spitzenwissenschaften zählen, weil sie sich mit weichen, schlaffen Körpern beschäftigt. Eine hiesige Spezialität. Sie haben Sílvia Amaral getroffen. Haben Sie es nicht bemerkt? Diese Trägheit. Ich nenne sie ›Sálvia‹, Salbei, das klingt besser, frischer. Alles, was sie tut, tut sie langsam, wenn sie einen Finger bewegt, sieht das aus, als würde es sie ungeheure Anstrengung kosten. Sie war wie die ›Elobídios‹, von denen ich Ihnen erzählt habe, nur dass sie größer war. Wissen Sie, wo diese Schnecken von Água d'Alto oder Ponta da Galera ihre Geschlechtsteile haben? Am Kopf.«

Filipe Castanheira sah Sílvia Amaral vor sich, wie sie die Polizeiwache betrat, um verhaftet zu werden, aber was er vor sich sah, hatte mit Trägheit nichts zu tun, im Gegenteil. In seiner Vorstellung bewegte sich der handliche Körper einer gewöhnlichen kleinen Mörderin über dem Körper von Paulo Viveiros Costa oder Manuel Luzes auf und ab und hinterließ auf jedem von ihnen ein Erinnerungsmal wie einen tiefen Kratzer in betäubtem Fleisch. Trotzdem zog er ein Paket aus seiner Jackentasche und zeigte es dem Professor:

»Das ist gestern Abend mit dem Flugzeug angekommen. Es stammt aus Lissabon. Auf den ersten Blick scheint es eine ganz gewöhnliche Schnur wie alle anderen. Nur dass sie aus verschiedenen, miteinander verflochtenen Schnüren besteht, mit einem Elektrokabel in der Mitte, um das Ganze zu verstärken. Es hat einige Tage auf dem Grund des Tejo gelegen, direkt vor dem Ozeanarium. Paulos Kleidung war damit an einen Stein gebunden und auf dem Grund des Flusses versenkt. Wie schon gesagt, es könnte eine ganz gewöhnliche Schnur sein. Aber das ist sie nicht. Es gibt da dieses Elektrokabel und somit eine Möglichkeit, unter Tausenden herauszufinden, wer sie hergestellt haben könnte. Auf der Plastikummantelung des Kabels steht ›EDA – Electricidade dos Açores‹. Was halten Sie davon?«

Der Professor zog eine Brille aus einer der Taschen seiner khakifarbenen Weste und nahm die Schnur, die der Polizist ihm entgegenhielt.

»Manchmal benutzen wir ähnliche Schnüre zum Befestigen der Taucherglocken, die auf den Meeresgrund hinabgelassen werden. Aber das sind normale, handelsübliche Schnüre. Paulo selbst hat eine Glasglocke bestellt, um ein paar Fische im Flugzeug zu transportieren, eine Art Aquarium.«

»Wann?«

»Vor zwei Wochen.«

»Und welche Arten waren das?«
»Das weiß ich nicht. Er hat sie mit ein paar Papieren von der Universität angefordert. Aber diese Schnur sagt mir nichts. Wenn sie hier auf den Azoren hergestellt wurde, kann sie nur von Fischern gemacht worden sein. Und wenn es auf São Miguel war, dann kann sie nur aus Rabo de Peixe oder aus der Gegend um Capelas stammen.«
»Diese Schnur ist nicht gemacht worden, um etwas am Meeresboden festzuhalten, Professor. Das Elektrokabel macht sie zugfest, sehr zugfest, und das ist das Entscheidende. Meiner Meinung nach sind die anderen Schnüre drum herum nur dazu da, damit sie nicht ins Fleisch einschneidet. Dies hier ist eine Waffe. Sie könnte zum Beispiel benutzt worden sein, um eine Kehle zuzuschnüren, ohne größere Spuren zu hinterlassen. Spuren, die das Wasser verwischen würde, wenn die Leiche gleich im Wasser abgelegt würde. Wer diese Schnur angefertigt hat, wusste, dass man jemanden erwürgen kann, und wusste in diesem Fall auch ein Messer zu handhaben, sei es, um Ihrem Biologen einen Zeh abzuschneiden, sei es, um einer mexikanischen Ozeanologin die Kehle durchzuschneiden. Wenn einer von ihnen starb, musste der andere das gleiche Schicksal erleiden.«

AM ABEND ZUVOR HATTE ISALTINO das Paket mit der Schnur, die tagelang die Kleidung von Paulo Viveiros Costa am Grunde des Tejo festgehalten hatte, zum Flughafen gebracht, war dann zur Polizeistation zurückgekehrt und hatte die gleiche Frage gestellt:
»Und das hier, Chef?«

Er stand vor Jaime Ramos und deutete auf die Fotokopie eines unbenutzten Flugtickets von Lissabon nach Mexiko DF via Amsterdam, ausgestellt auf den Namen Elena Díaz, Elena Carreter Díaz. Und weitere Fotokopien: Ein unbenutztes Flugticket von Lissabon nach Ponta Delgada, ausgestellt auf den Namen Paulo Costa, Paulo Viveiros Costa. Ein Fax ohne Angabe des Absenders mit der Passagierliste eines Flugs von Porto nach Ponta Delgada, auf der der Name Rickey, M. markiert war. Ein Fax, in dem Elena Carreter Díaz aufgefordert wurde, nach Mexiko zurückzukehren, weitere Anweisungen würde der Kommissar ihres Landes auf der Expo '98 erteilen. Ein weiteres Fax von der Akademie der Wissenschaften von Kalifornien, in dem die Existenz einer Studie von N. S. Eschmeyer über eine ›scorpaena azorica‹ genannte Spezies bestätigt wurde und darüber hinaus die entsprechende Signatur in der Bibliothek der Akademie sowie eine Internetadresse aufgeführt waren, unter der man die Bibliographie einsehen konnte. Ein gerichtsmedizinischer Bericht über den Tod von Rosa de Almeida Mendes. Ein gerichtsmedizinischer Bericht über den Tod von Elena Carreter Díaz. Ein Foto von Elena Carreter. Ein Blatt mit einer exakten Zeichnung der Klinge, die für den Mord an Elena Carreter benutzt worden war. Eine Rechnung des Restaurants »A Marítima« in Xabregas. Ein Fax mit Angaben zur akademischen Laufbahn von Paulo Viveiros Costa. Ein sechsfach gefalteter Plan der Expo '98. Eine vollständige Liste aller im Ozeanarium lebenden Arten. Eine Liste der persönlichen Habseligkeiten, die in Paulo Viveiros Costas Reisesack gefunden worden waren. Eine Videokassette mit den Aufzeichnungen der Überwachungskameras der Expo aus jener Nacht, in der die Leiche von Paulo Viveiros Costa gefunden worden war. Eine von der Architektin Rosa de Almeida Mendes handschriftlich erstellte Liste der botanischen Arten im Garten von Cabeço das Rolas, auf der eingetragen war, wann die Pflanzen umgetopft und wann sie eingegangen waren. Die Informationen von Isaltino de Jesus über die Befragung des gesamten mit der Wartung des Ozeanariums beschäftigten Personals. Die Fotokopie der Fotokopie des gerichtsmedizinischen Berichts über den Tod eines Unbekannten, der in einer alten Tabakfabrik auf den Azoren gefunden worden war.

Aber die Nacht verging. Jaime Ramos hatte Isaltino am Hoteleingang einen einsamen Abschiedgruß zugewinkt, und die Nacht verging. Um elf Uhr morgens verstieß der Inspektor gegen eine Regel, indem er höchstpersönlich Isaltino de Jesus anrief und ihn bat, ihn am Ozeanarium abzuholen. Am Ozeanarium angekommen, tippte Isaltino dem Inspektor leicht auf die Schulter, und dieser drehte sich um:

»Es ist erstaunlich. Wie lange bin ich schon hier, Isaltino?«

»Zwei Stunden, nehme ich an, seit Sie mich angerufen haben. Meinen Berechnungen zufolge dürften hier inzwischen so an die fünfhundert Leute vorbeigekommen sein, und alle haben Sie gesehen, Chef, denn Sie kleben ja förmlich am Glas.«

»Genau wie die Fische. Wenn man hier ist, träumt man, auf dem Meeresgrund zu sein, plötzlich schließt man die Augen und alles ist dunkel, Isaltino. Dann öffne ich sie wieder und sehe all die Farben, die Plastikalgen, die Seesterne aus Zement, die Lichter von oben, alles durch das Glas. Und wenn man sich noch näher ans Glas lehnt, scheint es gar nichts anderes mehr zu geben, nur den Traum, dass wir uns auf dem Grunde des Meeres befinden.«

»Es ist Zeit zum Mittagessen, Chef, und wir sollten uns besser beeilen. Wenn die mich ließen, könnte ich Ihnen was zu essen hierher holen, aber das würde Ihnen nicht gut tun. Wir sollten lieber ein bisschen an die frische Luft gehen.«

Aber Inspektor Jaime Ramos war immer noch in die Betrachtung des riesigen Wasserbeckens versunken, in dem tausende von Fischen zu einer Musik, die aus dem Innern des Wassers kommen mochte, einen schwebenden Tanz aufführten, zwischen den Strahlen bunten Lichts und den Schatten der grünen Fasern, die in unregelmäßigen Bewegungen hin und her wogten, als hingen sie an unsichtbaren Fäden.

»Isaltino. Buch unsere Rückreise. Wir fahren morgen Nachmittag mit dem Zug, und zwar ab dem Gare do Oriente.«

»Und das hier, Chef?«

Sie setzten sich in Bewegung, mischten sich unter eine Gruppe spanischer Besucher, die alle kurze Hosen trugen und Kaugummi kauten.

»Das hier, Isaltino, sind Reste. Knochen. Das Wichtigste ist schon geschehen, und wir haben es verpasst. Die Expo ist zu groß für uns, mein Freund. Die Minister sind zufrieden, weil es nicht noch mehr Tote gibt. Sie haben sich so sehr daran gewöhnt, dass sie jetzt drei Kreuze schlagen, auch wenn noch zwei Bauarbeiter ums Leben kommen. Natürlich ist zwischendurch einiges schief gegangen. Du kannst dich für eine der drei folgenden Geschichten entscheiden: Die Mexikanerin und der Azorer waren Drogenkuriere und wurden bestraft, weil sie ihre Auftraggeber übers Ohr gehauen haben; der Azorer war Mitglied einer Sekte, die ihren säumigen Anhängern einen Zeh abschnitt, wenn sie sündigten oder Gruppensex trieben; die Mexikanerin wurde von einem Vergewaltiger umgebracht, der immer noch frei hier herumläuft.«

»Und welche von den drei Geschichten ist wahr?«

»Such dir eine aus. Wenn du dich für keine von ihnen entscheiden kannst, musst du dir eine andere Antwort einfallen lassen und fängst wieder von vorne an, aber wir kehren trotzdem nach Porto zurück.«

»Ich habe mit der ganzen Sache nichts zu tun und befolge hier nur Anweisungen. Ich gehorche Ihnen, Chef. Aber Sie sind von Ihrem Chef für zwei Monate hierher geschickt worden, wenn mich nicht alles täuscht.«

»In der Zeitung habe ich gelesen, dass wir dieses Jahr die Meisterschaft wieder gewonnen haben. Das müssen wir feiern. Hier gibt es nichts mehr zu tun. Find mir den Fernsehfritzen. Den Idioten. Und sag Meireles, dass ich mich aus dem Staub gemacht habe.«

DER HANG VON SÃO VICENTE FERREIRA war eine seiner Lieblingslandschaften. Das Meer verlor sich in der Ferne, blau oder grau, vor einer Bucht, die rechter Hand von den fernen, ins Meer hinausragenden Felsen von Capelas begrenzt wurde und sich bis zum Leuchtturm von Ponta do Citrão jenseits von Ribeira Grande erstreckte. Vom Aussichtspunkt von Santa Iria oberhalb von Praia dos Moinhos und Porto Formoso aus schien diese Küste einsam und verlassen. Aber von hier aus betrachtet, wo das

Grün der Insel noch satter wirkte, schienen alle Farben in Erwartung des Spätnachmittags zu schlummern. Dieses Grün ließ sich nur mit dem Grün vergleichen, das man vom Pico da Pedra aus erblickte, wenn sich die Landstraße von Ribeira Grande in den Ort hinunterschlängelt oder sich zu der Küstenstraße gabelt, die nach Rabo de Peixe führt. Filipe Castanheira wusste, dass, wenn man wie er zehn Jahre seines Lebens auf São Miguel verbracht hatte, diese Vergleiche irgendwann keinen Sinn mehr ergaben, denn in den Augen des Touristen kam kein Grün dem Grün von Vale das Furnas gleich, wenn man es vom Salto do Cavalo oder einem der höchsten Punkte der Serra da Tronqueira aus sieht. Und kein Grün ist für den Touristen wie das Grün von Água Retorta, das sich von Nordeste nach Povoação hinunter erstreckt und sich gegen das Meer abzeichnet wie eine Explosion der Farben, die den Gezeiten und dem Wetter unterworfen sind. Aber dieser Hang, der sich von São Vicente Ferreira nach Capelas hinab erstreckte und sich in seinen Erinnerungen an die Zeit vor zehn Jahren verlor, als er endgültig beschlossen hatte, sich auf São Miguel niederzulassen, rief ihm zugleich die bittere Treulosigkeit seiner eigenen Kindheit gegenüber ins Gedächtnis zurück, andere Hügel, wo der Douro sich durch den grünen Flaum der Mandelbäume schlängelte, die ihre Blüten abgeworfen hatten, und der Duft der Feigenbäume oder des Wacholders in den Tälern ein Balsam war, dem er Respekt schuldete.

Hinter den ersten Häusern, die die Sommerfrischler aus Ponta Delgada am äußersten Ende des Dorfes errichtet haben, münden die Straßen in die Landstraße nach Capelas, und nur zwei laufen fast direkt auf den kleinen Fischer-

hafen zu, der schon von weitem durch einen Walausguck erkennbar ist. Als er die Kneipe betrat, schlief São Vicente, ermattet von dem Licht, das den Nachmittag ankündigte. Doch da waren die Gerüche: der Geruch nach Wein und Gebratenem, der Geruch nach Seife in dem kleinen Waschbecken in der Ecke des Raumes, der Geruch nach den ersten Wassermelonen auf der Ladefläche eines Lasters, der im Schatten eines Vordachs parkte, der Geruch nach frisch gemahlenem Kaffee und billigen Zigaretten, Santa Justa oder Marujo. Aber der Mann, der an seinem Tisch saß, benutzte eine Tabakrolle, die er mit einem Messer mit Holzgriff bearbeitete. Mit der linken Hand fing er in einem Zigarettenpapier aus Maisblättern die Tabakkrümel auf, die das Messer präzise abschnitt. Nachdem er sich eine erste Zigarette gerollt hatte, die er auf der grünen Resopaltischplatte ablegte, wiederholte er die Prozedur. Mit denselben gleichmäßigen, mechanischen Handbewegungen stutzte das Messer die Tabakrolle bis zu dem Augenblick, in dem eine unsichtbare Waage ihm das genaue Gewicht der Zigarette anzuzeigen schien. Er reichte eine von ihnen Filipe Castanheira, der sie anzündete, nachdem er das Maisblatt angeleckt hatte. Der Mann betrachtete ihn wohlwollend. Und schließlich zeigte er das gleiche Lächeln wie der Professor oder sein Chef:
»Früher haben wir aus allem Schnüre gemacht. Die meisten Netze kamen vom Festland, aber die besten Handwerker lebten auf Corvo oder Pico, wenn ich mich recht erinnere. Aber Handwerker wie der, den Sie suchen, gibt es hier nicht mehr. Wahrscheinlich sind sie alle nach Amerika ausgewandert, Boston, Fall River. Oder noch weiter, denn es kommt fast nie einer zurück. Es gab da so einen

Handwerker, ja, aber ich erinnere mich nicht genau an ihn. Wenn Sie hier herumfragen, wird sich niemand mehr erinnern.«

»Nur ein Name«, bat Filipe Castanheira.

»Niemand wird Ihnen einen Namen nennen. Er ist weggegangen.«

»Wo kriegen Sie die Tabakrollen her?«

»Da, wo auch die anderen sie herkriegen. Meist aus Maia, wo es den besten Tabak gibt, oder aus Lagoa. Aber der aus Maia ist besser. Man geht nachts dorthin.«

Er hob das Glas an die Lippen und zwinkerte Filipe Castanheira mit dem rechten Auge zu.

»Dort gab es auch geschickte Handwerker, aber für die Arbeit, von der Sie mir erzählt haben, ist dies hier die beste Gegend. Keine Schnur ist wie die hiesige für eine solche Arbeit geeignet.«

»UND SIE SIND AUS EINEM BESTIMMTEN GRUND HIER, nehme ich an.« Jaime Ramos setzte sich dem Mann gegenüber und empfand im selben Augenblick eine gewisse Bewunderung für ihn. Er hielt ihm die Zigarrenkiste hin, und der andere schwankte zwischen dem reifen Volumen der Beldinas, die die innerste Feuchtigkeit einer frisch gerollten Corona offenbarten, und den leichten und scheinbar trockenen Ilhéus. Er entschied sich für einen Zigarillo, rollte ihn zwischen seinen Fingern und betrachtete Jaime Ramos, als versuche er abzuschätzen und zu verstehen, wie sich sein Beruf mit seiner Eigenschaft als Zigarrenraucher in Einklang bringen ließ.

»Ich habe schon vor langer Zeit mit dem Rauchen aufgehört, Senhor Ramos. Man könnte sagen, als die ersten gesundheitlichen Probleme aufgetaucht sind.«

»Ich weiß. Kurzatmigkeit, vorübergehendes Erstickungsgefühl, erhöhter Cholesterinspiegel, der Tabakgestank in der ganzen Wohnung und der Nikotinbelag auf den Zähnen. Lauter unangenehme Dinge. Die Haut leidet ebenfalls, das habe ich in einer Zeitschrift gelesen. Heutzutage liest man alles in den Zeitschriften. Für alle gibt es Ratschläge, für jeden eine eigene Zeitschrift, für jeden eine eigene Gefahr.«

»›Siempre se ha de vivir con peligros‹ – Man lebt immer mit der Gefahr.«

»Und welche Gefahren bedrohen Sie, Senhor Ulacia? Zigaretten gehören im Moment ja offensichtlich nicht dazu. Sex? Politik? Geld? Spionage?«

Jaime Ramos wartete, bis der Mexikaner, der seinen Kopf nach hinten geworfen und schallend gegen die verrauchte Decke der Hotelbar gelacht hatte, sich wieder beruhigt hatte. Die Bartstoppeln hätten eine Rasur vertragen können, das Haar war ein wenig zu ungekämmt für einen Angehörigen des diplomatischen Korps, und das Lachen war zu laut, aber als der Barkeeper die Getränke brachte, war Ulacia schon wieder ernst und hatte seine tiefe Stimme und die Beherrschung zurückgewonnen, die der helle, nach wie vor untadelige Anzug ausstrahlte:

»Kaum etwas davon interessiert mich wirklich. Meine Zeit ist vorüber. Mit fünfzig ist die Karriere, was sie ist. Das Geld ist, was es ist. Und der Sex ebenfalls. Waren Sie schon oft verliebt, ›comisario‹?«

»Zwei- oder dreimal, nicht öfter als üblich. Waren Sie in Elena Carreter verliebt?«

»Warum fragen Sie?«
»Es ist die einzige Erklärung dafür, dass Sie heute Abend um diese Zeit hier aufgekreuzt sind, ausgerechnet am einzigen Tag, an dem ich früh schlafen gehen wollte, und etwas über meine Leidenschaften wissen wollen. Waren Sie in Elena Carreter verliebt?«
»Geben Sie mir Feuer.«
Jaime Ramos reichte ihm die Streichholzschachtel, und Artur Ulacia Mendía riss ein Streichholz an, um die Ilhéu anzuzünden.
»Portugiesisch?«
»Von den Azoren. Ein feiner Unterschied.«
»Es geht nicht um mich und Elena. Ich kannte sie nicht besonders gut, habe sie auf anderen Ausstellungen und Kongressen außerhalb Mexikos getroffen, als Diplomat, wohlgemerkt, aber das ist nicht das Entscheidende. Die Leidenschaft, von der ich spreche, war Elenas Leidenschaft fürs Meer. Das sagt sich so, und tatsächlich trifft es das nicht ganz. Leidenschaft ist ein nichts sagendes Wort. Kennen Sie Octavio Paz, Senhor Ramos?«
»Ich habe schon von ihm gehört.«
»Es gibt ein paar wunderschöne Verse von ihm darüber, über die Leidenschaft, das Meer, die mexikanischen Feste, die Seele. Elena hat all das verkörpert. Eines Tages, als wir auf einem Treffen in Mexiko City unseren Stand für die Expo geplant haben, habe ich diese Kraft gespürt. Ich bin kein Mensch, der sich besonders für andere interessiert, aber jetzt, da sie tot ist, kommt es mir vor, als müsse ich ihr diese Ehre erweisen. Es gab die Idee, via Satellit die Bilder vom echten Meer zu übertragen, wie Sie es an unserem Stand gesehen haben. Zweifellos eine großartige

Idee. Elena war an allen Arbeiten beteiligt, sie hat Daten beigesteuert, hat sich engagiert und wollte noch vor Eröffnung der Weltausstellung nach Lissabon kommen, damit nichts schief ging. Mitte April, inmitten der Schlechtwetterperiode in Lissabon, wollte Elena alles in allen Einzelheiten studieren. Ich war überrascht, als sie mir vorschlug, unsere Vertretung solle einen Film bezahlen, der auf den Azoren gedreht wurde. Dieser Film, Sie wissen schon, der, von dem Sie dachten, wir hätten ihn. Wir hatten ihn nicht, haben ihn nie besessen. Ich weiß nicht, wo er ist. Ein Film, der auf den Azoren gedreht werden sollte, das war in Ordnung, obwohl wir eigentlich kein Budget dafür hatten, selbst wenn er nicht sehr teuer war, wie ich ja bereits gesagt habe. Gut eine Million Escudos konnten wir auftreiben, wenn es wissenschaftlich gerechtfertigt war, vor allem aber, wenn es für das notwendig war, was wir vorhatten. Unser Geld war knapp bemessen, Senhor Ramos. Mexiko ist ein großes, armes und ehrbares Land. Aber unser Geld ist genau abgezählt, Peso für Peso. Ich war von Anfang an misstrauisch. Die Begründung war einfach: Die Bilder, die via Satellit übertragen wurden, konnten ausfallen, und wir brauchten ein Ersatzvideo.«

»Und warum haben Sie nicht die Bilder benutzt, die Sie aus Mexiko bekamen? Sie hätten sie doch aufnehmen können.«

»Eben. Eines Tages, in der zweiten Aprilwoche, habe ich verstanden. Elena war schon vor langer Zeit auf den Azoren gewesen, zum Arbeiten, wie ich dachte. Damals haben wir uns zu einem Abendessen getroffen, um uns auszusprechen, denn als sie den Vorschlag gemacht hatte, hatte ich das Gespräch gleich zu Beginn abgebrochen. Vielleicht verstehe ich nicht besonders viel von Ozeanen und Biologie, aber ich muss mein Budget einhalten. Ich sagte Nein. Das Gespräch verlief in angespannter Atmosphäre. Also haben wir danach dieses Versöhnungsessen organisiert, eine Art Wiederbegegnung nach meiner Absage. Elena schleppte diesen Jungen an, den Dozenten von den Azoren, und ich verstand, dass noch nicht feststand, ob es tatsächlich zu einer Versöhnung kommen würde. Sie würde wieder angreifen. Und sie griff wieder an. Senhor Ramos, Sie wissen, wie das an den Universitäten läuft: wenig Geld, die Budgets sind so knapp wie nur möglich bemessen, es gibt so gut wie keine Forschungsgelder, das Drama aller Länder mit bescheidenen Mitteln. Unsere Universitäten verfügen über gute Wissenschaftler, aber wenig Geld. Gut. Auf jeden Fall erschienen sie bestens gerüstet zum Abendessen: mit Karten, Berichten, Studien, Fotokopien von Artikeln. Sie fuhren also ihr gesamtes Arsenal auf, um mich gemeinsam zu überzeugen. Die Idee war, Geld abzuzweigen, um einen Film zu drehen, den die Uni ihnen nicht bezahlen konnte.«

»Und sie haben Sie überzeugt?«

»Allerdings. Die Forschungsarbeiten von Elena sind veröffentlicht, und ich glaube, Sie wissen das, weil Sie in unserer Botschaft zwei Bücher ausgeliehen haben. Bücher können wir uns noch leisten. Es sind ernst zu nehmende Forschungsarbeiten über den Golf von Mexiko und die Meeresbiologie des Mittelatlantischen Rückens. Ein kompliziertes Thema, aber ein faszinierendes kompliziertes Thema, um die Wahrheit zu sagen. Deshalb habe ich Sie gefragt, ob Sie schon einmal verliebt waren. Denn da ging es um Leidenschaft. Mit dem Film von den

Azoren sollte etwas ganz Einfaches verdeutlicht werden: die Ähnlichkeit zwischen bestimmten Vulkanformationen auf der einen und der anderen Seite des Atlantiks, im Golf von Mexiko und auf den Azoren, und die Erforschung bestimmter Arten, von denen einige sehr selten waren, wenn ich es recht verstanden habe. Versetzen Sie sich mal in meine Lage, Senhor Ramos, eine Million Escudos war nicht zu viel verlangt. Tausend ›contos‹, wie man in Portugal sagt. Ich konnte diese Ausgabe damit rechtfertigen, dass dieser Film, eine Kleinigkeit, gedreht werden musste, indem ich hervorhob, er sei unentbehrlich. Der Film sollte anschließend an eine mexikanische Universität gehen, er war von wissenschaftlichem Interesse, und wir hätten ihn gefördert. Und wenn ich Universität sage, meine ich natürlich das Prestige unseres Landes. Was das Geld betrifft, ließ sich das schon irgendwie rechtfertigen, ich würde eben an anderer Stelle sparen. Aber da war noch etwas anderes: Elena.«

Elena, natürlich, dachte Jaime Ramos. Die Augen einer kleinen Halbindianerin aus dem Süden, eine Stimme, reif wie der Rauch einer Beldina, der leicht dahintreibende Körper der Ozeanologin, einer Taucherin, die zwischen den Riffs vor der Sargassosee zu tanzen schien.

»Elena brachte alle Argumente aufs Tapet. Sie sprach sogar von Atlantis, den Pyramiden der Mayas, den heiligen Fischen, der Farbe des Meeres, den merkwürdigen Übereinstimmungen auf dem Meeresgrund. Es war eine Dummheit, Senhor Ramos, aber schließlich ging es nur um tausend ›contos‹ und um einen Film, der irgendwann mal wichtig sein könnte. Ich war nie bedeutend. Ich bin nur ein mittlerer Diplomat, wie Sie sicher schon erkannt haben. Ein mittlerer, unbekannter Diplomat, Staatsbeamter, aber mit gewissen Entscheidungskompetenzen. Und stellen Sie sich mal vor, der Film hätte sich als wichtig erwiesen? Es war ein bisschen Eitelkeit im Spiel, das gebe ich zu, aber vielleicht war es verdiente Eitelkeit. Also wurde der Film gedreht. Ich wusste immer, dass der Film existierte, ich wusste immer, dass er gedreht worden war, und wir hatten die Garantie, dass keine Kopien in Umlauf gebracht würden, dass es nur ein Exemplar geben würde. Eine Garantie, die nicht eingehalten wurde, wie man heute weiß. Wir hatten eine Kopie, die mit der identisch ist, die Sie heute haben. Aber das Original, Senhor Ramos, das Original hat niemand. Elena sagte mir, der Dozent von den Azoren habe es behalten und würde es zurückgeben. Aber der Azorer ist tot. An dem Morgen, als sich herausstellte, dass er nicht etwa einfach nur tot, sondern ermordet worden war, habe ich gleich ganz früh mit Elena gesprochen. Ich wollte wissen, was los war. Sie hatte Angst vor irgendetwas, denn sie bat mich, mit niemandem über den Film zu sprechen. Sie sagte mir, die Amerikaner seien ebenfalls hinter dem Film her.«

»Welche Amerikaner?«

»Das weiß ich nicht, aber sie hat was von Amerikanern gesagt. Was mich betrifft, habe ich mein Versprechen Elena gegenüber gehalten, solange ich konnte. Bis heute habe ich nicht über das Thema gesprochen, aber ich fand, sie hat diese Würdigung verdient, wie ich Ihnen ja schon gesagt habe. Ich war derjenige, der darum gebeten hat, dass sie nach Mexiko zurückbeordert wird. Ich habe dienstliche Probleme angeführt, Prioritäten, was auch immer. Sie hätte es später schon verstanden, wenn sie es nicht sogar gleich verstand. Ich begreife diese Anspielung auf die Amerikaner nicht, denn das Ganze war ›top secret‹. Aber es ist eine Tatsache, dass das Original, die Originalkassette, verschwunden ist. Der Dozent, der Azorer, wurde ermordet. Elena wurde ermordet. Dieses Mädchen von der Expo wurde ermordet. Und Sie, ›comisario‹, sind hier aufgetaucht und haben mich nach dem Film und nach einem Drachenkopf gefragt. Ich weiß nicht, was ein Drachenkopf ist, aber ich erkenne eine Videokassette, wenn ich eine sehe. Und, unter uns gesagt, ich weiß, dass drei Tote eine gewaltige Last sind.«

»Vier. Es gibt noch einen Toten. Einen Amerikaner, Senhor Ulacia.«

»Was für einen Amerikaner?«

»Einen Amerikaner, der auf den Azoren gefunden wurde und hinter dem Film her war. Hinter diesem Film«, sagte Jaime Ramos und griff nach der Ilhéu, die Artur Ulacia nutzlos zwischen seinen Fingern verglimmen ließ. »Gehen Sie schlafen. Warum haben Sie sie nach Mexiko zurückgeschickt?«

»Um sie zu schützen.«

Aber Jaime Ramos wusste, dass Artur Ulacia ebenfalls jene reife Stimme, jenen dahintreibenden Körper einer Taucherin, einer Tänzerin, die kleine Indianerin aus dem Süden erkannt hatte.

TROTZDEM KONNTE JAIME RAMOS auch noch Tage nach seiner Rückkehr nach Porto nicht erklären, was ihn bewogen hatte, jene Richtung einzuschlagen und noch einmal von der Vasco-da-Gama-Brücke aus einen letzten Blick auf die flüchtige Lichterkonstellation zu werfen. Er verstand, dass das Bild in diesem Augenblick nicht länger von der Nacht durchflutet war, sondern vielmehr von der gleichmäßigen Helligkeit der Scheinwerfer vom Turm neben den Jardins Garcia da Orta beherrscht wurde. Man hatte diesem geblähten Segel am Fluss einen runden Kiel angefügt, der den Aufprall des schmutzigen Wassers auf das Land, das man der Ödnis entrissen hatte, milderte, und der alte Schornstein, der anzeigte, wo einmal die petrochemische Fabrik gestanden hatte, war nur undeutlich zu erkennen. Irgendetwas hatte die Nacht überlagert, aber das wusste er noch nicht, als Isaltino um ein Uhr morgens mit dem Wagen am Hotel vorfuhr.

»Und wohin geht's, Chef?«

Das wusste Jaime Ramos auch nicht. Er sah nur den durchnässten Schatten des Mannes, der ihn in den letzten zehn Jahren begleitet hatte wie ein Spiegelbild, aber weiter wusste er nichts. Und wie einen durchsichtigen Schimmer sah er unzusammenhängende Daten in seinem Kopf, Gesichter wie verblichene Polaroids, Schlammwüsten rund um die Expo, ungeordnete Papiere, aus denen die Komplizenschaft zwischen seinen Toten und den Umständen, unter denen sie zu ihm gelangt waren, deutlich wurde. Die einsamen Straßen hatten ihn zunächst zu dem bleichen Licht rund um den Bahnhof von Santa Apolónia geführt und dann zu dem orangefarbenen Schein vor der Expo. Er umfuhr ihn auf dem schwarz-weiß gefliesten Viadukt, das um das Ausstellungsgelände herumlief, kehrte zur Stadt zurück und ließ das Netz aus unfertigen, staubigen Wegen im Schutz der Nacht hinter sich. Dann bog er rechts ab, durchquerte alte und neue Stadtviertel, fuhr durch Kreisel, durch die sich Autos, wie Soldaten nach einem Kampf, von den Parkplätzen zurückzogen, die das Rechteck der Expo umzingelten. Er schlug einen der Wege ein und fuhr auf die riesige Brücke zu, die an dem Dreieck aus metallenen, vom bläulichen Himmel herabhängenden Schnüren zwischen den beiden Doppeltürmen, die die Brücke an der Auffahrt am Nordufer bekrönten, über dem Wasser schwebte. Und er fuhr weiter, immer weiter, als habe er es aufgegeben, die Expo zu betrachten, die Lichter der Expo, er fuhr über die Brücke. Am 24. Mai der Tod von Paulo Viveiros Costa. Am 27. Mai der Tod von Elena Carreter. Am 29. Mai der Tod von Rosa de Almeida Mendes. Am 31. Mai war Michael Rickey in Maia gefunden worden, gekleidet wie für ein Abendessen von Managern, die einen gelungenen Geschäftsabschluss feiern wollen. Es war alles da: die Managermappe, die Managerkrawatte, die Manschettenknöpfe eines Managers, die verdrehten Augen und grau melierten Haare eines Managers, ja, sogar die Ironie, die darin lag, dass ein amerikanischer Manager in der Tabakbefeuchtungskiste einer halb verlassenen Fabrik gefunden wurde, die jahrelang das tödliche Gift für die unbefleckten Lungen amerikanischer Manager produziert hatte. Zwei Tage zuvor, am 29. Mai, hatte Sílvia Amaral das Flugzeug von Lissabon nach Ponta Delgada genommen, am gleichen Tag, an dem Michael Rickey sich von Porto aus auf den Weg gemacht hatte. Sílvia Amaral hatte den Leichnam von Rosa de Almeida Mendes zurückgelassen, der Obszönität einer letzten Begegnung mit Manuel Luzes ausgeliefert. Beide, die Azorerin und der Amerikaner, suchten einen Film, den sie nicht hatten und von dem sie wussten, dass sie ihn auf der Expo nicht finden würden.

Sílvia Amaral wurde auf São Miguel festgenommen. Der Amerikaner wurde auf São Miguel ermordet. Aber jeder von ihnen erhoffte sich von dem Film andere Aufschlüsse, unterschiedliche Bilder. Beide wussten, dass er einen Teil ihres Lebens enthielt – ein Bruchstück des Ozeans, der Rickey gehörte, weil er von seinem Beruf her ein Anrecht auf sein Meer hatte, und ein Bruchstück eines Körpers, der Sílvia Amaral gehörte und unter keinen Umständen dort zu sehen sein sollte, weil er eine Verschwörung gegen Paulo Viveiros Costa dokumentierte. Aber beide wussten nicht, dass weder das Meer noch der Körper von Sílvia Amaral länger von Interesse waren, es sei denn als Zubehör, als Nebenfiguren. Auf der Expo waren alle Meere zu sehen, alle Gewässer, Schwärme von Fischen aller Art, die in Glasbehältern mit Plastikalgen gefangen gehalten wurden, es gab Explosionen von Helligkeit, die zu durchsichtigen Farben wurden, angenehme oder tückische Temperaturen. Paulo Viveiros Costa würde den Körper von Sílvia Amaral nicht länger betrachten, und Manuel Luzes würde ihn nicht mehr suchen. Im Leben beider Männer war er nicht mehr als eine Episode gewesen, ein geraubter Schauder, den die beiden, gleich nachdem sie ihn erlebt und genossen hatten, zurückgegeben hatten.
In dieser Kette fehlte ein schicksalhaftes Glied, eine Verbindung zwischen zwei schmalen Durchgängen, und als Jaime Ramos von weitem die Expo betrachtete, die wie eine Wolke aus Licht am Ufer des Flusses schwebte und ihm die Reflexe streitig machte, wusste er, dass diese Verbindung irgendwo bestehen musste und dass die beiden, der Amerikaner und die Azorerin, sie gesucht hatten, jeder von ihnen auf seine Weise, weit weg von der Expo, aber

in ihrem Umfeld, obwohl er nicht verstand, warum Sílvia Amaral nach Lissabon gekommen war, um die wehrlose Landschaftsarchitektin umzubringen.

»Sie hat sie provoziert, das ist alles. Man mordet aus allen möglichen Gründen, Chef«, hatte Isaltino hinzugefügt, als er einem völlig überraschten Meireles die Gründe aufzählte. »Heutzutage ist es ebenso leicht wie billig, jemanden umzubringen. Landauf, landab unterbieten sich die Messerstecher und Banditen gegenseitig. Die Expo hat uns neue Nutten und diese ganzen Straßen gebracht, was ja an sich gar nicht mal schlecht ist, aber es sind eben auch Messerstecher und Banditen gekommen. Ich weiß schon, dass Sie anderer Ansicht sind, Chef, aber ich bin mir sicher. Und ich bin mir sicher, weil ich das Land noch nie so gut bewacht gesehen habe. Und wenn es so gut bewacht ist, heißt das nicht, dass schon etwas passiert wäre, sondern dass noch etwas passieren wird. Eins führt zum anderen.«

»Ich kann es nicht leiden, wenn du den Philosophen spielst«, murmelte Jaime Ramos, drehte sich in seinem Stuhl um und wies auf Meireles, der an jenem Nachmittag zu Besuch bei ihm war. Er kam von einer Sitzung mit Leuten des Ministeriums und sah erschöpft aus. »Die Ausübung eines Verbrechens erfordert eine Reihe mathematischer Operationen. Verstehst du was von Mathematik?«

»Ich habe alles wieder vergessen«, sagte Meireles.

»Alle Welt vergisst es wieder, darum gibt es ja immer noch Verbrechen.«

Isaltino zuckte die Schultern, heimlich, sodass sein Vorgesetzter es nicht sehen konnte, aber offensichtlich genug,

dass Meireles verstand, dass er ruhig weiterhin niedergeschlagen sein durfte, auch wenn Jaime Ramos darauf bestand weiterzusprechen.
»Nehmen wir zum Beispiel mal das Überwachungssystem der Expo. Fast perfekt. Aber es gibt immer eine Schwachstelle, und an dieser winzigen Schwachstelle passiert etwas Unvorhergesehenes. Die Unbekannte war da, aber wir konnten sie nicht sehen. Der Geist der Expo ist der Geist der Wissenschaft, der absoluten Wissenschaft. Ich gehe angeln, weil Angeln eine Tätigkeit voller Wahrscheinlichkeiten ist. Um dieses Netz von Wahrscheinlichkeiten zu knüpfen, benötigen wir aber irgendeine Variante sowie eine Regel, die die meiste Zeit gültig ist. Ich bin den ganzen Tag dort, der Fisch kommt oder kommt nicht, er verbirgt sich hinter einer Biegung des Haffs oder begeht Selbstmord an einem Angelhaken. Normalerweise lasse ich den Tag auf der Esplanade von Torreira ausklingen, aber das Haff ist und bleibt unerklärlich. Es ist ein Geheimnis, mein Geheimnis, dabei fahre ich seit Jahren hin. Die Expo nicht. Die Expo erklärt uns die Meere, und nach einem Besuch sind wir in der Lage, ins Meer zu gehen und die größten Zweifel auszuräumen. Das Meer ist überall. Nur kommt das Böse nicht aus dem Meer. Das Böse kommt von den Menschen, soll heißen, von den Typen, die dort herumgelaufen sind. Und vom Überwachungssystem.«
»Und was ist mit dem Überwachungssystem?«, fragte Meireles.
»Meine Zigarren gehen zur Neige«, erinnerte Jaime Ramos und schüttelte eine Videokassette, die er aus der Schublade mit den Zigarren, der zweiten rechts im geliehenen Schreibtisch, genommen hatte.

»Und was ist mit dem Überwachungssystem?«
»Was das Überwachungssystem betrifft, genügt es, wenn wir aufpassen. Leg das mal in den Videorekorder ein, Isaltino.«
Isaltino griff nach der Videokassette und schob sie in den Rekorder, der in das Büro gebracht worden war, damit sie den Film ansehen konnten, den sie in der Wohnung von Rosa de Almeida Mendes gefunden hatten. Der Fernsehbildschirm leuchtete auf und zeigte die Rückseite des Ozeanariums wie einen blassen grauen Wolkenkratzer, der sich gegen das Dunkel der Nacht abzeichnete.
»Achtet auf die Uhrzeit.«
»Halb ein Uhr nachts.«
»Genau. Jetzt spul mal vor. Bis hierhin. Lass los.«
Beim Vorspulen blieb das Bild unverändert, denn das Ozeanarium blieb an seinem Platz, ein Körper, an dem feine Lichtpunkte an den immer gleichen Stellen anzeigten, wo sich das unregelmäßige Dach, die Metalltreppe, die Wasserlinie befanden. Im Raum herrschte Stille, während die in den Film eingeblendeten Zahlen zeigten, dass die Bilder mit einer Geschwindigkeit weiterliefen, die über die wirkliche Zeit hinwegtäuschte.
»Achtet wieder auf die Zeit. Fünf nach eins.«
»Da geht jemand hoch«, sagte Isaltino im gleichen Moment.
»Genau.«
Kurz darauf ging noch jemand die Treppe hinauf und verschwand durch die obere Tür. Wenige Minuten später erschien eine weitere Person. Und noch jemand. Ein Schatten öffnete dieselbe Tür wie zuvor und stieg ruhig die Treppe hinunter. Auch aus der Distanz zeigte der Film

alle Bewegungen außerhalb des Ozeanariums, und alle Bilder wurden einzeln analysiert.
»Aber Chef, wir haben diesen Film doch schon dreimal gesehen, nachdem der Sicherheitsdienst der Expo ihn sich fünf- oder sechsmal angesehen hatte. Wir haben bereits alle Personen identifiziert, die auf dem Film zu sehen sind. Der übliche Wachmann, zwei Typen, die sich um die Tiere kümmern, die Mexikanerin, ein Wachmann, der die Treppe hinuntergeht, ein Elektriker, der im Bereich des Indischen Ozeans zwei Glühbirnen ausgewechselt hat, dann noch ein Tierpfleger. Das war's. Wir haben schon alles gesehen.«
»Ja eben, das ist ja das Problem. Aber da wir zu der Erkenntnis gelangt sind, dass der Azorer da unten ermordet und erst dann nach oben gebracht wurde, gab es nur eine Möglichkeit, dies zu tun: über diese Treppe. Er war leicht, sehr leicht. Mager, soweit man erkennen konnte. Gewicht: neunundfünfzig Kilo. Er war also leicht zu tragen. Spul den Film zurück. Halt um zehn nach eins an. Jetzt seht mal. Wir haben diese Person schon drei- oder viermal die Treppe hinaufgehen sehen, nicht wahr? Aber wir haben nie auf den Sack geachtet, den sie auf den Schultern trägt.«
Nach dem ersten Schock angesichts dieser Tatsache redeten plötzlich alle durcheinander, und Meireles sank niedergeschlagen auf das Sofa in der Ecke des Raumes, hinter der Tür. In der Tat gelang es Jaime Ramos selbst jetzt, nachdem er die ganze Vasco-da-Gama-Brücke überquert und dann in dem Durcheinander von Viadukten eine Kehrtwendung gemacht hatte, um nicht bis Alcochete oder Montijo weiterzufahren, und selbst danach, als er in das Restaurant

an der Brückenauffahrt eingekehrt war, um irgendetwas in sich hineinzuschütten, nicht, sich jene Bilder aus dem Kopf zu schlagen, deren Vergrößerung im Videoraum der Polizeiwache Elena Carreter zeigte, wie sie mühsam einen Sack die Treppe hinaufschleppte. In anderen Worten: die Leiche von Paulo Viveiros Costa.

»HAST DU DIE FAHRKARTEN GEKAUFT, ISALTINO?«
»Die Fahrkarten?«
Isaltino de Jesus, der gerade den Raum betreten und gegrüßt hatte, beugte sich über den Schreibtisch, als wolle er in den Schubladen, die er aufriss, die Fahrkarten suchen, nach denen ihn Jaime Ramos gefragt hatte.
»Noch nicht. Aber es sieht sowieso so aus, als würden wir noch hier bleiben, Chef. Ich sage das, weil wir wieder am Anfang angelangt sind. Die Mexikanerin hat den Azorer umgebracht, die Azorerin hat die Architektin umgebracht, aber wir wissen immer noch nicht, wer die Mexikanerin und den Amerikaner umgebracht hat. Ich bitte um Entschuldigung für meinen Tonfall, aber es stimmt, dass wir wieder am Anfang angelangt sind, selbst wenn man den Amerikaner nicht zu unserer Gruppe rechnet. Wir haben Ihre Mexikanerin auf Händen getragen, und damit meine ich nicht, solange sie noch am Leben war, sondern als sie schon tot war. Und jetzt stellt sich raus, dass sie da mit drinhängt. Und Sie sollten so früh am Morgen nicht rauchen, Chef. Es ist halb acht, Sie haben nicht geschlafen, Sie reden nur dummes Zeug, nehmen Sie es mir nicht übel.«
Jaime Ramos stieß den Rauch der vorletzten Zigarre seiner

persönlichen Reserve aus und seufzte, während er aufstand und zum Fenster ging:

»Isaltino. Es ist eine Sache, dass ich in Lissabon bin, auf Anordnung meiner Vorgesetzten, die denken, dass ich hier vor den Dummheiten, die ich anscheinend begangen habe, sicher und also nur zu meinem Besten hier bin. Es ist etwas anderes, diese Farce über Gebühr auszudehnen. Es reicht. Mir reicht's. Und es gibt noch eine unumstößliche Wahrheit: Das Video von der Expo zeigt, wie die Mexikanerin einen Sack die Treppe hinaufträgt. Auf dem Rücken. Und wir wissen, dass es die Leiche von Paulo Viveiros Costa ist. Nicht, weil wir Beweise hätten, sondern weil keine andere Schlussfolgerung möglich ist. Dies ist unsere Schlussfolgerung. Aber die Tatsache, dass Elena Carreter die Leiche da hinaufgeschleppt hat, bedeutet noch nicht, dass sie ihn auch ermordet hätte. Sie bedeutet nur, dass sie ihn zum Ozeanarium gebracht hat.«

»Und warum hat sie ihn nicht da gelassen, wo er war?«

»Weil er im Ozeanarium entdeckt werden würde. Dort unten hätte es Wochen gedauert, vielleicht zwei Monate oder länger. Die Kleidungsstücke wurden zufällig gefunden und weil sein Mörder unachtsam war. Wer ihn tatsächlich umgebracht hat, hat die Kleidung des Azorers an einer Stelle entsorgt und den Typen wahrscheinlich an einer anderen Stelle ins Wasser geworfen. Elena Carreter hat alles gesehen. Sie war bereits zur Abendessenszeit auf der Expo.«

»Woher wissen Sie das?«

»Du solltest weniger reden, Isaltino. Mit dem Alter lernt man, weniger zu reden, denn wer weniger redet, hört mehr. Weil er aufmerksamer ist. Als sie uns von dem Typen erzählt hat, hat sie etwas Wichtiges gesagt: dass der Azorer nach Ponta Delgada aufbrechen musste und deshalb nicht ›mit uns‹ zu Abend essen wollte. ›Con nosotros‹ – mit uns. Ich habe nie gefragt, wer ›nosotros‹ waren, aber wir haben etwas Entscheidendes herausgefunden: dass sie bereits mit dem Azorer zu Abend gegessen hatte. Wir haben die Rechnung hier, vom Restaurant »A Marítima« in Xabregas, und wir haben ihr Geständnis von jenem Abend, an dem ich sie in ihrem Appartement aufgesucht habe. Sie hat mit Paulo Viveiros Costa zu Abend gegessen. Das passt alles zusammen. Sie kehrt also zur Expo zurück, und er kommt mit ihr oder fährt ihr nach. Stellen wir uns vor, dass er ihr nachfährt, direkt hinter ihr. Es ist fast Nacht. Wird sie noch einmal zu Abend essen? Das ist wahrscheinlich, denn sie hat gesagt, dass es auf der Expo ein Abendessen gab, und das hätte sie nicht gesagt, wenn es nicht stattgefunden hätte. Das wäre ein zu großes Risiko gewesen. Wir wissen bloß nicht, wer die feinen Freunde waren, mit denen sie zum Abendessen war, und in welchem Restaurant. Aber wir wissen, dass Paulo Viveiros Costa gleich darauf gestorben ist, jemand schlingt ihm eine Schnur um den Hals und erwürgt ihn. Danach schneidet er ihm einen Zeh ab. Als Beweis. Um jemandem zu zeigen, dass er den Job erledigt hat. Der Azorer ist zur Expo zurückgekehrt und wurde auf der Expo ermordet. Das ist alles Hypothese, meine Hypothese, aber sie hat mir heute Nacht den Schlaf geraubt. Elena Carreter wusste, dass er ermordet worden war, und sie wusste, von wem, wollte aber den Mörder nicht anzeigen. Und wenn das stimmt, gibt es nur einen Grund dafür: Der Mörder oder jemand an seiner Stelle hatte etwas, was Elena Carreter für sich haben wollte. Hätte sie ihn angezeigt, wäre alles vorbei gewesen. Dieser Paulo war das erste Opfer aus diesem Grund, weil er es zu eilig hatte. Die Mexikanerin wusste, dass sie ebenfalls in der Klemme saß, aber sie hat gewartet, denn es gab noch eine Möglichkeit. Nur hat sie dabei vergessen, dass der Mörder ferngesehen und nicht Radio gehört hat: Die Leiche war nicht etwa im Tejo oder im Becken da unten gefunden worden, sondern im Ozeanarium. Und sie war unter denen, die den Körper des Typen beim Atlantik entdeckt hatten. Das heißt, sie war aufgefallen, und das wusste sie. Denn nur sie allein konnte ihre Finger im Spiel haben. Niemand sammelt einfach so auf der Expo Leichen auf und legt sie im Ozeanarium ab. Das passiert einfach nicht. Und so hatte sie nichts dagegen, nach Mexiko zurückzukehren. Aber noch bevor sie ihr Flugzeug erwischen konnte, hat es sie erwischt. Bleibt nur eine Frage: Warum hat sie den Mörder nicht angezeigt?«

»Weil er den Film hatte, hinter dem wir her sind.«

»Siehst du jetzt, Isaltino, warum wir nach Porto zurückfahren?«

»Wegen des vierten Mannschaftssieges wird es wohl nicht sein, das Fest ist schon vorbei.«

Isaltino war überrascht, Jaime Ramos zum ersten Mal seit vielen Tagen lachen zu sehen, und nicht etwa die Grimasse eines erzwungenen, freudlosen Lachens oder die Imitation eines unverbindlichen, leeren, zufälligen Lachens. Es war ein richtiges Lachen, ein Lachen im Namen jenes Schweigens, das sich manchmal zwischen den beiden ausbreitete, sie vor dem Gewitter quälte und anschließend erleichterte, wenn Blitze den dunklen Nachmittagshimmel durchschnitten und der Regen kam und dafür sorgte, dass sich der Staub setzte und die Straßen für einige Zeit feucht und blitzblank waren. Aber noch war es Morgen, früher Morgen, und keiner von ihnen hatte genug geschlafen. Und das bedeutete, dass noch einiges zu erledigen war, und bei einem Versuch, den ersten Morgenlärm zu verscheuchen, der vom Conde Redondo zu den Fenstern des ihnen leihweise überlassenen Raumes heraufdrang und in den sich das Gelächter von Jaime Ramos mischte, begann Isaltino de Jesus, sinnlose Dinge auf einem Stück Papier zu notieren. Das erste war »Fahrkarten« – aber das letzte, und zwar, weil sein Chef darauf bestand, war »Leiter der Expo«.

DER SCHMALE DURCHGANG existierte tatsächlich. Als er nach Maia hineinfuhr, näherte sich die Landstraße dem Meer, und Filipe Castanheira parkte in der Nähe des alten Fischerhafens, wo zwei Boote schon seit langer Zeit im schwarzen, grobkörnigen Sand ruhten, an einen eisernen Ring gebunden.
»Sie sind schon seit einer Woche nicht mehr hinausgefahren. Es ist Springflut«, erklärte der Mann, der auf den Stufen der Bar saß, in die er eingetreten war, um Zigaretten zu kaufen. »Weder zum Vergnügen noch zum Fischen. Jetzt sind alle da oben, im Gebirge und in den Obstgärten. Der Fisch, den man hier isst, kommt von der anderen Seite der Insel. Aus As Capelas oder Ponta Delgada.«
Weit draußen lag ein Frachtschiff vor Anker und durchbrach die Linie des Meeres, die man von dieser Stelle aus sah. Filipe erkannte jede Kurve der Landstraße wieder. Das erste Mal war er sie mit Ted Smith entlanggefahren,

einem ehemaligen englischen Trainer von Benfica, der Praia dos Moinhos und Porto Formoso als Wohnsitz für seine letzten zwanzig Lebensjahre gewählt hatte, bevor er nach England zurückkehren wollte, um in der Nähe von London zu sterben. Deshalb kannte er die Brombeerhecken, die Kakteen und Rosensträucher, die über die Böschung wucherten, die das Gewicht der kleinen Nebenstraße trug, bis der Abhang im Meer verschwand. Wenn bei Ebbe das Wasser zurückging und die schwarzen Spitzen der Felsen freilegte, die die meiste Zeit unter Wasser lagen, umkreisten alle Boote die Bucht, bis sie sämtliche Schatten des Gebirges ausgemacht hatten, die das Schilf vor der Steilküste verbarg, und sie einfahren konnten, ohne auf Grund zu laufen. Aber nur wenn man aus dem Auto aussteigt und zu Fuß weitergeht, entdeckt man den Weg, der zum Wasser hinunterführt, an den kleinen Strand. Filipe stellte sich vor, wie an den Wochenenden die Liebespaare aus Maia und Porto Formoso jenen Abstieg suchten und dass die Bucht bei Nacht einem unzudringlichen, vollständig verborgenen Zufluchtsort glich. Er suchte also den schmalen Durchgang zwischen den Felsen, ohne Lärm zu machen.
Der Anruf von Jaime Ramos um sechs Uhr morgens hatte ihn überrascht, allerdings nicht so sehr, dass er nicht gewusst hätte, was zu tun war. Er erkannte die Stimme wieder, aber vor allem erregte dieser bestimmte Tonfall seine Aufmerksamkeit; er machte ihm klar, dass er schnell handeln musste, keine Zeit verlieren durfte. Deshalb hatte er sich auf den Weg gemacht, zuerst zu dem Haus in Faial da Terra, wo die letzten Kartons mit den Habseligkeiten von Paulo Viveiros Costa noch nicht weggeräumt worden

waren, und dann zu dem Haus von Paulo Viveiros Costa selbst, wo sein Junggesellenzimmer noch nicht ausgeräumt war. Anschließend zum Hotel »Atlântico«, wo das Zimmer von Michael Rickey auf Befehl der Polizei noch immer verschlossen war und darauf wartete, dass ein Angehöriger der amerikanischen Botschaft vorbeikam, der versprochen hatte, die üblichen Maßnahmen zu ergreifen. Zuletzt, als der Morgen schon dem Ende zuging, hatte er die schmale Straße nach Ribeira Grande und dann weiter nach Maia genommen, war ihr zwischen den grünen Feldern rund um Porto Formoso gefolgt und hatte schließlich die Serpentinen der Touristenroute verlassen, die zur Mitte der Insel führt. Stattdessen hatte Filipe beschlossen, zum Meer hinunterzufahren, den Anweisungen einer eigenen, inneren Karte und dem Diktat seines Volkswagens folgend, der begann, sich zu beschweren.

Er zündete sich eine Zigarette an und ging ein paar Schritte hinunter. Nachdem er auf einen Felsen geklettert war, sah er ihn schließlich. Der Professor saß im Sand, mit dem Rücken zum Steilhang, und schien etwas zu bewachen, das neben ihm lag und wie ein kleiner grüner Beutel aus Segeltuch aussah. Nicht einmal, als er Filipe Castanheiras Schritte vernahm, drehte er sich um. Als der Polizist sich neben ihn setzte, wich sein Blick einen Moment lang von einem entfernten Punkt irgendwo weit draußen auf der Linie des Meeres ab, kehrte aber gleich darauf dorthin zurück, als wisse er nicht, wohin er sonst in der Landschaft blicken solle.

»Und das ist es«, sagte er schließlich und sah Filipe an. »Das Meer.«

»Sind Sie hier immer getaucht?«

»Öfter, als ich noch jünger war. Damals gab es keine Expos. Übrigens auch keine Universidade dos Açores. Wir haben auf dem Festland studiert und sind einmal pro Jahr in den Ferien hierher gekommen, mit dem Schiff, eine richtig große Reise. Ich bin zwei oder drei Monate geblieben, also den ganzen Sommer über. Aber gut, was waren damals schon zwei Monate? Ja, ich bin getaucht. Hier und an anderen Stellen der Insel. Ich bin mit dem Boot weiter rausgefahren, mit einer Ausrüstung, die ich von einem Freund bei der Marine geliehen hatte, einem ganz rudimentären Teil.«

»Wonach haben Sie gesucht?«

»Ach, nur nach Kleinkram. Nach Dingen, die das Meer angeschwemmt hatte, Dingen, die das Meer fortgetragen hatte, Dingen aus dem Meer, Fischen, Muscheln, Arten, die wir zum Vergnügen sammelten und aus Pflichtgefühl katalogisierten. Einige von ihnen sind heute in den hiesigen Museen zu bewundern. Heutzutage bleibt das, was jeder sammelt, in den Arbeitszimmern der Professoren. Dieses Schilf hier hinter Ihnen wuchs bis zum Gebirge hinauf, und es gab nicht diese nette Straße voller Platanen, Sicheltannen und Hortensien.«

»Es gibt da etwas, was Sie mir nicht richtig erklärt haben und was ich Sie nicht gefragt habe. Der Grund, warum Sie mich gestern Morgen nach Rabo de Peixe geschickt haben.«

»Ich habe Sie nicht dorthin geschickt. Ich hatte es nur satt, Sie hier herumschnüffeln zu sehen.«

»Wir haben einen Haftbefehl für einen Typen aus Rabo de Peixe ausgestellt. Er ist vor vier Tagen in den Flieger nach Boston gestiegen.«

»Sie werden ihn nicht erwischen.«
»Es wird dauern. Oder vielleicht erwischen wir ihn tatsächlich nicht, wer weiß. Aber dieser Beutel gehört wohl mir.«
»Wenn Sie möchten.«
»Ist die Kassette darin?«
»Die Kassette ist darin. Es war ein ausgezeichneter Tauchgang, wie aus dem Bilderbuch, ein idealer Ort an der richtigen Stelle. Der Drachenkopf ist ein intelligenter Fisch, der sowohl weit hinaus ins tiefe Wasser schwimmt als auch auf der Suche nach leichter Beute in Küstennähe kommt. Aber er schwimmt immer am Grund. Es ist schwer, ihn aufzutreiben, man muss unter anderem seine Gewohnheiten erforschen, ihn von weitem beobachten, vor allem, weil sich bis vor kurzem niemand für den ›scorpaena azorica‹ interessiert hat. In zwei Jahren wird eine neue Klassifikation der in den Ozeanen lebenden Arten veröffentlicht werden, und wahrscheinlich wird ›scorpaena azorica‹ noch nicht dabei sein.«
»Aber jetzt ist er hier, auf dem Video. Er ist endlich aufgetaucht.«
»Ich weiß nicht, ob er drauf ist, ich habe mir die Kassette nicht angesehen. Ich bin davon ausgegangen, dass hier auf dieser Kassette ein ganzes Leben ist, das der Erforschung dieses Themas gewidmet war, und dass die Kassette deshalb mir gehörte, jedenfalls eine Zeit lang. Aber es ist schwierig, den Tatsachen ins Auge zu blicken: dass es schließlich jemandem gelungen war, das Rätsel zu lösen. Sechsundzwanzig Jahre lang war ich auf der Suche nach ›scorpaena azorica‹, seit achtunddreißig Jahren habe ich an seine Existenz geglaubt. Das ist eine lange Zeit für

ein Rätsel, Herr Polizist. Unser Leben ist sehr kurz, aber doch lang genug, um Träume wie diesen oder den von der Vulkanologie zu hegen, davon, die Bewegung der tektonischen Platten zu kennen, neue Spezies zu entdecken, die jeden Tag auf dem Meeresgrund entstehen und von Hitze oder Kälte leben. Wir leben, um diese Träume zu hegen und auch, um sie davor zu schützen, dass sie – Gott bewahre! – entdeckt und zerstört werden. Paulo ist zweimal hier getaucht, weil ich ihm von dieser Stelle erzählt habe. Zuerst hat er es in Caloura, in Ponta da Galera, Água d'Alto und sogar in Nordeste versucht. Aber zuletzt ist er hierher gekommen. Nach dem zweiten Tauchgang ist er ganz vertrauensvoll in der Universität erschienen. Er hatte etwas entdeckt und wollte über das Thema schreiben. Heutzutage kann man über alles schreiben, und es wird viel geschrieben, zu viel.«

»Wer hat den Amerikaner gerufen?«

»Paulo. Er hat ihnen was von einem Film erzählt, und schon waren sie da. ›Scorpaena azorica‹ birgt ungeheure Möglichkeiten, wie die Natur überhaupt. Wenn wir sicher sein können, dass er wirklich existiert, muss man wieder ganz von vorn anfangen, das Gift bestimmen, das das Tier produziert, wissen, wie man an ihn herankommt und wie er sich in den letzten Jahren vermehrt hat. Es könnte sich um eine neue Spezies handeln, aber ich nehme an, dass er vom Aussterben bedroht ist. Genau betrachtet, handelt es sich um eine tödliche Waffe, die man den Amerikanern nicht einfach so mit Kusshand überlassen sollte. Oder nur um einen Traum.«

»Deshalb haben Sie Paulo umgebracht.«

»Oh nein, ich habe niemanden umgebracht. Ich bin ein alter Mann, ein alter, schlecht gekleideter, einsamer Professor, der kurz vor seiner Pensionierung steht.«

»Ein reicher Professor, der einen Mörder bezahlen kann. Einen Fischer aus Rabo de Peixe, der es nie richtig verwunden hat, in Guiné gewesen zu sein, inmitten der Feuergefechte. Er hat Sie auf Ihren Tauchgängen begleitet, Professor. Besser gesagt: Er ist für Sie getaucht. Sie haben ihn bezahlt, um Paulo zu beseitigen. Und Sie haben Paulos Exfreundin eingeredet, dass auf dem Film Sexszenen aus Faial da Terra zu sehen seien, damit sie Ihnen den Film besorgte.«

»Und gab es Sexszenen?«

»Ja. Allerdings auf einem anderen Film, den die beiden, Paulo und Sílvia, in ihrem Haus in Faial da Terra gedreht hatten. Ein Video für den Hausgebrauch.«

»Beeindruckend, dieses Mädchen, dieser Körper und zugleich diese Naivität. Ich bin ein alter Mann, Herr Polizist. Sie glauben an die Gerechtigkeit, ich glaube an fast nichts mehr. Die Arbeit liegt jetzt ganz bei Ihnen.«

»Und das Mädchen?«

»Elena? Paulo hat ihr vor einigen Jahren, als sie sich kennen lernten, von ›scorpaena azorica‹ erzählt, aber er hat nie herausgefunden, dass sie ebenfalls für Scinventory, dieses amerikanische Labor, arbeitete. Zuerst hat sie ihn zu überreden versucht, seine Forschungsarbeiten den Amerikanern zu überlassen, aber dann hat sie selbst angefangen, sich für die Arbeit zu interessieren. Da war es aber schon zu spät, sie wussten schon, dass da etwas war. Sie lassen nie locker, wenn sie einmal Blut geleckt haben.«

»Und der ›scorpaena azorica‹ war Blut?«

»Schon möglich. Die Geheimnisse und die Vielfalt des

Herrn sind unerforschlich. Vor allem sind sie kompliziert. Nehmen Sie die Kassette an sich, ich vermute, Sie möchten sie behalten. Ich gehe.«

»Sie müssen mit mir kommen.«

»Das ist wohl so.«

»ICH KANN IHNEN NUR GRATULIEREN, INSPEKTOR. Tatsächlich befindet sich die Kassette seit einigen Tagen in unserem Besitz. Sagen wir, seit etwa anderthalb Wochen, aber wir dachten nicht, dass sie so wichtig wäre. Na ja, für uns haben die Dinge eine andere Wertigkeit als für Sie und Ihre Kollegen. Für uns war es nur ein ›fait-divers‹. Nun gut, ›sans rancune‹.«

»Sie haben ein Papier unterzeichnet, auf dem stand, dass sie verschwunden war. ›Disparue‹. ›Vanished‹.«

»Natürlich. Dass vom mexikanischen Stand eine Kassette verschwunden war. Wer weiß schon, was ein Mexikaner so alles verliert, Inspektor. Ich wäre nie darauf gekommen, dass es diese Kassette wäre, wie Sie sich vorstellen können, denn wir haben unseren Spaß gehabt, als wir sie uns angesehen haben. Sie sagen, dass das Mädchen, das in diesem Film die Hauptrolle spielt, in Haft ist. Wie schade. Nicht, dass mich die Geschichte interessiert, aber schade ist es doch. Was Sie mir über den Professor erzählt haben, hat mich ebenfalls überrascht. Wir wollten ihn zur Eröffnung einladen, aber glücklicherweise habe ich den Namen in letzter Minute von der Liste gestrichen. Sie verstehen. Es gibt so viele Professoren hier, warum also einer von den Azoren? Jeder zeichnet sich durch das aus, was er ausschließt, was er ablehnt. ›They have never been in love

or hate‹, wie der unsterbliche Stevenson über unwichtige Menschen zu sagen pflegte. Es gibt nichts Schlimmeres.«
Der Leiter der Expo lächelte Jaime Ramos an. Dieser stellte sich vor, wie der andere Namen von Gästelisten strich, die Zunge im Mundwinkel wie ein eifriger Schüler, sorgfältig Namen für Namen, Streichung für Streichung auswählend. Dann sah er, wie sein Gegenüber ihm ein Päckchen hinstreckte, in dem sich, wie er zuvor angekündigt hatte, die Kassette befand. Der Polizist schüttelte das Päckchen, um sich zu vergewissern, dass der gesuchte Gegenstand auch tatsächlich darin war, steckte es ein, drückte die Beldina im Glasaschenbecher aus und stand auf, als sei er in Eile.
»Es war das letzte, was ich noch zu erledigen hatte. Mein Zug nach Porto geht in einer halben Stunde, und ich will ihn nicht verpassen.«
»Um nichts in der Welt, Inspektor«, sagte der Leiter der Expo und erhob sich mühsam. »Es freut mich zu wissen, dass die Expo wieder zur Normalität zurückkehren kann. Ohne Verdächtigungen. Ohne Leichen. Ohne Verbrechen.«
»Und ohne Polizisten natürlich.«
»›Naturally‹. Natürlich ist der Mensch an sich ein ziemlich weit verbreitetes Verbrechen, um mit Shakespeare zu sprechen, aber das käme hier doch ziemlich ungelegen. Es steht vieles auf dem Spiel, wie Sie sicher verstehen werden. Schließlich handelt es sich um eine Angelegenheit von nationaler Tragweite.«
»In der Tat.«
Am Gare do Oriente lief Jaime Ramos Treppen und Rolltreppen hinauf und hinunter, durchquerte ein lichtdurch-

flutetes Atrium, in dem fremde Sprachen erklangen und sich Gruppen von Touristen in Begleitung blau-gelb oder leuchtend rot gekleideter Fremdenführer tummelten, die sie auf eine Begegnung mit der Expo einstimmten. Er warf einen Blick in einen Tabakladen, auf der Suche nach Zigarren, aber die Menschentraube am Eingang hielt ihn davon ab einzutreten. Wütend, tabaklos und entschlossen, endlich abzureisen, suchte er den Bahnsteig, wo der Zug in Richtung Porto hielt. Aber noch bevor er Isaltino gefunden hatte, der inmitten von Koffern und Touristen in einer Zeitung blätterte, und zu ihm vordringen konnte, spürte er einen Arm, der an ihm zog. Er wandte sich um erblickte die sonnengebräunte Gestalt Artur Ulacias.

»Ich wusste, dass Sie abreisen würden«, murmelte der Diplomat.

»Das tun wir alle eines Tages.«

»Ich habe noch vier Monate hier vor mir. Die Pflicht. Dann kehre ich nach Mexiko zurück.«

»Daran tun Sie gut, Senhor Ulacia. Mexiko ist ein großartiges Land. Wir sehen uns dort wieder.«

»Das kann passieren, aber Mexiko ist zu groß, als dass wir uns dort einfach so über den Weg laufen würden. Ich habe Ihnen das hier als Abschiedsgeschenk mitgebracht. Nehmen Sie es mir nicht übel.«

Ulacia überreichte ihm ein in braunes Papier gewickeltes Päckchen, und als Jaime Ramos merkte, dass es demjenigen ähnelte, das ihm der Leiter der Expo gegeben hatte, dachte er einen Augenblick lang, es sei eine weitere Kassette. Aber der Mexikaner bemerkte seine Unruhe und beruhigte ihn, als er sich anschickte, das Päckchen zu schütteln:

»Es sind ›puros‹, kubanische Zigarren.«
Jaime Ramos streckte seine Hand aus, und der andere drückte sie. Der Polizist spürte an Ulacia eine beinahe unmerkliche Dankbarkeit, die den diplomatischen Tonfall ihrer letzten Begegnung trübte, ging aber nicht darauf ein. Erst später, als er eine der »puros« rauchte, die er geschenkt bekommen hatte, eine Trinidad, die er aus dem polierten Zedernholzkästchen genommen hatte, verstand er, dass er im letzten Blick des Mexikaners jene vage Erinnerung an eine Indianerin aus dem Großen Süden erkannt hatte, an die reife Stimme, die beide gekannt hatten, und den in den Wassern des Meeres treibenden Körper der Tänzerin, der Taucherin, wie ihn sicherlich nur Ulacia gesehen hatte.

Danksagung

Der Autor möchte hiermit in aller Öffentlichkeit verschiedenen Freunden danken, die auf unterschiedlichste Weise zu diesem Buch beigetragen haben. Zunächst danke ich Mário Bettencourt Resendes und António Ribeiro Ferreira, die die Geschichte als Fortsetzungsroman in der Samstagsausgabe des »Diário de Notícias« veröffentlicht haben. Außerdem António José Teixeira, der all die Mails, Faxe und Disketten mit den wöchentlichen Episoden bekam, mit denen sich auch José António Santos herumschlagen musste. Fernando Mateus, der Woche für Woche die wunderbaren Illustrationen zu jeder einzelnen Episode angefertigt hat. Den Freunden, die die Veröffentlichung begleitet haben, wie Duarte Moral, António Matos, Fernando Sobral, Aníbal Fernandes, Diogo Queiroz de Andrade, Helder Coelho und D. Maria Helena Ramos Rocha – und wie immer meinen Eltern. Sodann Professor A. M. de Frias Martins von der Universidade dos Açores, mit dem ich mich über den »scorpaena azorica« unterhalten habe. Meinen azorischen Freunden Carlos Ferreira und Eduardo Paz Ferreira. João Francisco Vilhena. Und schließlich Sofia, die das Buch noch einmal durchgelesen hat und der ich tatsächlich zu größerem Dank verpflichtet bin, als man sich vorstellen kann. Sollte das Buch schlecht sein, ist das allerdings ganz allein meine Schuld.

»Ein virtuos inszeniertes Spiel von Stimmungen und Atmosphären.«

NEUE ZÜRCHER ZEITUNG

Francisco José Viegas
DAS GRÜNE MEER
DER FINSTERNIS
BLT
416 Seiten
ISBN 978-3-404-92125-6

Manchmal ist es schwer, dich anzusehen, denn du bist dem Himmel sehr nahe – wie ein Vogel.

Ein Satz aus einem Liebesbrief, den Inspektor Castanheira in der Brieftasche einer Toten am Strand von São Miguel findet. Ein Liebesbrief von einem Mann, der – wie sich herausstellt – ungefähr zeitgleich an einem entlegenen Ort an der Küste Galiziens erschossen wurde. Jaime Ramos und Inspektor Castanheira ermitteln und entdecken eine überraschende Verbindung ... Ein scheinbar unlösbarer Fall, eine Geschichte von Verbrechen, Leidenschaft und Erotik.

BLT

»Lebendiges Lokalkolorit und atmosphärische Dichte mit einer fesselnden Kriminalhandlung«

SALZBURGER NACHRICHTEN

Francisco José Viegas
DER LETZTE FADO
BLT
352 Seiten
ISBN 978-3-404-92219-2

Es ist die Leiche des erfolgreichen Werbefachmanns João Alves Lopes, die in einem an einsamer Stelle geparkten Wagen in der Nähe von Porto gefunden wird. Waren es politische Gründe, aus denen der ehemalige Kommunist und Sohn eines Ministers sterben musste? Was sonst kann ihn kurz vor seinem Tod nach Mittelamerika geführt haben? Inspektor Jaime Ramos reist nach Kuba und Mexiko, um diese – wohl naheliegendste – Spur zu verfolgen. Als sein Freund Filipe Castanheira sich unterdessen in Porto mit dem Fall befasst, fällt ihm das Foto der Frau in die Hände, mit der der Tote die letzten Stunden seines Lebens verbrachte. Sie ist spurlos verschwunden

»Spannende Geschichte, tolle Charaktere und eine freche Sprache – mehr davon!«

LAURA

Alicia Giménez-Bartlett
SAMARITER OHNE HERZ
Petra Delicado löst
ihren sechsten Fall
BLT
416 Seiten
ISBN 978-3-404-92246-8

Ein Stadtstreicher wird auf einer Parkbank im »Parque de la Ciudadela« aufgefunden, brutal verprügelt und elend zugrunde gegangen – ein Verbrechen, so armselig und erbärmlich, dass selbst der schlagfertigen Inspectora Petra Delicado für einen Moment die Worte fehlen. Doch der Tote hat Spuren hinterlassen; sie führen mitten hinein in die bürgerliche Welt der »Gutmenschen« von Barcelona, deren Heiligenschein nicht ganz so hell strahlt, wie er sollte … All das trifft die Inspectora im denkbar schlechtesten Moment: sie selbst muss Entscheidungen von größter Tragweite fällen, denn ihr neuestes Liebesabenteuer macht Ernst und ihr treuer Subinspector Fermín Marquéz braucht dringend moralische Unterstützung …

BLT